KB182535

나는 응접실에서 하르를 데리고 온 메르, 네이, 리세와 만났다.

일단 쿠온도 동석했다.

「저어, 알기 쉽게 말하자면 이 아이는 하르지만 하르가 아닌…… 그런 존재인가 봐요.」

이세계는 스마트폰과 함께. 29

악한 연구자의 계획을
저지하라!!

그 상공에 지름 3미터 정도의 검은 구멍이 떠올라 있었다. 주변이 일그러져 있어. 마치 천천히 회전하는 모습처럼 보였다. 파직파직. 하고 작은 방전 현상도 일어나고 있는 듯했다.

「……늦었나 보네.」

이세계는 스마트폰과 함께.㉙

후유하라 파토라   illustration ■ 우사츠카 에이지

캐릭터 소개

모치즈키 토야

하느님의 실수로 이세계로 가게 된 고등학교 1학년(등장 당시). 기본적으로는 너무 소란을 피우지 않고 흐름에 몸을 내맡기는 스타일. 무의식적으로 분위기 파악을 하지 못한 채, 은근히 심한 짓을 한다.
무한한 마력, 모든 속성 마법을 가지고 있으며, 무속성 마법을 마음대로 사용하는 등, 하느님 효과로 여러 방면에서 초월적. 브륀힐드 공국 국왕.

벨파스트 유미나 에르네아

벨파스트의 왕녀, 열두 살(등장 당시). 오른쪽이 파란색, 왼쪽이 녹색인 오드아이. 사람의 본질을 꿰뚫어 보는 마안의 소유자. 바람, 흙, 어둠이라는 세 속성을 지녔다. 활이 특기, 토야에게 한눈에 반해, 무턱대고 강하게 다가갔다. 토야의 신부.

에르제 실레스카

토야가 구해 준 쌍둥이 자매의 언니. 양손에 곤틀릿을 장비하고 주먹으로 싸우는 무투사. 직설적인 성격으로 소탈하다. 신체를 강화하는 무속성 마법 【부스트】를 사용할 줄 안다. 매운 음식을 좋아한다. 토야의 신부.

린제 실레스카

쌍둥이 자매의 여동생. 불, 물, 빛이라는 세 속성을 지닌 마법사.
빛 속성은 그다지 특기가 아니다. 굳이 따지자면 낯을 가리는 성격으로, 말이 서툴지만 가끔 대담해진다. 단 음식을 좋아한다. 토야의 신부.

코코노에 야에

일본과 비슷한 먼 동쪽의 나라, 이센에서 온 무사 소녀. 촌뜨기말을 사용하며 남들보다 훨씬 많이 먹는다. 진지한 성격이지만 어딘가 어긋나 있는 검술 도장으로 유는 코코노에 진명류(真鳴流)라고 한다. 겉으로는 잘 모르지만 의외로 거유. 토야의 신부.

루시아 레아 레굴루스

애칭은 루. 레굴루스 제국의 제3황녀로 유미나와 같은 나이. 제국 반란 사건 때 자신을 도와준 토야에게 한눈에 반했다. 쌍검을 사용한다. 유미나와 사이가 좋다. 요리 재능이 있다. 토야의 신부.

스우 오르트린데 에르네아

애칭은 스우. 열 살(등장 당시). 자객에게 습격당하고 있을 때 토야가 구해 주었다. 벨파스트 국왕의 조카. 유미나의 사촌. 천진난만하고 호기심이 왕성하다. 토야의 신부.

미나스 힐데가르드 레스티아

애칭은 힐데. 레스티아 기사 왕국의 제1 왕녀. 검술에 능하며 '기사 공주'라고 불린다. 프레이즈에 습격당할 때 토야에게 도움을 받고 한눈에 반한다. 긴장하면 말을 더듬는 습관이 있다. 야에와 사이가 좋다. 토야의 신부.

린

전(前) 요정족 족장. 현재는 브륀힐드의 궁정마술사(짐정). 어려 보이지만 매우 오랜 세월을 살았다. 자칭 612세. 마법의 천재, 사람을 놀리기를 좋아한다. 어둠 속성 마법 이외의 여섯 가지 속성을 지녔다. 토야의 신부.

사쿠라

토야가 이센에서 주운 소녀. 기억을 잃었었지만 되찾았다. 본명은 파르네제 포르네우스. 마왕국 제노아스의 마왕의 딸이다. 머리에 자유롭게 빼낼 수 있는 뿔이 있다. 감정을 겉으로 잘 드러내지 않지만, 노래를 잘하며 음악을 매우 좋아한다. 토야의 신부.

폴라

린이 【프로그램】으로 만들어 낸 곰 인형이다. 마치 살아 있는 것처럼 움직인다. 200년 동안 계속 움직이고 있으며, 그사이에도 개량을 거듭했다. 그 움직임은 상당한 연기파 배우 수준.
폴라…… 무서운 아이!

코하쿠

토아의 첫 번째 소환수, 백제라고 불리는 서쪽의 큰길의 수호자로, 짐승의 왕, 신수(神獸). 보통은 새끼 호랑이 크기로, 최대한 눈에 띄지 않으려 한다.

산고&코쿠요

토아의 두 번째 소환수, 두 마리가 한 세트. 현제라고 불리는 신수, 비늘의 왕. 물을 조종할 수 있다. 산고가 거북이, 코쿠요가 뱀.

코교쿠

토아의 세 번째 소환수, 염제라고 불리는 신수, 새의 왕. 침착한 성격이지만, 외모는 화려하다. 불꽃을 조종한다.

루리

토아의 네 번째 소환수, 창제라고 불리는 신수, 푸른 용의 왕, 비꼬기를 잘하며, 코하쿠와는 사이가 나쁘다. 모든 용을 복종시킬 수 있다.

모치즈키 카렌

정체는 연애의 신. 토아의 누나를 자처하는 중. 천계에서 도망쳐 종속신을 포획한다는 대의명분으로, 브륀힐드에 눌러앉았다. 느긋한 말투. 꽤 게으르다.

모치즈키 모로하

정체는 검의 신. 토아의 두 번째 누나를 자처한다. 브륀힐드 기사단의 검술 고문에 취임. 늠름한 성격이지만 조금 천연스럽다. 검을 쥐면 대적할 상대가 없다.

세계신(世界神)

실수로 사망하게 만든 토아를 이세계로 전생시킨 장본인. 현재는 세계의 운영을 토아에게 맡겼다. 하계에 내려올 때는 토아의 할아버지를 자처하는 마음씨 좋은 노인. 의외로 장난기가 많다.

시공신(時空神)

시간을 관장하는 상급신으로, 평소에는 시공이 일그러짐을 복구하는 등의 활동을 한다. 하계에 내려올 때는 토아의 할머니를 자처하며, 아이들도 '할머니'라고 부르며 잘 따른다.

프란셰스카

바빌론의 유산 '정원'의 관리인. 애칭은 세스카. 메이드복을 착용. 기체 넘버 23. 입만 열면 야한 농담을 한다.

하이로제타

바빌론의 유산, '공방'의 관리인. 애칭은 로제타. 작업복을 착용. 기체 넘버 27. 바빌론 개발 청부인.

벨플로라

바빌론의 유산 '연금동'의 관리인. 애칭은 플로라. 간호사복을 착용. 기체 넘버 21. 폭유 간호사.

프레드모니카

바빌론의 유산 '격납고'의 관리인. 애칭은 모니카. 위장복을 착용. 기체 넘버 28. 입이 거친 꼬마.

프레리오라

바빌론의 유산, '성벽'의 관리인. 애칭은 리오라, 블레이저를 착용. 기체 넘버 20. 바빌론 넘버즈 중 가장 연상. 바빌론 박사의 밤 시중도 담당했다. 남성은 미경험.

파메라노엘

바빌론의 유산, '탑'의 관리인. 애칭은 노엘. 체육복을 착용. 기체 넘버 25. 계속 잔다. 먹고 자기만 한다. 기본적으로 게으르고 뭐든 귀찮아하는 성격.

이리스팜므

바빌론의 유산, '도서관'의 관리인. 애칭은 팜므. 세일러복을 착용. 기체 넘버 24. 활자 중독자. 독서를 방해하면 싫어한다.

리루루파르세

바빌론의 유산, '창고'의 관리인. 애칭은 파르세. 무녀 복장을 착용. 기체 넘버 26. 열링이. 게다가 자각이 없다. 깜빡하고 저지르는 실수가 잦다. 잘 넘어진다.

아틀란티카

바빌론의 유산, '연구소'의 관리인. 애칭은 티카. 흰옷을 착용. 기체 넘버 22. 바빌론 박사와 넘버즈의 유지보수를 담당하고 있다. 극심한 어린 여자아이 취향.

레잔바빌론 박사

고대의 천재 박사이자 변태. 공중 요새 '바빌론'을 비롯한 다양한 아티팩트를 만들어 냈다. 모든 속성을 지녔다. 기체 넘버 29번의 몸에 뇌를 이식해, 5000년의 세월을 넘어 부활했다.

에르카기사(技師)

뒤쪽 세계에서 오렴 기사로 다섯 손가락 안에 드는 실력자. 호기심이 왕성해서, 죽이 잘 맞는지 자주 바빌론 박사와 함께 다양한 실험과 개발에 힘쓴다.

쿠온

토야와 유미나의 아이로 현재 유일한 아들. 온화하지만 할 때는 하는 성격으로, 강한 의지는 아버지에게 물려받은 모양. 전투 시에는 여러 개의 마안을 적절하게 활용하는 기술을 선보인다. 취미는 디오라마 제작.

에르나

토야와 에르네의 아이로 여섯째 딸. 어머니인 에르제보다 오히려 린제를 닮아 얌전한 성격. 전투 시에는 주로 빛 마법을 사용한다. 어머니가 쌍둥이라서인지 린네와 사이가 좋다.

린네

토야와 린제의 아이로 일곱째 딸. 린네도 어머니인 린제보다 오히려 에르제를 닮아 기가 세고 활동적이다. 전이 직후에 무술 대회에 출전하는 등, 말괄량이 같은 면도 있다. 전투 시에는 주로 건틀릿을 사용한다.

야쿠모

토야와 야에의 아이로 장녀. 아무진 성격으로 어린 동생들을 잘 돌본다. 【게이트】를 사용할 수 있어, 과거로 전이해 왔을 당시에도 언제든지 브륀힐드로 돌아갈 수 있었기 때문에 수련을 위한 여행을 떠났다.

아시아

토야와 루시아의 아이로 다섯째 딸. 요리가 특기로, 토야를 위해 요리하는 게 삶의 낙. 아빠 사랑이 넘쳐나 어머니인 루시아와 아웅다웅하지만 사실 사이 자체는 양호하다.

스테파니아

토야와 스우시의 아이로 여덟째 딸. 막내라 애교가 넘친다. 아직 어려서 무작정 돌진하는 성격. 자신에게 【프리즌】을 둘러 돌격하는 '스테프 로켓'이라는 기술을 잘 사용해, 토야를 까무러치게 만들기도 한다.

프레이가르드

토야와 힐다의 아이로 차녀. 느긋한 성격이지만 정의감이 강하고 기사도 정신을 동경한다. 【스토리지】에 넣어둔 다종다양한 무기를 사용해 싸우기 때문에 실제로 활용도 할 겸 취미로 무기를 모은다.

쿤

토야와 린의 아이로 셋째 딸. 마공학에 매우 관심이 많아서 과거의 초월적인 기술이 발견되면 현지 조사도 마다치 않는 활동적인 면모를 보이기도 한다. 폴라와 비슷한 고렘 '파라'를 제작했다.

요시노

토야와 사쿠라의 아이로 넷째 딸. 자유분방한 성격으로 예술, 특히 음악 분야에 뛰어난 재능을 보인다. 노래도 좋아하지만, 연주를 더 좋아해 온갖 악기를 자유자재로 다룬다.

엔데

이계를 전전하는 종족으로 프레이즈의 왕을 찾았었다. 드디어 프레이즈의 왕인 메르와 결혼해 결혼, 브륀힐드에서 행복한 생활을 보내고 있지만, 무신(武神)이 마음에 들어 해 어느덧 무신의 권속이 되어 버렸다.

메르

프레이즈의 왕이었으나 지금은 오랜 시간을 거쳐 재회한 엔데와 결혼생활을 즐기고 있다. 브륀힐드에 온 뒤로 미식(美食)에 눈을 떠, 다양한 음식을 먹으며 즐겁게 지내고 있다.

아리스테라

엔데와 메르의 딸. 왈가닥으로 토야의 아들인 쿠온을 무척 좋아한다. 쿠온의 색시가 되기 위해 열심히 신부 수업에 힘쓰고 있다. 애칭은 아리스.

지금까지의 줄거리

하느님이 특별히 마련해 준 스마트폰을 들고 이세계에 오게 된 소년, 모치즈키 토야. 두 세계가 휘말렸던 사신과의 싸움은 막을 내렸다. 토야는 세계신에게 그 공석을 인정받아 하나가 된 두 세계의 관리자가 되었다. 언뜻 보기엔 평화가 찾아온 것처럼 보이는 세계. 하지만 세계에는 아직도 혼란의 씨앗이 남아 있었으며, 세계의 관리자가 된 토야는 거듭 말려드는데…….

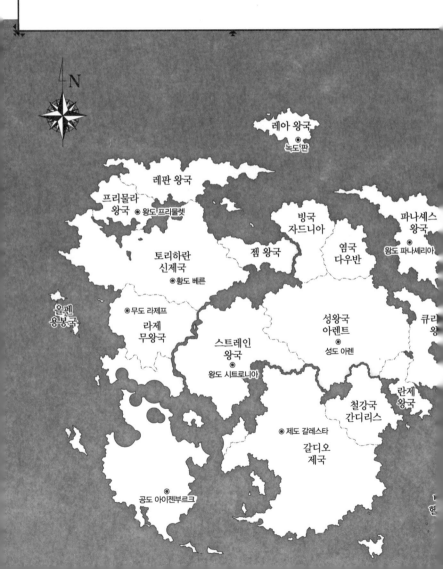

이세계는 스마트폰과 함께.
세 계 지 도

파레리우스 왕국

왕도 제노스칼 ←◎

마왕국 제노아스

파르스
파르프 왕국

엘프라우 왕국

왕도 슬라니엔 ◎→

노키아 왕국

니에 왕국

←왕도 니무에

하노크 왕국

왕도 하노크스→◎

유론 지방

신국 이센

도 베른 스

레굴루스 제국

◎ 제도 갈라리아

로드메어 연방

왕도 파르마 ◎↓

호른 왕국

벨파스트 황국

브륀힐드 공국

◎ 왕도 아레피스

성도 이스라 ◎

◎ 수도 파네라메아

펠젠 왕국

플렛 마을

미스미드 왕국

라밋슈 교국

왕도 베르주

왕도 아트라일 →◎

대수해

라일 왕국

왕도 레스틴 →◎

기사 왕국 레스티아

◎ 드래고니스섬

레트라반바 ←◎

산드라 왕국

◎ 왕도 큐레이

이그리트 왕국

새로운 세계

표지 · 본문 일러스트
우사츠카 에이지

"【트랜슬레이션】."

이대로 가선 무슨 말을 하는지 알아들을 수 없어서, 나는 메르의 남동생이라는 아이에게 번역 마법을 걸었다.

내가 손을 내밀자 잠시 경계하듯 나를 바라봤지만, 메르가 다정하게 타이르자 그 아이는 머뭇거리며 내 손을 잡아주었다.

"이상한 느낌이야."

손으로 전해진 번역 마법이 효과를 발휘했는지, 메르의 남동생이라는 아이의 말이 이해되는 언어로 우리에게 전해졌다.

"우리가 무슨 말을 하는지 알겠어?"

"그, 그래. 알겠다. 그대는 누구지? 누님의 시종인가?"

갑작스러운 질문에 움찔한 그 아이에게 메르가 키득키득 웃으며 말했다.

"하르. 이분은 모치즈키 토야 씨예요. 이 나라의 '왕'이자, 우리의 은인이랍니다."

"그랬구나……! 시, 실례했다."

꾸벅 고개를 숙이며 사과하는 소년. 아주 고분고분하네. 정말 이 아이가 프레이즈의 '왕'이야?

"그런데 하르. 대체 이게 어떻게 된 일인가요? 왜 이런 모습이 됐어요? 왜 하르가 이 세계에 온 거죠?"

"그건……."

잇따른 메르의 질문에 하르가 대답하려고 하는데, 그 순간에 정원 입구에서 이곳으로 오는 사람이 있었다.

"다녀왔어~. 우왓. 이 잔해는 다 뭐야? 무슨 일 있었어? 어? 너는……."

돌아온 엔데가 정원에 굴러다니는 보석 프레이즈 잔해와 메르의 손을 잡고 있는 하르를 보고 눈을 껌뻑였다.

"…………네놈은."

얼음장 같은 말을 내뱉은 하르가 천천히 메르의 손을 놓고 쩍쩍 결정 무장을 두르며 손을 붉고 커다란 도신(刀身)으로 변화시켰다.

"엔데뮤온! 네놈, 감히 누님을!"

"하르!"

"하르……? 누님이라니, 설마…… 하르야?!"

메르의 말을 뿌리치며 하르가 엔데를 습격했다. 커다란 도신이 엔데의 머리를 노렸다.

아슬아슬하게 그 공격을 피한 엔데가, 내가 만들어 줬던 정재(晶材)로 만든 건틀릿을 순식간에 팔에 장착했다.

"네놈이! 누님을!"

"자, 잠깐만!"

내려친 칼날을 엔데가 건틀릿으로 멋지게 막아냈다. 음…….

소년은 힘껏 칼날을 휘두르고 있을 뿐이야. 실력은 대단치 않아 보여. 지금의 엔데라면 쉽게 피할 수 있겠지.

"하르, 그만두세요! 엔데뮤온을 다치게 하면 용서하지 않겠어요!"

"누님! 누님은 속은 거야! 이 자식만 없었어도 '결정계^{프레이지아}'가 엉망이 되는 일은 없었을 텐데!"

메르가 제지하는데도 불구하고 하르는 무턱대고 엔데를 향해 칼날을 휘둘렀다.

'결정계^{프레이지아}'가 엉망이 됐다고? 엔데 저 녀석, 무슨 짓을 저질렀나?

계속된 하르의 공격을 엔데가 모두 피했다. 엔데는 공격할 뜻이 없는 듯했다. 하르의 실력을 봐선 엔데에게 상처를 입힐 가능성은 없었다.

그렇다고 계속 방치해 둘 순 없겠지?

내가 두 사람을 중재하려고 했는데, 그보다도 먼저 그 사이로 뛰어든 사람이 있었다.

"너 뭐야―――!"

까앙! 하르의 칼날을 막아낸 사람은 팔에 결정 무장으로 건틀릿을 두른 아리스였다.

"넌 누구지?! 누님들 이외에도 지배종이 있다니? 어? 이 향명음은……?!"

"아빠를 괴롭히는 녀석은 내가 용서치 않겠어!"

"저어, 있지. 아리스? 나는 괴롭힘당한 적 없는데……."

뭐라 형용하기 힘든 목소리로 말하는 엔데는 무시한 채, 아리스가 하르를 향해 돌진했다.

"【프리즈마 로즈】!"

"아니?! 【프리즈마 로즈】?! 그건 누님의……!"

내뻗은 아리스의 손에서 수정 장미 덩굴이 뻗어 나와 순식간에 하르를 속박했다.

"앗, 아리스! 기다리세……!"

"【레저넌스 플라즈마】!"

"윽?!"

메르가 아리스를 막으러 들어갔지만 한발 늦어, 벼락같은 전격(電擊)이 파지직 수정 덩굴을 타고 하르의 온몸으로 흘러갔다.

저건 아리스가 사용하던 포박용 기술이었지? 나랑 쿠온의 【패럴라이즈】랑 비슷했었다.

전격을 받은 하르가 수정 덩굴에 묶인 채 의식을 잃고 몸을 축 늘어뜨렸다.

괜찮으려나? 아리스의 공격이니 혹시 힘 조절을 잘못해서…… 어떻게 될 일은 없으리라 생각하고 싶었다.

당황한 네이가 하르에게 달려가 가슴에 손을 대보았다.

"괜찮다. 일시적인 휴면 상태가 된 듯하군. 이자의 몸이 프레이즈와 비슷했을 때의 얘기다만."

네이의 말을 듣고 우리는 모두 가슴을 쓸어내렸다.

"어……? 이 아이, 해치우면 안 되는 거였어?"

"해치우면 안 된다고 해야 할지……."

주변 분위기를 보고 자신이 실수했다는 걸 깨달은 아리스에게 쿠온이 쓴웃음을 지으면서 대답했다.

"깜짝 놀랐어. 이 아이…… 정말 하르 맞아? 외모는 닮은 데가 없는데……."

"응. 하지만 향명음이 같아. 적어도 하르와 어떤 관련이 있는 사람 같긴 한데……."

쓰러진 하르를 들여다보면서 메르가 엔데의 질문에 대답했다.

외모가 다르다라. 하긴, 엔데와 메르가 말하는 하르가 프레이즈의 지배종이라면 어른 모습으로 태어났을 테니까. 이 경우의 '어른'이란 '성인'이란 의미니, 젊은 모습이라면 15세 정도의 모습일 가능성도 있긴 하지만.

네이가 작게 한숨을 내쉬면서 하르를 안아 올렸다.

"이 아이가 하르 님인지 아닌지는 모르겠다만…… 우선 자세한 이야기를 들어 보아야겠지. 엔데뮤온, 넌 연락하기 전까지는 집에 돌아오지 말아라."

"헉?! 어째서?!"

"네가 있어선 이 아이도 편히 말할 수 없지 않나. 또 조금 전 같은 상황이 펼쳐지겠지. 이 아이가 정말 하르 님이라면 넌 메르 님을 홀린 증오스러운 악당 아니냐."

네이의 말에 충격을 받은 듯한 엔데였지만, 나는 하르가 왜 그토록 화를 냈는지 이유를 알게 되어 그런 행동도 충분히 이해가 되었다.

그랬구나. 엔데는 소중한 누나를 끌고 간(?) 나쁜 남자인 셈이야.

"네이가 그렇게 말하니 진실성이 느껴져."

"그러게. 네이도 엔데를 보자마자 달려들었으니까."

"큭! 옛날이야기는 꺼내지 마라!"

리세와 내가 같이 고개를 끄덕이며 말하자, 네이가 얼굴을 새빨갛게 물들이며 소리쳤다.

그때처럼 엔데를 한 방 때리게 해주면 이 아이도 좀 진정되지 않을까?

"보석 같은 프레이즈? 미안하지만 난 잘 모르겠는데."

투욱, 하고 보석 프레이즈의 파편을 테이블에 던지며 엔데가 컵에 들어 있던 아이스티를 한 모금 마셨다.

집에서 쫓겨난(?) 엔데를 데리고 나는 주점에 들렀다. 물론 쿠온은 성으로 돌려보냈고. 벌써 날이 저물 시간이라 교육에 도움이 안 되는 녀석들이 주점에 모여들기 시작했으니까.

"그 아이의…… 하르의 핵은 그런 프레이즈들의 보호를 받는 듯한 곳에 있었거든. 정말 짚이는 데 없어?"

"없다니까. 그 아이가 하르인지 아닌지부터 의심스럽기도 하고. 내가 아는 하르는 나보다 조금 연하로 보이는 소년이었어."

프레이즈의 지배종에게 어린 시절이 없다곤 해도, 태어날 때의 성인 모습은 사람마다 다 다른 듯했다.

보통은 14~40세 정도의 외모로 태어난다지만. 겉모습이 10대인 사람보다 40대인 사람이 더 젊을 수도 있다는 말인가? 따지고 보면, 이 세계의 장수종도 비슷하니 그렇게 이상할 건 없나?

하르…… '결정계'의 '왕'이었던 메르의 남동생은 엔데보다 조금 연하 정도의 외모였다고 한다.
_{프레이지아}

그렇다면 15~16세 정도인가? 그런데 엔데는 대체 몇 살이지? 겉모습은 17~18세로 보이는데, 아무리 봐도 나보다 연상이잖아. 이세계의 사람들은 나이를 파악하기가 너무 어렵다.

"지배종은 자녀를 만들 때, 상대의 복제한 핵을 받아 자신의 핵과 융합시켜. 그 사람들에게는 결혼이란 개념이 없으니 지배종의 형제자매는 대부분 아버지나 어머니가 다른 형제야. 그런데 메르와 하르는 조금 달라."

프레이즈의 '왕'은 강한 다음 세대를 낳기 위해, 다른 강자의 '핵'을 흡수한다. 그렇게 상대의 강함을 받아들여 더욱 강한 '왕'을 낳는 것이다.

메르도 마찬가지로, 선대의 '왕'과 선택된 강자 사이에서 태어났다고 한다.

"그런데 하르는 '왕' 한 사람한테서 분리되어 태어난 지배종이었어."

"어? 지배종은 개인이 다음 세대의 핵을 낳을 수는 있지만, 그래선 부모의 열화된 복제가 태어난다고 했던 것 같은데."

"다음 '왕'은 메르가 잇기로 결정되어 있었으니까. 이렇게 말하긴 뭐하지만, 하르는 선대 '왕'이 장난으로 만든 아이였어. 절대 배신하지 않을 메르의 종 역할로 만들었다고 해도 과언이 아니야."

자녀를 물건처럼 다루는 지배종의 개념에 조금 불쾌함을 느꼈지만, 프레이즈 세계에서는 그게 평범한 일이겠지.

"메르와 하르는 사이가 좋았어. 남동생인 하르는 메르를 존경했고, 메르도 하르를 귀여워했으니까. 선대가 죽고 메르가 '왕'이 된 지 얼마 안 되어 나는 '결정계'를 찾아가 그곳에서 메르를 만났어. 처음 메르를 만났을 때———이크, 지금은 관계없는 이야기인가?"

"뭐야~. 말해줘~. 너희가 연인이 된 계기일 거 아냐."

내가 히죽거리며 이야기를 재촉하자 엔데가 싫다는 듯 얼굴을 찌푸렸다.

"토야한테 말하면 아리스한테도 얘기가 새어 나갈 것 같으니 절대 말 안 해."

"쳇."

왠지 재미있는 얘기일 듯했는데. 다만, 나도 자녀들에게 우리 부부가 사귀게 된 이야기를 알려주다니, 솔직히 말해 부끄럽다.

우리 얘기는 아예 무대 상연까지 하게 됐으니……. 그 공연, 이제 끝내주지 않으려나.

"좌우간, 그 이후로 여러 사건이 벌어져 하르는 날 싫어하게 됐다는 거지. 예전의 네이랑 같아."

"그야 뭐. 소중한 누나를 납치해 간 유괴범이니까. 원망해도 이상하지 않아."

"유괴범이라니……. 하다못해 사랑의 도피라고 해줘. 그리고 '결정계'를 떠나기 전에 우 리는 몇 번이고 계속 설득했었어. 그런데 하르도 네이도 이해해 주질 않더라고."

그렇겠지. 완벽한 평행선이니까. '왕'을 잃고 싶지 않은 '결정계' 사람들과 사랑하는 사람과 함께 살고자 하는 '왕'. 누가 나쁘다고 할 수 있는 문제는 아니지만…….

"'왕'으로서의 책무를 버리다니 무책임하다고 말하는 녀석도 있었지만, 메르는 자신이 원해 '왕'이 된 게 아니야. 자신만 생각하는 사람들을 위해 메르가 자신의 행복을 꼭 버려야만 해? 메르는 '왕'이란 자리를 버리고 싶어 했고, 자신만을 의존하는 '결정계'의 미래도 비관적으로 바라봤어. 그래서 메르는 가장 신뢰할 만한 하르를 '왕'에 앉히고 우리는 그 세계를 떠났던 거야."

엔데도 나름의 정당한 이유가 있겠지만, 남은 사람들은 받아들일 수 없었겠지.

이런 말을 들으니 코사카 씨가 자주 하는 '뭐든지 폐하께서 해버리시는 것은 이 나라를 위한 일이 아닙니다'라는 이야기가 절로 이해가 되네.

너무 개인에게만 의지하면, 혹시나 그 존재가 사라졌을 때 그 나라는 순식간에 무너지고 만다.

센고쿠 시대에도 타케다 신겐, 오다 노부나가, 토요토미 히데요시 등 카리스마 넘치는 지배자가 죽자 무너져 버린 사례가 많다.

물론 다음 세대를 짊어질 후계자가 반석에 놓여 있었다면 문제가 없었을 수도 있다.

메르는 지금이라면 아직 괜찮을 거라며 하르에게 맡겼겠지만……

"방금 말한 대로 하르는 '왕'이 단독으로 낳은 지배종이야. 강자와 융합해 태어난 메르보다 전투력은 많이 떨어져. 그래서 기라나 그 오빠인 제노 장군처럼 일부 지배종은 하르를 인정하지 않았어. 힘이 전부인 사람들이니까. 그래도 하르는 '왕'의 아이야. 몇몇 지배종은 하르를 '왕'으로 인정하고 지지해 주겠다고 말했는데…….."

마지막까지 반대한 사람은 하르 본인과 네이를 비롯한 일부였지만, 더 나아가 아예 '왕'인 메르를 죽이고 그 힘을 빼앗으려고 하는 과격파까지 등장하기도 했다고 한다. 그런 과격파의 선두가 기라나 제노 장군이었겠지.

위험을 느낀 메르와 엔데는 결국 '결정계(프레이지아)'를 뛰쳐나왔다.

"우리는 그 이후에 '결정계(프레이지아)'가 어떻게 됐는지 몰라. 그 아이는 정말 하르 맞아? '결정계(프레이지아)'에서 대체 무슨 일이 있었을지…….."

엔데가 테이블에 떨어진 보석 프레이즈 파편을 툭툭 손가락으로 두드리며 생각에 잠긴 듯 그렇게 중얼거렸다.

무척 숙연한 분위기의 엔데를 보고 나는 살짝 놀랐다.

"혹시 네 탓에 '결정계(프레이지아)'가 엉망이 됐다는 하르의 말이 신경 쓰여? 네가 그런 섬세한 마음을 지녔다니 좀 의외인데……?"

"……큭! 누군가와는 달리 난 감수성이 풍부하거든! 적어도 아내들 모두에게 '둔하다'라는 말을 듣는 토야한테는 그런 말을 듣고 싶지 않아!"

"아앙?! 해선 안 된 말을 했어, 엔데 군! 그런 소린 하면 안 되지!"

"그래, 안 될 말 했다 왜?!"

"거기까지."

으르르링……! 서로 노려보는 우리 사이로 손이 쑥 들어왔다. 언제 왔는지 리세가 어이없다는 듯한 표정을 지으며 서 있었다.

보란 듯이 크게 한숨을 내쉬지 마.

"리세……. 하르는?"

"자고 있어. 문제는 없어 보여. 하지만 엔데뮤온이 있으면 일이 성가셔지니 오늘은 다른 데 묵고 오래. 메르 님이."

"와~아! 쫓겨났다~."

"크으윽……!"

내가 장난으로 도발하자 엔데가 오만상을 찌푸렸다.

결국 하르가 일어나기 전에는 아무것도 모르겠구나. 일단 나도 돌아갈까.

리세는 겸사겸사 여기서 엔데와 저녁을 먹고 간다고 한다. 으음, 리세가 엔데한테 온 이유는 그게 목적이 아니었을지……. 나야 뭐, 상관없지만.

오늘은 여러 일이 연달아 벌어져 피곤해…….

그건 그렇고 그 보석 프레이즈의 파편…… 어떻게 하지? 일단 아내들이랑 상의해 볼까?

나는 그런 생각을 하면서 주점 밖으로 나와 【게이트】를 열었다.

◇ ◇ ◇

다음 날, 메르네 세 사람이 성으로 하르를 데리고 왔다. 하르는 어제와는 달리 얌전했다. 엔데가 없으면 원래 조용한 성격인가?

그 엔데는 당연히 여기에는 없었다. 역시 일이 성가셔지니 하르하고는 떨어뜨려 놓은 듯했다.

메르네 세 사람과 함께 온 아리스는 오자마자 유미나한테 숙녀 교육을 받으러 갔다.

나는 응접실에서 하르를 데리고 온 메르, 네이, 리세와 만났다. 일단 쿠온도 동석했다.

"저어, 알기 쉽게 말하자면 이 아이는 하르지만 하르가 아닌…… 그런 존재인가 봐요."

"미안. 하나도 이해가 안 돼……."

말을 꺼낸 메르에게 나는 미간을 찌푸리며 그렇게 말했다. 도무지 무슨 얘긴지 모르겠다. 제발 처음부터 차근차근 설명해줘…….

"처음부터 설명하자면……."

메르가 하르한테 들은 '결정계'의 그 이후에 관한 이야기.

'왕'이 된 하르는 메르가 빠진 구멍을 메우기 위해 필사적으로 나라를 지탱하려 했다.

그러나 예상대로 불만을 토로하는 자나 태생이 한 사람한테서 분리된 지배종인 하르를 '왕'으로 인정하지 않는 자들로 인해, '결정계'는 큰 혼란에 빠졌다고 한다. 한데 뭉친 프레이즈들이 마음껏 휘젓고 다니기 시작한 것이다.

반항 세력을 제압하기 위해 하르가 열심히 노력하는데, 하나의 사건이 벌어졌다.

세계를 건너갈 수 있는 기술을 얻은 유라와 그 동료들이 모습을 감추었다.

하르를 인정하지 않는 자들, 또는 메르와 메르의 힘을 갈구하는 자들이 한꺼번에 '결정계'에서 모습을 감춘 것이다.

동행한 네이와 리세의 이야기에 따르면 '결정계'를 출발했을 시점에는 상당히 많은 지배종이 있었다고 한다.

그러나 여러 세계를 건너다니는 도중에 각 세계의 사람들과 전투를 벌이게 되어 점차 동료들은 줄어들었다.

"어차피 우리는 서로를 동료라 보지 않았지만 말이지. 이용하거나, 이용당하는 사이로, 각자의 목적이 같았을 뿐이야."

네이의 말을 듣고 나는 예전에 만났었던 지배종들을 떠올려 보았다. 전투광인 기라, 쾌락주의 쌍둥이 레트와 루트, 그리고 '왕'을 뛰어넘는 힘을 갈구했던 유라.

네이도 리세도, 동료 의식은 전혀 없었겠지. 나도 그때 그 사람들과는 도저히 사이가 좋아질 것 같지 않았다.

　이야기가 엇나갔는데, 유라를 비롯한 반항 세력이 사라져 '결정계'는 안정을 되찾는 듯했다.
_{프레이지아}

　하지만 반항 세력이 사라져, '왕'을 대적하는 자들은 없어졌지만 '결정계'에서 '왕'의 권위는 땅에 떨어지고 말았다.

　신하조차 하나로 모으지 못하는 무능한 '왕'이란 평가를 받았다.

　주변 사람들의 비난에 직면한 하르는 예전의 '왕'인 누나, 메르의 존재에 매달렸다.

　메르 같은 힘을 얻으면 '결정계'는 또 '왕' 아래에서 단결할 수 있다. 그렇게 생각한 하르는 유라가 남긴 연구에 주목했다.

　"그것이 '퀴스'라고 불리는 인공 프레이즈 양산 계획. 프레이즈와는 완전히 다른 방식으로 결정 진화를 하는, 새로운 프레이즈 병사를 만드는 연구예요."

　메르의 말을 지구에 적용시키자면, '안드로이드 병사 양산 계획'이라고 할 수 있을까?

　하르는 개인적으로 연구를 진행해 예전의 '왕' 같은 '힘'을 얻으려고 했다.

　한 사람에게서 분리되어 태어났다고는 하지만, 하르도 '왕'의 일족이다. 하르는 유라만큼은 아닐지는 몰라도 우수한 연구자였다.

　기본적인 바탕은 이미 유라가 만들어 놓은 덕분에 하르는 그걸 개량하기만 해도 충분했다고 한다. 그러나 그 '쿼스'에는 중대한 문제가 있었다.

'쿼스'가 안드로이드 같은 존재라면, 당연히 그들에게 명령을 내릴 사람이 필요했다. 고렘의 계약자^{마스터} 같은 사람이다.

'쿼스'를 따르게 하려면 그들을 통솔할 새로운 지배종을 낳아야 했다.

지배종의 '핵'과 '쿼스'의 '핵'을 융합한 새로운 '핵'을 지닌 종이.

"잠깐만! 설마 여기에 있는 '하르'는?!"

"네. 이 아이는 하르를 복제한 '핵'과 '쿼스'의 핵을 융합해 만들어진 혼합종이에요."

◇ ◇ ◇

"하르를 복제한 '핵'과 '쿼스'의 '핵'을 융합해 만들어져? 그러면 이 아이는 '하르' 본인이 아니란 말이야?"

"맞아요. 하르의 분신…… 자녀라고 해도 좋아요."

자녀……. 역시 그렇게 되는 건가? 내가 받아들이기에는 왠지 클론 인간 같아 보이지만.

만약 내 클론이 만들어졌는데, 그 사람을 아들이라고 부르다니 좀 이상하다. 굳이 따지자면 형제에 가까워 보이기도 한다.

"하지만 이 아이는 하르의 기억을 지니고 있잖아?"

"네. 저편의 하르가 자신의 기억을 이 아이에게 심어준 모양이에요. 어제는 막 눈을 뜬 참이라, 그 기억과 감정이 너무 앞섰던가 봐요. 어제 이 아이는 이 아이의 원래 인격이 아니에요."

"잠깐! 또 이해가 안 되기 시작했어."

하르가 기억을 심어? 본래의 인격? 복잡하네.

"다시 말해 이중인격이라는 건가요?"

"이중인격…… 그러네요. 그것에 가까울지도 몰라요."

머리가 뒤죽박죽이었던 나에게 쿠온이 알기 쉬운 예를 들어주었다. 이중인격이라. 그런 설명을 들으니 약간 이해가 되었다.

"이 아이도 자신이 어떤 사람인지 잘 모르겠나 봐요. 하르의 기억이 뒤섞여 불안정한 상태라고 할까요."

메르의 설명을 듣고 힐끔 그 옆에 앉아 있는 하르를 살폈다. 정말로 어제의 차분했던(엔데와 만나기 전) 모습과는 달리, 안절부절못하는 불안한 안색처럼 보였다. 이게 이 아이의 원래 인격인 걸까?

"이렇게 표현하면 기분 나쁠지도 모르지만, 하르는 이 아이를 사용해 '결정계'를 하나로 묶을 셈이었던 거야?"

"네. 하지만 그 의도는 실현되지 못했어요. 이 아이가 완전히 눈을 뜨기 전에 쿠데타가 벌어졌기 때문이에요. 약간 남아 있던 기라 같은 무장 투쟁파가 갑자기 하르 진영을 습격했대요. 하르는 이 아이의 힘이 상대에게 넘어가는 것을 우려해, 자신의 기억을 이식하고 수정수(水晶獸)를 호위로 붙여 저의 향명음을 쫓아가게 만들었어요."

그런데 왜 미래 세계에 나타난 걸까. 미래에서 내가 메르와 세 사람의 향명음을 봉쇄한 【프리즌】을 해제했나?

대체 왜 내가 그런 짓을……. 설마 '이렇게 될 줄 알고 있어서' 인가?

그러면 이야기가 연결되긴 하는데…….

"하르는 그 이후에 어떻게 됐어?"

"모르겠어요. 이 아이는 거기까지는 기억이 없는 모양이라서요."

메르가 침통한 표정을 지었다. 남동생이 죽었을지도 모른다. 당연히 침통해질 수밖에.

"그렇지만 어떠한 일이 벌어지든 저는 '결정계(프레이지아)' 를 버린 몸. 이제 와 그 세계에 끼어들 자격은 없어요."

메르가 딱 잘라서 말했다. 그래도 고향인데, 조금 더 걱정해야 하지 않나? 그런 생각도 들었지만 메르는 그만큼 큰 결심을 하고 '결정계(프레이지아)' 를 탈출한 사람이다. 정말 새삼 끼어들기도 그렇긴 하고.

"그래서? 이 아이를 어떻게 할 셈이야?"

"가능하면 우리가 받아들일까 하는데요."

"엔데뮤온이 문제야."

"아……."

리세의 말을 듣고 나는 무심코 하늘을 올려다보았다.

이 아이와 엔데를 만나게 하면, 또 어제 같은 일이 벌어질 게 뻔했다.

그렇다고 엔데만 별거하라고 하기도 너무 가엾다.

"네이처럼 한 방 때리고 화해하는 방법은 안 될까?"

"그때는 메르 님이 있어서 참았지만, 나도 원래는 더 때리고 싶었다. 다시는 회복하지 못할 만큼."

네이가 그렇게 당시의 심경을 밝혔다. 대체 얼마나 원망했기에 그래…….

"하지만 지금은 그 정도는 아니잖아요?"

"그, 그야……. 해주는 요리도 맛있고, 꼼꼼하게 배려해 주고, 마음을 쓸 줄 아는 남자라고는 생각합니다만……."

메르의 말에 네이가 살짝 머뭇거리며 대답했다. 네이도 독이 상당히 빠졌어. 하르도 이렇게 되면 좋을 텐데.

"조금씩 익숙해지는 수밖에 없을까요……?"

"일단은 공격하지 않도록 잘 타일러야겠어."

집에서도 마음 편히 쉬지 못해서야 엔데가 너무 불쌍하다. 싫어해도 괜찮으니 살의만이라도 접게 설득해야 할 것 같다.

"그 아이는 너희한테 맡길게. 그런데 그 아이의 이름을 계속

'하르' 라고 해도 되겠어?"

메르의 남동생인 하르의 기억을 지니고 있다곤 하지만 다른 사람이다. 딱 구별해서 다른 이름으로 불러야 더 나을 것 같은데.

"그러네요. '하르' 의 인격이 드러날 때는 그렇게 불러도 되겠지만, 이 아이만의 이름도 필요해요."

"……저는 '하르' 가 아닌가요?"

불안한 눈으로 '하르' 가 메르를 올려다보았다.

"괜찮아요. 당신이 '하르' 가 아니라도 나의 조카딸 같은 사람이니까 쫓아내는 일은 없을 거예요. 계속 여기에 있어도 괜찮아요."

"…………잠깐. 조카딸이나 마찬가지라고? 어?"

메르의 말을 듣고 뭔가 마음에 걸려서 무심코 끼어들었다. 물론 남동생의 자녀나 마찬가지이니 '조카딸 같은 사람' 도 표현 자체는 틀리지 않았다.

내가 마음에 걸린 부분이 있다면 '조카딸' 이었다.

왜 내가 끼어들었는지 눈치챘는지 메르가 쓴웃음을 지었다.

"어제 정신을 차린 이 아이를 목욕시키다가 알게 됐는데요."

"여자아이였어."

메르의 말을 이어 리세가 말했다. 정말로?

물론 여자아이 같다고 생각은 했었지만, '하르' 의 인격이 겉으로 드러나서 그런지 난 남자아이인 줄로만 알았다.

그렇다면 사실상 '하르'의 딸, 메르의 조카딸이 되는 건가.

그보다 지배종도 목욕을 하는구나……. 지배종에게 남녀의 차이는 있지만 전투 능력과는 관계없다고 엔데가 말했었지?

그런데 혼자서 다음 세대의 지배종을 만들면 부모님과 같은 성(性)이 되는 거 아니었어?

"'퀴스'의 핵을 융합시켰기 때문일까요? 그건 저도 잘 모르겠어요."

그렇구나. '퀴스'의 핵이 융합되어 있으니 혼자서 만든 건 아닌가?

그건 그렇고, 여자아이의 몸에 남성(하르)의 인격이 들어가 있으면 아무래도 힘들지 않을까?

"프레이즈는 원래 성별에 따라서 격차가 없으니 특별히는……."

듣고 보니 그러네. 이 종족은 남자인지 여자인지 크게 상관이 없었어. 자녀를 만들 때의 핵 융합에 동성이 불리한 정도였던가. 엔데에게 슬쩍 물어본 이야기에 따르면 성욕도 거의 없다고 한다.

"좌우간 '하르'와는 별개의 인격인 이 아이에게도 이름은 필요하겠네요."

"그렇다면 '리세'와 '메르'를 합쳐서 '리르'로 하자."

"잠깐! 그거라면 '메르'와 '네이'를 합쳐 '메이'가 더 낫지 않나!"

메르의 제안에 리세와 네이가 서로 언쟁을 벌이기 시작했다. 참, 너희 자녀도 아닌데 그러면 안 되지.

"리이르……?"

'리르'니 '메이'니 말다툼을 하자, 두 가지 이름이 합체한 듯한 이름이 이름의 당사자 본인의 입에서 흘러나왔다.

"리이르. 나쁘지 않네요. 당신만 좋다면 리이르, 어떤가요?"

메르가 질문하자, 이름의 당사자가 작게 고개를 끄덕였다. 리이르인가. 그래, 부르기도 쉽고 괜찮지 않을까?

"잘 부탁해, 리이르. 어제 '하르'에게는 인사를 했지만, 내가 이 나라의 국왕인 모치즈키 토야야. 곤란한 일이 있다면 얼마든지 말해."

내 말을 듣고 리이르가 고개를 끄덕였다. 과묵한 아이네. 우리 아이들과 비교하자면 에르나와 성격이 가까운 것 같다. 아니지. '하르'의 성격이 나오면 또 달라지지만.

"저는 모치즈키 쿠온이라고 합니다. 아…… 공왕 폐하의 친척인 아이입니다."

리이르를 제외하고 여기에 있는 모든 사람은 쿠온이 미래에서 왔다는 사실을 알았지만, 설명이 귀찮아서 친척이라고 밀고 나가기로 한 듯했다.

사실 엄밀히 말하면 리이르도 미래에서 온 사람이지만.

"그리고 리이르가 지닌 '쿼스'의 힘 말인데…….."

리이르가 만들어 냈다고 보이는 그 보석 프레이즈……'쿼스'. 그걸 적절히 제어할 수 있을지 어떨지, 그게 문제다.

그런 존재가 거리에 나타나면 엄청난 사태가 벌어진다. 국민에게 위해를 가하게 된다면 이 나라를 통치하는 사람으로서 가만히 둘 수 없다.

" '하르' 에 따르면 현재 그 힘은 생명의 위험을 느끼지 않는다면 발동하지 않는대요. 그래도 불안하다면 우리처럼 이 아이의 향명음을 봉쇄하면 될 거예요. 땅속에 그 명령이 닿지 않는다면 퀴스는 태어나지 않는다고 하니까요."

생명의 위험? 그건 자기방어 행동이었다는 말인가?

그야 뭐, 호위 수정수가 죽고, 핵 상태인 채로 마수가 어슬렁거리는 숲에 방치까지 되어 있으면 신변에 위험을 느낄 수밖에 없나?

그 퀴스들은 주변에 있는 마수들만 사냥했었다. 리이르를 지키는 일에만 전념한 것이다. 마구 폭주할 일은 없어 보인다.

그렇지만 가능성이 없진 않으니, 메르의 말대로【프리즌】으로 향명음을 봉쇄해 두자.

리이르에게 양해를 구한 뒤, 그 몸의 핵 주변에 향명음만 차단하는 결계를 만들었다. 이것으로 퀴스는 태어나지 않으리라 생각한다.

"그런데 이렇게 됐으니, 몸을 지키기 위해서는 퀴스 이외의 방법이 필요하겠군."

네이가 생각에 잠기며 말했다.

어제 엔데와 싸우며 보여 준 그 전투 기량은 '하르'의 실력이었던 듯했다. 원래 하르는 전투에 적성이 없었던 모양인데, 리이르는 그보다도 더욱 전투력이 약하다고 한다.

"리이르는 원래 '쿼스'의 전투력을 통솔하기 위해 태어났으니, 그걸 봉쇄당해선 팔다리를 뽑힌 상태나 마찬가지다."

"그래도 프레이즈로서의 능력은 있지 않아? 손을 검으로 만든다든가."

"그건 가능하다고 하지만…… 아무래도 믿음직하지가 않군."

이 마을 밖으로 나가지 않는 한에야 특별히 위험할 일은 없을 듯한데. 과보호가 너무 심하다는 생각도 들었지만, 굳이 말을 하지는 않았다.

리이르는 따지고 보면 자신들이 버린 세계에서 온 망명자다. 이 세 사람은 죄책감과 비슷한 감정을 느끼고 있는지도 모른다.

"리이르는 너희에게 맡길게. 부디 위험한 일은 하지 말아 줘."

"알겠습니다. 감사해요, 토야 씨."

이런 경우엔 리이르에게 '위험'한 일이 아니라, 브륀힐드에 '위험'한 일을 하지 말라는 의미지만.

뭐가 됐든 간에 한 건 해결인가? 아직 리이르와 엔데 사이의 문제가 있긴 하지만, 그건 집안 문제에 가까우니 알아서 처리해 주길 바랄 뿐이었다.

이윽고 숙녀 교육을 마치고 돌아온 아리스와 함께 프레이즈 가족은 모두 집으로 돌아갔다.

"후우……. 그래도 큰일로 발전하지 않아 다행이야."

갑자기 피로가 확 밀려와서 내가 소파에 등을 기대자 쿠온이 깊이 생각에 잠긴 듯 턱에 손을 대고 있었다.

"아리스의 모습이 조금 이상했어요. 오늘따라 숙녀 교육이 엄격했던 걸까요?"

"그런가? 평범하게 보였는데……."

내가 보기엔 평소의 아리스 그대로였다. 조금 힘이 없어 보이기도 했지만, 아무리 아리스라도 1년 내내 기운이 넘칠 수는 없으니까.

배탈이라도 났나?

그런 생각을 했는데, 그날 밤, 아리스가 성을 찾아왔다. 이런 한밤중에 대체 무슨 일이지?

"가출했어."

"뭐?!"

아리스가 그렇게 중얼거리자마자 품 안에 있던 스마트폰이 울렸다. 이크, 마침 메르한테서 온 연락이네. 타이밍도 참 좋아.

"네, 여보세요."

《토야 씨? 혹시 아리스, 그곳으로 갔나요?》

"응, 왔어. 대체 무슨 일이야?"

《그게…….》

메르의 말로는, 메르와 가족들이 너무 리이르한테만 마음을 쓰자 아리스가 짜증을 내며 집을 뛰쳐나갔다고 한다.

어? 그런 이유로 집을 나와?

《죄송하지만, 오늘은 거기서 재워주실 수 있을까요? 지금은 아리스도 오기를 부리고 있을 테니…….》

그거야 크게 어려운 일은 아니지만. 항상 힘이 넘치는 아리스가 미간을 찌푸리고 뾰로통한 표정을 지은 모습을 보니, 조금 걱정이 되었다.

꽤 기분이 나빠 보이는 모습으로 소파에 앉아 있는 아리스였지만, 그래도 쿠온의 팔을 마치 안는 베개처럼 붙잡고는 놓을 생각을 하지 않았다.

일단 메르한테 들은 이야기를 유미나를 비롯한 아내들에게도 그대로 전해 두었다.

"아하. 메르네가 너무 리이르만 신경 쓰니 삐쳤구나?"

"음⋯⋯. 하지만 리이르는 의지할 사람이 아무도 없으니, 어쩔 수 없는 일 같은데."

메르랑 가족들도 아리스에게 일부러 관심을 덜 쏟았을 리 없다. 홀로 이 세계에 내던져진 어린이를 어떻게 해서든 돕고 싶었을 뿐이겠지.

"달링, 어린이한테 그런 점까지 이해해 달라고 할 수는 없어."

"그런가?"

쿠온이라면 이해해 줄 것 같기도 한데, 단지 부모의 안이한 생각일 뿐인가?

"형제가 있으면 그런 경우가 적지 않은데, 토야는 모르려나?"

"맞아요! 저도 오라버니만 칭찬받아 분해서 울었던 적도 있으니까요."

에르제의 말을 듣고 힐다가 옳다는 듯이 고개를 끄덕이며 맞장구를 쳤다. 어? 그렇게 공감되는 요소였어? 나야 물론 형제가 없었던 몸이지만⋯⋯.

지금은 여동생이 있지만 같이 생활하지 않으니, 그 마음은 잘 이해할 수 없었다.

"저도 이해돼요. 언니와 비교되곤 했으니⋯⋯."

"아⋯⋯ 소인 또한 오라버니와⋯⋯."

이크크, 루랑 야에도 공감이 됐었나.

"나에게도 남동생은 있으나, 그런 기분이 든 적은 없네만?"

"으~음. 나이 차이가 많이 나는 편이면 그런 감정을 느끼긴 어려울지도 몰라."

스우의 의문에 린제가 쓴웃음을 지으며 대답했다.

나와 유미나, 스우, 사쿠라, 린은 나이 차이가 얼마 되지 않는 형제자매가 없어 잘 이해하기가 힘들었다. 따지자면 아리스와 리이르도 자매는 아니지만. 사촌 같은 사이긴 해도.

"다만 유미나 언니와 비교당해 울컥한 적은 있구먼. 그런가, 그런 감정인가."

"어? 나하고?"

스우가 말하길, 귀족끼리 모이는 파티에서 다른 귀족이 유미나와 비교하는 일이 있는데, 그때 언짢은 기분이 들기도 한다고 한다.

스우와 유미나도 사촌이다. 비교당할 일도 있겠지. 스우도 공감되는 사람이 되어 버렸나.

"아리스와 리이르를 비교하는 건 아니니, 그것과는 좀 달라 보이지만."

"한마디로 질투야. 부모님의 애정을 빼앗긴 듯한 기분이 드는 상황이 아닐까?"

린이 그렇게 분석했다. 아하, 질투인가.

조금 전 그것도, 부모님이 다른 형제는 사랑하는데 자신은 사랑하지 않을지도 모른다는 불안, 그로 인한 형제를 향한 질

투, 그런 이야기라고 보면 되나.

나도 좀 불안해지네. 난 우리 아이들에게 똑같이 애정을 쏟아주고 있을까?

그, 그건 일단 제쳐 두고, 지금은 아리스가 문제다. 속은 솔직하고 착한 아이니까 얘기하면 이해해 주리라 보지만…….

내가 아리스와 이야기하려고 쿠온이 있는 곳으로 가려고 하자, 유미나가 내 소매를 붙잡으며 말렸다. 어? 왜 그러시나용?

"아리스는 리이르가 싫은가요?"

"별로 싫진 않아."

"그런데 왜 그렇게 화가 났나요?"

"……모르겠어."

소파에서는 쿠온과 아리스가 대화 중이었다. 유미나가 나한테 '눈치 좀 채라' 라고 말하듯 시선을 내던졌다. 쿠온한테 맡겨두라는 소리야? 그래도 될까?

"리이르는 혼자서 아는 사람이 아무도 없는 이 세계에 오게 됐어요. 토키에 할머니가 없었으면 우리도 그렇게 됐을 가능성이 있잖아요. 그 사람은 지금도 불안을 안고 있지 않을까요?"

"…………."

"지금 아리스는 자신에게 화가 나 있죠? 그런 리이르를 다정하게 대해 주지 못했고, 불안함과 초조함을 어머니들에게 쏟아냈으니, 그런 자신을 용서하지 못하는 거예요. 그런데 어쩌면 좋을지도 모르겠고…… 그런 상황인가요?"

"그런 것 같아……. 쿠온은 어떻게 그걸 다 알아?"

"이래 봬도 약혼자니까요. 아리스의 마음 정도는 잘 알아요."

그렇게 말하며 미소 짓는 쿠온을 보고 아리스의 얼굴이 빨갛게 물들었다. 이렇게 세련된 언어 선택이라니. 정말 내 아들 맞아?!

"아버지하고는 하늘과 땅 차이야."

"그야 제 아들인걸요!"

"저런 배려심은 꼭 배우셨으면 합니다…….."

내 뒤에서 에르제, 유미나, 야에가 중얼중얼 무례한 소리를 쏟아냈다. 에휴, 저걸 평범함의 기준으로 삼으면 안 되지. 이 세상 남자들은 거의 나랑 비슷한 수준일걸? ……맞겠지?

"나, 엄마들한테 심한 소릴 하고 나왔어."

"누구나 마음에도 없는 소리를 하게 될 때가 있는 법이에요. 저도 실버한테 가끔 심한 말을 해버리기도 하거든요."

《어? 마음에도 없는……? 가끔……?》

허리에 있던 실버가 의문스러워했지만, 쿠온이 웃으며 살짝 칼집에 손을 뻗자 백은의 마검은 입을 꾹 달았다.

"잘못한 일이 있다면 사과하면 그만이에요. 그러면 메르 씨도 다른 어머니들도 용서해 주실 거예요."

"리이르도……?"

"그럼요, 리이드도 분명 용서해 줄 거예요. 두 사람은 사촌

지간이나 마찬가지잖아요. 심지어 리이르는 이제 막 태어난 아이예요. 아리스가 언니니까, 많이 가르쳐 줘야죠."

"언니? 내가 언니……?"

꽃이 피어나듯이 아리스의 얼굴이 환해지며 발그스름하게 물들었다. 그건 미처 눈치채지 못한 일이었다고 말하듯이.

아리스는 미래에서 왔으니 굳이 따지면 연하 아닐까? 그런 생각도 들었지만 굳이 말은 하지 않았다. 아니지, 리이르도 미래에서 왔으니까 쿠온의 말도 틀린 건 아닌가?

"아리스!"

그런 시시한 생각을 하는데, 발코니의 창문을 벌컥 열며 엔데가 뛰어 들어왔다.

너 정말……! 창문으로 들어오지 마!! 현관으로 들어와! 성의 경비에는 아직 빈틈이 많은가 보네……!

"야. 오늘은 아리스를 여기서 재우는 거 아니었어?"

"걱정돼서 나만 여기에 온 거야! 어차피 나도 집에는 못 들어가기도 하고! 나도 좀 재워줘!"

아버지까지 딸려왔나. 어차피 빈방도 있으니 재워주는 거야 어렵지 않지만…….

"아리스. 오늘은 이 아빠가 계속 함께 있어 줄 테니."

"나, 집에 갈래. 미안해, 아빠."

"엥?"

얼빠진 소리를 내는 엔데를 방치하고 아리스가 우리에게 다가와 꾸벅 인사를 했다.

"여러분. 소란스럽게 해서 죄송합니다! 전 돌아갈래요! 쿠온, 또 보자!"

평소처럼 힘차게 인사하더니 아리스는 곧장 발코니 아래로 뛰어내려 나가 버렸다.

응, 너희 부녀는 문을 사용하는 법부터 배워야겠어.

"앗, 아리스?!"

엔데도 아리스를 뒤쫓듯이 발코니 밖으로 나갔다. 그러니까 문을 좀······!

"간신히 원만하게 마무리된 건가?"

"그렇겠죠. 이제는 아리스가 혼자 해결할 문제가 아닐까 해요."

쿠온이 힘들었다는 듯이 크게 하품을 했다.

"뭐냐, 익숙한 모습이야."

"그거야, 누나나 여동생과 함께 있으면, 중재할 일도 많으니까요."

아, 그래서 익숙한 건가. 아들이 이토록 여성에게 익숙한 이유는 나한테도 책임이 일부 있었구나?

여성뿐인 가족이니, 풍파를 겪지 않고 지내려면 필요한 스킬이었겠지.

살짝 아들이 가여워진 나는 쿠온의 머리를 쓰다듬어 주었다.

곧장 팍! 하고 유미나에게 떠밀려, 그 역할을 빼앗기게 되었지만. 으으윽.

"오늘은 리이르도 데리고 왔어! 자, 리이르. 인사해!"

"아, 안녕하세요."

다음 날 아침, 아리스가 리이르를 데리고 평소처럼 숙녀 교육을 받으러 왔다.

응어리가 풀렸는지, 아리스는 리이르의 손을 잡고 생글생글 웃고 있었다.

그와는 반대로 리이르는 싱숭생숭한지 침착하지 못한 모습으로 주변을 두리번거리며 둘러보았다.

아리스가 아무 말 없이 선배티를, 아니, 언니티를 내는 모습이 고스란히 전해졌다.

"화해했군요?"

"응! 앗, 리이르. 쿠온은 있지, 내 미래의 서방님이야! 그러니까 리이르의 오빠이기도 해!"

"오빠⋯⋯?"

"그건 좀 다르지 않을까요⋯⋯."

아리스의 설명에 쿠온이 미묘한 표정을 지었다. 사촌의 남편은 오빠가 아니다. 뭐, 그런 생각을 하고 있겠지. 마음은 잘 알지만 그건 깊이 생각하지 않아도 괜찮다.

"저어, 방해된다면 돌아가겠습니다……."

"아니요, 괜찮아요. 오늘은 역사 공부이니, 같이 들어도 문제없답니다."

머뭇거리며 말하는 리이르에게 유미나가 방긋 웃으며 대답했다. 그럼. 이 세계에 관해 알아두는 거니 헛된 시간은 아니라고 생각한다.

"아! 그리고 폐하! 리이르 몫의 【미라주】가 부여된 펜던트가 있었으면 좋겠는데……."

"응? 아, 메르한테 빌려왔나 보구나? 좋아. 돌아가기 전까지 만들어 둘게."

잠시 지배종의 특징이 보이지 않게 된 리이르의 모습을 눈치채지 못했는데, 리이르는 내가 메르네 가족한테 준 펜던트를 목에 걸치고 있었다.

【미라주】 효과로 인간 소녀처럼 보인다. 쿠온하고 동갑 또는 연하 정도인가? 스테프보다는 키가 크지만.

옷도 환영이겠지? 무늬가 없는 단출한 원피스 차림이다.

"린제, 미안한데……."

"알겠습니다. 몇 벌 정도 몸에 맞고 귀여운 옷을 만들어 둘게요."

내가 말을 채 끝내기도 전에 린제가 고개를 끄덕였다. 척하면 알아듣는다고 해야 하나, 이심전심이라고 해야 하나. 오래 같이 지낸 부부 같아서 조금 기뻤다.

리이르는 아리스와 함께 유미나의 역사 수업을 받으러 갔다.

그런데 리이르 안에 남아 있는 하르의 의식은 어떤 타이밍에 드러나게 되는 걸까? 엔데가 시야에 들어오면 겉으로 나오게 될 거 같긴 한데.

걔도 고생이야. 리이르가 있는 집에 돌아가면 공격당하고, 딸에게 다가가고 싶어도 옆에는 리이르가 있으니 곁으로 갈 수 없다.

지금은 마음 놓고 메르가 기다리는 집에 돌아갔겠지만…… 리이르가 돌아가면 또 쫓겨나는 건가? 참 너무 가엾잖아…….

그래도 얼마 더 있으면 어떻게든 해결되겠지. 너무 남의 집 가정 문제에 참견하지는 말자.

엔데에게 변명하듯 그런 생각을 하고 있었는데, 스마트폰이 울렸다. ……엔데는 아니겠지? 앗, 박사인가.

"네. 여보세요."

《'방주^{아크}'가 움직였어.》

박사의 그 말을 듣자 몸에 팽팽한 긴장감이 흘렀다.

"내 레긴레이브랑 전용기^{발큐리아}의 조정은 어때?"

《미안하군. 레긴레이브는 아직 손도 대지 못했어. 그래도 전용기^{발큐리아}는 에르제, 야에, 힐다, 루의 네 기가 완성된 상태야. 물

속에서도 활동할 수 있고, 기동력도 얼마간 상향됐지만…….》

　박사가 무슨 말을 하고 싶은지는 안다. 네 기 모두 굳이 따지자면 백병전에 더 어울린다. 루의 발트라우테라면 장비를 교체해 장거리에 대처할 수도 있겠지만…….

　"해기병은?"

　"움직일 수 있는 기체는 열 기 정도일까? 곧장 실전에 투입하게 되겠지만."

　기사단 멤버들은 프레임 유닛으로 해기병 기체와 물속 스테이지 훈련을 이미 받은 상태다.

　실전은 처음이지만, 기본 조작은 프레임 기어와 크게 다르지 않으니 그렇게까지 애를 먹지는 않으리라 본다.

　" '방주' 는 어디로 가고 있어?"

　《아이젠가르드의 서쪽 해역을 북상 중이야. 이대로 가면 올판에 닿겠지.》

　올판 용봉국인가. 봉제 폐하가 다스리는 섬나라다. 일본과 비슷한 이셴과 정반대의 형태를 한 나라였다.

　'방주' 의 목적지는 용봉국인가? 아니면 그 근처의 해저 자원이 목적일까?

　《해저 자원이 목적이라면 당장 무리해서 상대할 필요는 없을지도 몰라. 우리도 준비가 완벽하진 않으니까. 키클롭스의 양산은 허용하게 되겠지만, 단숨에 일이천 기가 늘어나는 건 아니고 말이지.》

실제로 그 말대로다. 우리가 생각하는 '방주^{아 크} 강습 작전'은 '방주^{아 크}'에 직접 올라타 그 전이 마법을 사용하는 잠수 헬멧을 쓴 사도를 해치우는 것.

그걸 위해서는 아직 시간이 조금 더 걸린다. 용봉국이 공격당한다면 방어를 위해 가야겠지만, 상대가 해저 자원을 채굴하는 정도라면 방치해도 된다고 본다. 참 마음에 안 드는 일이긴 하지만.

다행히 우리의 우려는 빗나가, '방주^{아 크}'는 용봉국 남쪽 바다에서 굴착 작업을 시작했다. 아무래도 해저 자원이 목적이었던 듯하다.

그렇다고 방심할 수는 없다. 나는 박사에게 감시 체제의 강화 및 전용기의 개조, 해기병의 양산을 진행하도록 부탁해 두었다.

그리고 혹시 모르니 근처에 있는 올판 용봉국과 라제 무왕국에 주의를 촉구하는 메시지를 보내두었다. 해안 부근에서 이변을 느낀다면 대피하라는 내용이다.

'방주^{아 크}'는 움직이지 않아도, 반어인(半魚人)이 습격할지도 모르니까.

최근 몇 주간은 항구 마을이 습격받은 사례는 없었다. 나는 그것이 폭풍전야 같아서 뭐라 형용할 수 없을 만큼 불길했다.

◇　◇　◇

　브륀힐드에서 멀리 떨어진 남쪽 지방, 울창한 숲이 펼쳐진 대수해(大樹海)에는 '용골의 보금자리' 라 불리는 장소가 있었다.

　밀림 속에서 조용히 입을 벌리고 있는 큰 동굴이다.

　이곳은 대수해에 사는 적룡(赤龍)이 다스리는 용들의 서식지, '성역' 에서 조금 떨어진 곳으로, 그들에게는 무척 중요한 장소였다.

　넓은 동굴 안에는 크고 작은 다양한 용의 뼈가 굴러다녔다. '용골의 보금자리' 라는 이름대로, 늙은 용이 최후의 순간을 보내는 장소.

　일찍이 동료였던 자들에게 둘러싸여 저승길로 여행을 떠나기 위한, 소중한 안식처였다.

　최강의 마수라 불리는 만큼 용은 번식력이 강하지 않다.

　강하기에 종족 전체로 봐서는 너무 많이 늘어날 필요가 없기 때문이다. 천 년에 열 마리 정도 태어나면 많이 태어난 편이다.

　용은 장수종이라 오랜 시간을 산다. 태어나는 용의 숫자가 적다고 해도, 어느 시대든 얼마간의 개체 수는 반드시 존재했다.

그런데 최근 용의 숫자가 크게 줄어들었다.

분별없는 젊은 용의 폭주, '용왕'을 자처하는 용인족에 의한 지배와 살육 등으로 인해 많은 용이 '용골의 보금자리'에서 생을 마치지 못한 채 이 세상을 떴다.

이곳에서 용이 최후를 맞은 시기는 몇백 년 전이었다.

용의 뼈는 어마어마한 마력을 품고 있어서 몇천 년이 지나도 썩지 않았다.

오랜 세월에 걸쳐 '용골의 보금자리'에는 많은 용의 유해가 쌓였다.

그 유해가 잠든, 용에게는 성지라 할 수 있는 장소에 수상한 그림자 셋이 머물러 있었다.

한 사람은 메탈릭블루 손도끼를 허리에 찬 잠수 헬멧을 쓴 남자.

또 한 사람은 메탈릭오렌지 메이스를 허리에 찬 도미노마스크를 쓴 여자.

그리고 마지막 한 사람은 검은 로브로 몸을 두르고, 염소 두개골을 쓴, 딱 봐도 이상한 남자.

염소뼈 남자는 메탈릭블랙의 왕홀을 들고 있었다.

"하아……. 뼈, 뼈, 뼈, 뼈, 뼈. 전부 뼈뿐이야. 이걸 보니 너무 우울해."

"여기는 무덤이나 마찬가지니 당연히 뼈가 있을 수밖에요."

울적하다는 듯이 중얼거린 도미노마스크 여자——탄제린

에게 잠수 헬멧을 쓴 남자──인디고가 한숨을 내쉬며 대답했다.

"그래서? 이거는 쓸 만하겠어?"

"문제없다. 마력을 충분히 내포하고 있어. 이거라면 좋은 촉매가 되겠지."

탄제린의 질문에 검은 로브를 두른 남자가 쉰 목소리로 대답했다. 목구멍을 통해 유쾌한 기분을 흘리는 검은 로브에게 탄제린이 우웩이라고 하며 혀를 내밀었다.

"그럼 어서 서두르세요, 그래파이트. 어물거리면…… 이미 늦었나 보군요."

인디고의 목소리를 듣고 그래파이트라 불린 검은 로브가 뒤를 돌아보았다. 그곳을 보니 동굴 입구에 서 있는 거대하고 붉은 용이 안을 노려보고 있었다.

《누구의 허락을 받고 여기에 들어왔지? 여기는 네놈들 같은 자들이 들어와도 되는 곳이 아니다.》

적룡한테서 끓어오르는 분노가 깃든 목소리가 흘러나왔다. 무작정 불꽃 브레스를 내뱉고 싶었지만, 동포들이 잠든 곳을 어지르고 싶지 않았던 적룡은 간신히 참아냈다.

가능하면 이자들이 이곳을 나간 뒤에 불태우고 싶었다.

"호오, 적룡인가. 재미있군. 이자의 뼈도 사용할 수 있겠어. 탄제린, 처리는 너에게 맡기마."

"뭐어?! 왜 나한테 그런 귀찮은 일을……!"

무책임한 소릴 하는 그래파이트에게 탄제린이 불평을 토로한 그 순간, 화륵! 하고 그 자리가 연옥의 불꽃에 휩싸였다.

상대가 여길 떠날 생각이 없다는 사실을 확인한 순간, 적룡은 더는 참지 않았다.

적룡이 내뱉은 불꽃 브레스는 미스릴마저 녹이는 위력을 지녔다. 오레이칼코스조차 이 불꽃을 몇 번에 걸쳐 맞으면 무사할 수 없다. 그런 브레스를 맞으면 인간 정도야 뼈도 추리지 못하고 사라지고 만다.

주변에 있는 용의 뼈는 오레이칼코스만큼이나 튼튼하고 마법 저항력이 있어, 단번에 녹아내리지는 않는다. 그래서 적룡은 아무런 주저 없이 브레스를 내뿜었다. 동포들의 잠을 방해했다는 미안함은 있지만, 그들도 최대한 빨리 다시 잠들고 싶을 게 분명하다며, 적룡은 마음속으로 자신의 행동을 변호했다.

이윽고 불꽃이 사라지고 보니, 적룡 앞에는 아무것도 남아 있지 않았다.

《흥, 사라졌나. 그런데 보초는 대체 뭘 한 거지? 게으르군. 이래서 요즘 젊은것들은…….》

그렇게 말하며 뒤를 돌아본 적룡은 흠칫하며 눈을 휘둥그렇게 떴다.

왜냐하면 방금 불꽃 브레스를 맞아 사라졌어야 할 인간이 자신의 눈앞까지 바짝 다가와 있었기 때문이다.

"하아, 귀찮아."

《크흑?!》

얼빠진 목소리와 함께 공중으로 뛰어올랐던 탄제린이 메탈릭오렌지 메이스 '핼러윈'을 아래로 내리쳤다.

적룡에게는 이쑤시개 수준에 불과한 금속 막대기인데, 마치 동포의 꼬리 공격을 얻어맞은 느낌이 들 만큼 묵직한 일격이 옆얼굴을 덮쳤다.

계속해서 두 번째, 세 번째 메이스 공격이 적룡을 타격했다.

첫 번째보다 두 번째가, 두 번째보다 세 번째가, 위력은 훨씬 강했다.

몇 번이고 얻어맞은 적룡이 반격이라는 듯이 불꽃 브레스를 내뿜자, 탄제린은 마치 물속에 떨어지듯이 지면으로 사라졌다.

《아니?!》

사라진 여자를 찾으려고 동굴 안을 이리저리 분주히 돌아보니, 그 자리에서 멀리 떨어진 장소에 조금 전에 사라졌던 남은 인간 두 명이 있었다.

그러나 자신을 때렸던 여자는 보이지 않았다. 대체 어디로 갔지? 적룡이 경계하는데, 갑자기 정수리에 지금까지 맞았던 타격보다 더욱 강한 일격이 내리꽂혔다.

《크억……?!》

어느새 머리 위로?! 여기에 이르러서야 적룡은 상대가 어떠한 전이 능력을 지니고 있다는 사실을 깨달았다.

아니다. 이 여자한테서는 주변에서 마력의 흐름이 느껴지지 않았다. 그렇다면 나머지 두 사람, 둘 중 한 명이 사용한 마법이겠지.

그렇다면 저들부터 해치우면 된다고 생각했지만, 적룡의 머리는 어지럽게 뒤흔들리고 있었다.

머리를 얻어맞아서 그런지 눈의 초점이 맞지 않았다. 제대로 서 있을 수 없어, 적룡은 동굴 지면에 소리를 내며 옆으로 쓰러지고 말았다.

"꽤 오래 버텼네. 역시 용이라고 해야 하나?"

"멍청이. 용의 두개골은 제일 귀중한 부위란 말이다. 부서지기라도 하면 써먹지 못하잖나."

"흥! 불만이 있으면 직접 나서서 싸우든가!"

언쟁을 벌이는 저들에게 하다못해 브레스 일격이라도 날려주려고 적룡이 입을 벌렸지만 목이 생각처럼 안정적으로 버티질 못했다.

《이것들……! 여기까지인가!!》

적룡이 거의 포기했을 그때, 어디서인지는 몰라도 흰 안개가 동굴 안에 퍼져나가기 시작했다.

안개는 순식간에 동굴 안을 가득 채워, 불과 몇 미터 앞도 더는 보이지 않았다.

"어?! 이 안개 뭐야?!"

"탄제린, 함부로 움직이지 마세요. 이건 평범한 안개가 아닙니다.”

탄제린은 고분고분하게 인디고의 말대로 그 자리에 머물며 주변을 경계했다.

이 안개 속에서 누군가가 습격해 오지 말란 법도 없었다.

시간으로 따지면 불과 1분 정도. 안개 속에서 전투태세를 유지하던 사신의 사도들은 점점 안개가 걷히는 모습을 확인했다.

“어?”

“어이쿠야, 당했구나.”

완전히 안개가 걷히고 보니, 쓰러져 있던 적룡의 모습이 없었다.

“도망쳤나요. 그렇다면 서둘러 이것들을 회수해야겠군요. 아무리 그래도 무리를 지어 몰려들면 당해내기 힘듭니다.”

“그렇게 생각한다면 서둘러라. 그게 네 일이잖나.”

“에휴, 사람 참 험하게 부린다니까…….”

그래파이트의 말대로 인디고는 동굴 내에 놓인 용골을 전이시키기 시작했다.

《큭…….》

《적룡. 괜찮으세요?》

아직도 핑핑 도는 머리를 적룡이 간신히 일으켜 보니, 그곳에는 흰 용이 있었다. 적룡보다도 한층 작고 아름다운 용이었다.

《안개룡……. 그런가. 네가 구해줬나.》

안개룡은 용족 중에서도 드물게 전이 능력을 지닌 용이었다. 정확하게 말하자면, 안개를 발생시켜 자신 또는 대상을 안개로 변화, 그 안을 자유롭게 이동할 수 있는 능력이었다.

이건 【텔레포트】보다는 【게이트】에 가깝지만, 순식간에 이동하는 것이 아니라 넓은 범위에 퍼져 있는 안개 속을 이동해야 한다는 결점이 있었다.

현재, 적룡이 있는 장소는 '용골의 보금자리'에서 꽤 멀리 떨어진 숲속이었다. 안개룡이 여기까지 데리고 와준 듯했다.

《'보금자리' 위를 날다가 적룡의 불꽃이 뿜어져 나오는 모습을 보고……. 대체 무슨 일이 있었던 건가요? 그 인간들은 누구인가요?》

안개룡은 그 특성상 높은 공격력을 지니고 있지는 않았다. 적룡이 당하는 모습을 보고, 자신 혼자서는 어떻게 해 볼 수 없다고 판단한 안개룡은 적룡을 구조해 곧장 도망가는 길을 선택했는데, 그녀의 판단은 옳았다고 할 수 있었다.

《모르겠다. 그러나 무덤을 엉망으로 만들러 온 자들임에는 틀림없다. 동포들의 잠을 방해하는 자를 그냥 놔둘 수는 없다!》

적룡은 만신창이가 된 몸을 억지로 일으켜 다시 '용골의 보금자리'로 날아가기 위해 날개를 퍼덕였지만, 곧장 비틀거리다가 지면으로 다시 떨어졌다.

《그놈들……!》

《적룡은 여기에 계세요. 제가 상황을 살피고 오겠습니다.》

그렇게 말하더니 안개룡은 다시 주변에 안개를 발생시키고는, 그 자리에서 녹아내리듯이 모습을 감추었다.

그리고 안개를 확장하며 곧장 '용골의 보금자리' 안으로 진입했다. 안개룡이 안개 안에서 나와 모습을 드러내 보니, 동굴 안에는 이미 사람의 흔적을 찾아볼 수 없었다.

인간의 흔적만이 아니라 잠이 들어 있었던 동포들의 뼈조차 모조리 사라지고 없었다.

◇ ◇ ◇

"틀림없어. 그자들은 '사신의 사도'야."

용의 신수(神獸)인 루리를 찾아온 흰 용의 이야기를 듣고, 나는 그게 사신의 사도가 한 짓이라고 바로 깨달았다.

큭! '방주(아크)'를 아무리 감시해도, 전이 마법으로 사신의 사도들이 여기저기로 이동하고 있어선 붙잡을 수가 없다. 의표를 찔렀니 어쩌니 그 이전의 문제다.

"그 자식들은 용의 뼈를 모아서 뭘 할 셈이지?"

"용의 뼈는 만능 소재예요. 무기 소재로도 오레이칼코스만큼이나 좋고, 마법이나 약의 촉매로도 사용할 수 있으니까요. 키클롭스의 내부 프레임에 사용할지도 몰라요."

내 의문에 안뜰에서 스펠캐스터를 정비하던 쿤이 대답해 주었다.

어? 용의 뼈를 약으로도 쓸 수 있어? 부숴서 가루로 만들어 먹는다든가? 아니면 돼지뼈를 우린 국물처럼……?

용고기가 그토록 맛있으니 뼈로 육수를 낸 국물도 분명 맛있겠지. 용골 라멘이라든가…… 조금 흥미가 있다.

무언가를 감지했는지 안개룡이 나한테서 한 걸음 뒤로 물러섰다. 윽, 이상한 생각이 밖으로 새어 나왔나 보다.

《주인님. '사신의 사도'인가를 토벌하러 가신다면 꼭 저도 함께하겠습니다. 잠을 방해받은 자들의 분노를 깨닫게 해주고 싶습니다.》

루리의 이글거리는 푸른 눈동자가 나를 바라보았다. 루리는 냉정하고 침착해 보이지만, 상당한 격정적인 성격을 지녔다. 권속들이 그런 짓을 당해 분노가 솟구치는 모양이었다.

'용골의 보금자리'에서 생애를 마친 자는 대부분 수명을 다한 용들이다.

전투 중에 목숨을 잃으면, 승자가 자신의 몸을 자유롭게 써도 용들은 불평하지 않는다고 한다.

그렇지만 기나긴 생애를 마치고 편안하게 하늘로 떠난 자들의 유골을 욕보이는 짓만큼은 도저히 참을 수 없는 듯했다.

수명을 다해 생애를 마친 용이라면 틀림없이 에인션트(古龍)에 이른 용이니까. 다시 말해 역대 장로들이다. 그 무덤을 침범해서는 용들도 화를 낼 수밖에 없고, 그 정상에 군림하는 루리도 가만히 있을 수 있을 리가 없다.

"에인션트(古龍)의 뼈라면……. 설마하니."

"린?"

스펠캐스터(魔法銃)을 정비하던 쿤 옆에서 마도서를 펼치고 있던 어머니 린이 딸과 비슷한 그 얼굴을 들었다.

"용의 뼈를 이용한 마법 생물을 만들어 낼 심산인지도 몰라. 용아병(龍牙兵, 드래곤 투스 워리어)……. 마법으로 만든 스파르토이라고도 불리는 병사가 고대 마법 왕국의 한 나라에서는 불멸의 병사로 사용됐다나 봐."

"반어인에 팔 네 개짜리 고렘에 이번에는 용아병까지?! 큭, 상대는 착실히 전력을 증강하고 있구나…….."

우리도 점점 완벽하게 준비가 진행되고 있지만.

신기(神器)도 완성됐고 '방주(아크)'도 발견했다. 새로운 기체인 '해기병(네레이드)'의 양산도, 전용기의 개조도 진행 중이다.

얼마간의 불안한 요소도 있지만, 그런 걸 신경 쓰고 있다간 영원히 공격할 수 없다.

나는 '사신의 사도'와 격돌할 시점이 가까워졌다는 예감이

들었다.

"그러니까~. 다른 하나의 인격을 봉인할 수 있는 마법이나 마도구가 없냐고 묻는 거잖아."

"그렇게 편리한 물건은 없어!"

성의 거실에서 엔데가 피곤한 기색을 보이며 그런 질문을 했지만 나는 명백하게 없다고 못을 박아 두었다.

여전히 리이르와 엔데는 사이가 나빠, 엔데는 집에 돌아가지 못하는 나날이 계속되고 있는 듯했다.

정확하게 말하면 리이르가 아리스와 함께 성으로 오면 그때는 집에 돌아가는 모양이었다. 오늘은 이렇게 나를 찾아와 투덜거리고 있지만.

오늘 아리스는 리이르를 데리고 쿠온과 함께 댄스 연습을 하러 갔다. 그런 아리스를 만나러 갈 수 없는 아버지가 나에게 불평을 쏟아내는 중이다.

사실 리이르와 엔데는 사이가 나쁘다고 볼 수 없었다. 리이르에게 각인된 하르의 인격이 엔데를 견원지간처럼 싫어하고 있을 뿐이었다.

"그 아이의 주된 인격은 리이르라는 여자아이잖아? 그러면 거기서 하르의 인격을 빼내면 문제가 해결된다는 생각 안 들어?"

"야, '결정계'에 있던 오리지널 하르가 어떻게 됐는지 알 수 없는 상황이잖아? 만약 죽었다면, 그 인격은 메르에게는 남동생의 기억, 더 나아가서는 남동생 그 자체 아닐까? 그걸 지워 버리겠다고?"

"아냐아냐, 그건 아니야! 난 지우라고 한 적 없어. 일시적으로 봉인한다든가, 우리가 원할 때 잠들게 하거나 깨우거나 할 수 없냐는 얘기지. 감정에 따라 하르에게 인격을 빼앗기는 상태를 리이르가 원하는 건 아니잖아?"

음……. 무슨 말을 하고 싶은지는 알겠지만, 네가 하르랑 화해하면 그만인 이야기 아닐까?

엔데를 향한 분노로 하르의 의식이 겉으로 나오지만 않으면, 평범하게 잘 지낼 수 있을 듯한데.

"화해할 수 있을 것 같지가 않아."

낙심한 듯 고개를 떨구는 엔데였지만, 나는 어떤 말을 건네야 할지 좋은 생각이 떠오르지 않았다.

"토야는 결혼할 때, 상대 부모님이나 형제가 반대하는 일 없었어?"

"특별히는……. 앗, 아니지. 사쿠라네 아버지인 마왕 폐하는 날 엄청 노려봤었던가……?"

그냥 날 노려봤을 뿐, 심각하게 반대하지는 않았지만. 사쿠라가 완벽히 내 편이어서 마왕 폐하는 어떻게 해 볼 엄두도 내지 못했으니까.

"메르가 중간에서 중재하면 얼마간 대화 정도는 할 수 있지 않을까?"

"메르도 '결정계'를 버렸다는 부채 의식이 있어서 너무 강하게는 나서지 못하고 있어."
프레이지아

"그 마음을 모르진 않지만……."

하지만 그래선 아무리 시간이 지나도 해결되지 않잖아. 해결하지 않아선 여러 가지로…….

"곤란한 사람은 엔데뿐이니 굳이 해결할 필요 없나?"

"야!! 아리스도 나랑 만나지 못해서 곤란해하고 있거든?!"

"그런 얘기는 아무도 안 하던데? 리이르랑 자매처럼 사이도 좋고."

창백해진 엔데가 털썩 소파에 옆으로 쓰러졌다.

아차, 실수했네. 안 해도 되는 소릴 했다.

쓰러진 엔데를 어쩌면 좋을까 고민하는데, 스마트폰이 울렸다.

어? 내 스마트폰이 아니잖아. 엔데 전화인가?

"네, 여보세요? 어? 응. 괜찮은데……."

생기를 잃었던 엔데의 눈이 조금씩 회복되었다. 부스스 소파에서 몸을 일으킨 엔데가 전화 상대와 무언가 이야기하기 시작했다.

뭐지? 메르가 오늘 저녁 반찬 재료를 사 오라고 전화한 건가?

삑. 통화를 끊은 엔데가 차를 마시고 있던 나를 돌아보았다.

"길드 마스터의 전화였어. 산드라 지방에서 집단 폭주가^{스탬피드} 벌어졌대."

"집단 폭주?!"^{스탬피드}

불길한 이야기를 듣고 나도 내 스마트폰을 꺼내 공중에 지도를 전개. 산드라 지방을 확대해 보았다.

"검색. 집단으로 폭주하는 마수, 마물."

《검색합니다. 검색 완료. 표시합니다.》

지도상에 뭉쳐 있는 붉은 표시가 확하고 나타났다. 지도상으로는 천천히 움직이는 듯이 보이지만, 원래는 엄청난 기세로 나아가는 모습이라 볼 수 있었다.

"숫자는?"

《크고 작은 개체를 모두 포함해 32691마리입니다.》

많네……. 생각 이상으로 대규모의 집단 폭주다.^{스탬피드}

지도를 보니 집단이 폭주해서 나아가는 방향에 꽤 커다란 마을이 하나 있었다. 이대로 가면 세 시간도 지나지 않아 그곳을 휩쓸고 지나게 된다.

이 지방을 다스리던 산드라 왕국은 이제 존재하지 않는다. 현재는 몇몇 도시 국가가 독립해 작게 무역을 하며 살아가는 상태였다.

이 지방은 유론과 마찬가지로, 나라의 붕괴를 초래했다고 해서 내 평판이 무척 나쁘다. 주로 노예를 빼앗긴 사람들 사이에서.

이 마을도 산드라에 있으니 노예 상인이었던 사람들의 지원으로 형성된 마을이겠지만……

"그래서? 길드 마스터 레리샤 씨는 뭐라고 하셔?"

"토벌 의뢰야. 기껏 산드라에도 모험자 길드를 설치했는데, 이렇게 짓밟혀 버려선 곤란하대."

토벌 의뢰인가. 그런데 '용기사^{드라군}' 가 있다고는 하지만 엔데 혼자서 처리하기엔 역시 짐이 무겁지 않을까?

"괜찮아. '검은색' 왕관과 '빨간색' 왕관한테도 참가 요청을 한다고 했으니까."

"노른이랑 니아인가."

'검은색' 왕관, 느와르의 마스터인 노른과 '빨간색' 왕관, 루주의 마스터인 니아.

두 사람 모두 모험자 길드에 등록되어 있고, 우리한테서 오버 기어를 빌려 갔다. 거기에 더해 엔데의 '용기사^{드라군}' 와 실력이 뛰어난 모험자들이 더해진다면 3만이나 되는 마수의 무리도 막을 만한가? 산드라로는 엔데가 전이시킬 테니.

"토야도 참가하고 싶으면 해도 돼. 이번 의뢰는 빨간색 랭크 이상의 모험자라면 누구나 참가할 수 있으니까."

"으~음. 레긴레이브가 조정 중이라서……"

맨몸으로 참가한다고 문제될 일은 없지만, 그 나라 사람들은 나를 싫어하니까……. 모습을 드러내긴 좀 그렇다. 현지 출신의 모험자도 많을 테고.

흑기사를 타고 참가해도 되긴 되는데……. 오랜만에 몸을 움직여 볼까? 요즘엔 신기(神器)를 만드는 데 집중하느라 거의 싸우지도 못했으니까.

예전처럼 은가면을 쓰면 정체는 들키지 않겠지. 은색의 귀무자(鬼武者) 시로가네의 재등장이다.

추가로 '사신의 사도'와 싸우기 전에 감을 되찾아 두고 싶은 마음도 있다.

"좋아, 참가할까. 레리샤 씨한테 연락할게."

갑자기 은 가면을 쓴 귀무자가 등장하면 놀랄지도 모르니, 자세한 설명을 곁들인 메시지를 길드 마스터인 레리샤 씨한테 보내두었다. 응, 이러면 되겠지.

"노른과 니아한테는 내가 연락해 둘 테니 두 시간 후에 마을 외곽에서 보자."

"알았어~."

엔데는 그렇게 대답하고는 거실 창문을 통해 밖으로 나갔다. 제발 좀 문으로 나가라니까……!

엔데한테 불평을 하면서, 나도 옷을 갈아입기 위해 내 방으로 돌아가기로 했다.

그 모습을 작은 그림자가 엿보고 있다는 사실을 전혀 눈치채지도 못한 채.

◇ ◇ ◇

 마을 문 앞에 먼저 와 있던 엔데, 노른, 니아와 합류했다. 노른과 니아는 왕관인 느와르와 루주를 데리고 왔다.
 그런데 언제나 니아 곁에 있는 의적단 '홍묘(紅猫)' 멤버들이 보이지 않았다. 곁에 있는 사람은 부수령인 에스트 씨와 그 고렘인 아카가네뿐이었다.
 "'홍묘' 멤버들은?"
 "걔네들은 빨간색 랭크가 아니라서 이번에는 쉬어. 우리 멤버 중에 빨간색 랭크는 나랑 에스트뿐이니까."
 아하, 의뢰 랭크에 미치지 못해서 그렇구나. 그렇다면 어쩔 수 없지.
 노른도 유사 인간형 고렘인 엘프라우 씨가 없는데, 역시 같은 이유겠지. 엘프라우 씨는 간호 의료에 특화한 유사 인간형이라고 노른의 언니인 에르카 기사가 말을 했었으니, 전투에는 어울리지 않으리라 생각한다.
 "그거야 그렇다 치고, 너 왜 외모가 그 모양이야? 실성이라도 했어?"

이미 갑옷 차림에 *진바오리, 은 가면을 쓴 내 모습을 본 노른이 나를 노려보면서 혹평을 했다. 그렇게 이상해?

"산드라 지방에서는 내 평판이 나쁘거든. 이건 쓸데없는 원한을 사지 않기 위한 변장이야. 이런 모습일 때는 시로가네라고 불러줘."

"평판이 나쁘다니? 대체 무슨 짓을 했길래?"

"아……. 그곳에 있던 나라를 멸망시켰어."

헉……?! 노른만이 아니라, 니아나 에스트 씨까지 오싹한 표정을 지었다.

워워, 상대가 먼저 선전포고를 했어!! 나는 싸움을 걸기에 맞서 줬을 뿐이야.

설명해 봐야 이해해 주지는 않을 듯해서, 나는 얼른 산드라로 가는 【게이트】를 열었다.

"우왓?!"

【게이트】를 빠져나가 보니 약속한 장소에는 이미 남자 길드 직원들이 도착해 있었다.

이곳은 산드라 지방의 사막에 있는 작은 오아시스 중 하나였다. 이번에 토벌 의뢰를 받은 모험자들은 일단 이곳에 모이기로 약속했었다. 이미 여기저기에 몇 명인가 모험자들이 오아시스 주변에 모여 있는 듯했다.

레리샤 씨를 통해 우리가 참가한다고 연락을 해두어서 그런

---

*진바오리(陣羽織): 갑옷 위에 걸쳐 입는 소매가 없는 겉옷.

지 남성 직원이 다급히 우리에게 달려왔다.

"금색 랭크 모험자 엔데 님, 빨간색 랭크 모험자 노른 님, 니아 님, 에스트 님……. 그리고 시로가네 님이시죠?"

금색 랭크라는 말을 듣고 모험자들이 웅성거렸다. 현재, 모험자 길드에 소속된 금색 랭크 모험자는 세 명밖에 없다. 레스티아 기사 왕국의 선선대 왕인 갸렌 씨와 엔데 그리고 나다.

그 외에는 야에와 힐다가 조금 더 힘내면 금색 랭크에 합류하는 그런 상황이다.

조금 전, 남성 직원은 일부러 시로가네의 랭크를 어물쩍 언급하지 않고 넘어갔다. 길드 내부에서는 철저하게 입을 맞춰놓은 모양이었다.

"이야기는 들었습니다만, 정말로 전이 마법을 사용하실 수 있군요. 놀랐습니다. 역시 금색 랭크 모험자세요."

"아~. 그거야 뭐."

직원이 감탄하며 그런 말을 하자, 엔데가 애매하게 대답했다. 【게이트】를 사용한 사람이 나일 뿐 엔데도 전이 마법을 사용할 수 있으니 거짓말은 아니지만.

"그런데, 의뢰를 받아들인 모험자는 이게 다야?"

"네. 산드라 지방의 빨간색 랭크 모험자 94명입니다."

우리를 포함해 대략 100명인가. 고블린이나 코볼트 같은 조무래기들도 많다고는 하지만, 겨우 이 정도로 300배나 많은 마수 무리를 상대하려고 하다니 정신 나갔냐는 생각을 할지도 모른다.

하지만 빨간색 랭크는 일류 모험자다. 그 정도의 실력은 충분하다. 그리고 이번 토벌 의뢰는 엔데나 노른 등이 참가한다는 것을 전제로 사람을 불러 모았다. 아무런 문제도 없다.

"그런데 여기 무지하게 덥네. 미안하지만 전투가 시작하기 전까지 난 몸을 좀 식힐게."

노른이 그렇게 말하며 품에서 【스토리지 카드】를 꺼내 한 번 휘두르자, 사막에 사자형 오버 기어, 레오 느와르가 출현했다.

모험자들이 놀라든 말든, 노른은 곧장 느와르와 함께 콕핏 안으로 올라탔다.

물론 오버 기어 안은 냉방 기능이 있어 시원하긴 하지만…….

"앗, 나도 그렇게 해야지!"

노른과 마찬가지로 니아도 호랑이형 오버 기어 티거 루주를 불러내 콕핏 안으로 들어갔다. 애네들, 너무 자유로워 탈이라니까…….

레오 느와르와 티거 루주를 본 모험자들은 왠지 마음이 놓인다는 듯한 표정을 지었다. 아무래도 지금까지는 좀 불안했었겠지.

산드라의 모험자 중에는 노예 출신의 검투사도 많다고 들었다.

노예 출신인 사람들이라면 그들을 해방해 준 나를 원망하지는 않겠지만, 굳이 소란을 일으켜 봐야 좋을 일은 없으니 역시 변장하고 오길 잘했다는 생각이 들었다.

"토…… 시로가네, 마수 무리는 어디까지 왔어?"

"한 30분 정도 지나면 이곳에 도착해."

나는 스마트폰의 지도를 보면서 엔데에게 대답했다. 엔데도 수납공간에서 '용기사^{드 라 군}'를 불러냈다.

이 오아시스 뒤에는 커다란 마을이 하나 있다. 그 마을에도 위병은 있지만, 가장 이상적이라면 그 마을로 단 한 마리의 마수도 지나가지 않게 하는 거려나?

수십 마리 정도라면 놓치더라도 마을의 위병만으로도 해치울 수 있겠지만.

"자, 나도 준비할까."

용기사^{드 라 군}에 올라타는 엔데를 보면서 나는 【스토리지】에서 정재로 만든 크고 작은 검 두 개를 꺼내 허리에 찼다. 브륀힐드면 눈에 띄니까……. 나라고 들킬 염려도 있었다.

정재로 만든 무기는 프레이즈의 파편을 입수한 다른 나라에서도 적지만 만들어지고 있으니 변명할 수 있다.

이제는 코하쿠를 불러내자.

《주인님, 그 모습은 대체……?》

코하쿠가 수상쩍다는 듯이 바라보았다. '또 이상한 짓을 하시려는 거군요?'라고 말하는 듯한 눈이다.

"집단 폭주^{스 탬 피 드}를 막을까 해서. 이셴에서 날뛰었던 것처럼 코하쿠도 같이 갈까 하는데 어때?"

《그렇습니까. 요즘 운동 부족이었으니 저야 상관없습니다만.》

운동 부족이라. 성에서 그만큼 먹고 자고, 또 먹고 자고 하면서 호랑이인지 고양이인지 모를 생활을 하면 당연히 운동 부족에 빠질 수밖에.

……그런 말을 집어삼키는 나였다.

"응?"

갑자기 시선이 느껴져 등 뒤를 돌아보았다.

돌아보니 산드라의 모험자들이 집단 폭주^{스 탬 피 드}를 대비해 무기를 손질하고 정신을 집중하고 있었다.

몇 명인가는 우리를 바라보았다. 저 사람들의 시선이었나? 호기심이라기보다는 경계하는 시선 같았는데. 아무렴 어떻겠어.

《토…… 아, 시로가네. 제일 앞선 마수들이 도착했나 봐.》

용기사^{드 라 군}에서 엔데의 목소리가 들렸다. 오아시스에서【플라이】로 날아올라 공중에서 사막을 응시하니, 이글거리며 흔들리는 열기 속에서 모래 먼지가 피어오르는 모습이 어렴풋하게 보였다.

"【롱센스】."

시각을 강화해 확인하니, 셀 수 없이 많은 마수가 폭주하며 이곳으로 오고 있었다.

모래고블린, 데저트스콜피온, 바질리스크, 샌드크롤러, 리자드맨, 데저트버팔로, 샌드샤크……. 그 이외에 처음 보는 마수도 많았다.

샌드샤크나 샌드크롤러처럼 모래 속을 이동할 수 있는 마수와 마물이 가장 앞서서 내달리고 있었다.

속도에 차이가 있는 듯, 파도처럼 펼쳐져 밀려온다기보다는 창처럼 세로로 길게 늘어져 있는 형태였다.

우리로서는 그래야 더 요격하기 편하지만.

《왔나. 좋았어, 먼저 갈게!》

니아의 티거 루주가 오아시스에서 의기양양하게 뛰쳐나갔다.

《참 나! 혼자만 튀려고 하면 안 되지!》

어이가 없다는 듯한 목소리와 함께 노른의 레오 느와르도 뛰쳐나갔다.

《그럼 나도.》

엔데의 용기사(드라군)도 발뒤꿈치의 바퀴를 내리고 활주 모드로 이행해 사막을 내달렸다. 바퀴가 모래에 빠지지 않을까 했는데 문제없이 달리네……. 박사가 따로 개조라도 해줬나?

세 기가 앞으로 내달리자, 모험자들도 전투 시작이라는 듯이 사막을 향해 돌격하기 시작했다.

나도 뒤처질 수는 없지.

나는 지상에 내려와 큰 호랑이로 돌아간 코하쿠에 올라탔다. 내가 정재로 만든 칼을 뽑자 코하쿠가 기세 좋게 달리기 시작했다.

"은색 귀무자도 참전하겠습니다!"

순식간에 코하쿠는 모험자들을 제치고 엔데가 있는 곳까지 접근했다. 사막 위인데도 참 빠르다 빨라.

"코하쿠, 기체들 주변에서 어슬렁거리며 방해되니까, 이 근처에서 대기하다가 흘러나온 마수를 처치하자."

《알겠습니다.》

코하쿠가 촤아앗! 하고 모래 먼지를 날리며 달리기를 멈췄다. 이미 앞에서는 폭주 무리와 충돌한 기체들이 가차 없이 마수들을 유린하기 시작했다.

그중에서 모래 위에 등지느러미만을 내밀고 있던 샌드샤크가 우리에게 다가왔다.

모래 속을 헤엄치는 상어형 마수는 정면에 있던 나를 통째로 삼키려고 입을 크게 벌리고 습격했다.

《꺼져라, 이 잡것아!》

모래 속에서 뛰쳐나왔던 샌드샤크는 코하쿠가 입에서 날린 충격파에 맞아 산산이 부서지며 날아가 버렸다.

크고 작은 고기 파편이 된 사막의 상어는 지면에 떨어지며 모래를 붉게 물들였다.

샌드샤크의 지느러미는 먹을 수 있었던가? 샥스핀이 되려나? 그냥 버리고 가면 루나 아시아가 화를 낼 듯하니 일단 【스토리지】에다 회수해 두었다.

"이크, 이번엔 여기서 오나?!"

샌드샤크가 왔던 방향과는 반대쪽에서 이번엔 데저트버팔로가 돌격해 왔다. 사막에 서식하며, 무시무시한 뿔을 지닌 육식성의 사나운 소다.

코하쿠가 돌진해 오는 소를 훌쩍 피해 스쳐 지나갈 때 나는 수정검으로 소의 목을 썩둑 잘라냈다.

목이 잘린 소는 모래 위에 앞으로 고꾸라지며 데굴데굴 굴렀다.

……이 소도 내버려 두면 루나 아시아가 '왜 안 가지고 왔어요?!' 라며 화를 낼 듯했다.

회수해 두자. 일단, 혹시 모르니까.

《크캬캬캬캬!》

"넌 필요 없어."

습격해 온 모래고블린을 내가 베어버렸다. 못 먹는 놈은 필요 없어.

"좋아! 코하쿠, 먹을 수 있는 마수를 중점적으로 노리자."

《기준이 이상해 보입니다만…….》

내 말을 듣고 의아해하면서도, 코하쿠는 모래 위를 종횡무진 내달렸다.

나와 코하쿠는 엔데를 비롯한 앞서간 기체가 놓친 마수 무리 안으로 뛰어들어 닥치는 대로 베어버렸다. 그리고 중간중간에 조금씩 【스토리지】에 회수하는 일도 잊지 않았다.

무리를 지은 마수를 마법으로 일소해 버려도 괜찮지만, 그래선 모험자들의 돈벌이를 방해하는 셈이 되고, 이번에는 전투 감각을 되찾고자 하는 목적도 있으니 그만두자.

습격해 오는 마수를 상대하자, 둔해졌던 감각이 점차 날카로워졌다. 역시 이런 화끈하고 얼얼한 긴장감은 훈련에서는 얻을 수 없다는 사실을 새삼 재확인했다.

문득 고개를 들어 보니, 뒤늦게 도착한 모험자들도 마수 무리와 전투를 시작했다.

역시 빨간색 랭크 모험자. 모두 겁먹지 않고 마수들을 잇달아 물리치고 있다.

현지의 모험자가 많아서 그런지 사막에 서식하는 마수를 어떻게 하면 효율적으로 해치울 수 있는지 잘 알고 있는 듯했다.

데저트스콜피온처럼 독을 쓰는 마수를 대처할 준비도 잘 되어 있었다. 역시 대단해.

오? 에스트 씨도 아카가네랑 같이 싸우네. 서로서로 도우며 멋진 콤비네이션을 선보였다. 역시 고렘과 그 마스터다. 호흡이 척척 맞는다.

모험자들도 그에 지지 않겠다는 듯이 열심히 싸웠다. 한 여자아이는 나랑 비슷한 칼을 들고 분투하고 있었다. 이셴에서 왔나? ……야쿠모를 닮았네.

저편에서 핼버드를 휘두르는 아이는 프레이랑 닮았고, 저 안쪽에서 리자드맨을 때리는 아이는 린네를 닮았다.

어? 방금 몸통 박치기를 했던 아이는 스테프랑 똑같이 생겼잖아.

저기서 마법을 날리는 아이는 에르나를 닮았고, 기분 좋게 노래하는 아이는 요시노를 닮았다. 먹을 만한 마수를 회수하는 저 아이는 아시아를 빼다 박았다.

그리고 파워드 슈트에 올라탄 채 휘젓고 다니는 저 아이는 아무리 봐도 쿤이다. 하하하…….

"얘, 애들이 진짜━━━━━━━━━━!!"

뭐 하는 거야, 얘네들!!!!

◇ ◇ ◇

아무리 봐도 우리 딸들인 아이들이 집단 폭주를 일으키며 습격해 오는 마수들을 잇달아 해치웠다.

"대, 대체 왜 이런 곳에 와 있어?!"

내가 리자드맨을 때려 날려버린 린네 곁으로 달려가 그렇게 다그치자 린네는 의아하다는 듯이 고개를 갸웃했다.

"아저씨, 누구세요?"

크윽?! 보이지 않는 칼날이 나를 베어 버렸다. 아, 그렇구나. 은 가면에는 인식 저해 마법이 부여돼 있어서 내가 나인지 모르나 보네…….

이 가면에 부여된 인식 저해 마법은 아는 사람이면 아는 사람일수록 더욱 강하게 작용한다. '어? 누군가랑 닮았네……?' 하는 의식을 지워버린다.

그래서 린네가 가면을 쓴 나를 봐도, 내가 나라는 정체를 알 수 있을 만한 특징을 전혀 알아채지 못한 것이다. 그러니 처음 보는 사람으로 인식할 수밖에 없다.

아무리 그래도 아저씨라니…… 아직 열여덟 살인데요?

"어? 혹시 코하쿠야?"

《그렇습니다.》

린네는 내가 타고 있던 큰 호랑이를 보더니 깜짝 놀란 표정을 지었다.

코하쿠는 눈치채는구나. 코하쿠야 인식 저해가 부여되어 있지 않으니…….

뭔가를 눈치챘는지 린네가 머뭇거리며 말했다.

"혹시 아빠야……?"

"……아빠입니다."

나는 은 가면을 살짝 벗어서 린네를 바라보았다. 재미있을 만큼 린네는 어버버하며 당황했다.

"저, 저어, 이, 이건……! 쿠, 쿤 언니~~~!"

린네가 외치자, 바로 대형 파워드 슈트 같은 기체에 올라타 있던 쿤이 철컹철컹 소리를 내며 다가왔다.

이건 쿤이 만든 중장비형 암드 기어 '베오울프' 였던가? 왜 이런 물건에 올라타서는⋯⋯.

"린네, 무슨 일이니? 어디 다치기라도⋯⋯. 앗, 아버지?!"

은 가면을 벗은 나를 본 쿤이 린네랑 똑같이 놀란 표정을 지었다.

"쿤? 이게 대체 어떻게 된 일일까?"

"저, 저어. 이, 이건요⋯⋯! 야, 야쿠모 언니~~!"

린네와 똑같은 반응을 보여줘 고마워.

이러는 사이에도 습격하는 마수들을 베어버리며 모치즈키 가문의 장녀, 야쿠모가 다가왔다.

"왜 땡땡이를 치는 겁니까! 솔선해 랭크가 높은 마수를 해치우지 않아선⋯⋯. 어? 아니, 아버지?!"

여동생들과 똑같이 놀라는 야쿠모를 보니, 왜 그런지 내 표정이 절로 진지해졌다.

우리 아이들은 언니들한테 책임을 떠넘기는 버릇이 있나 보다. 이런 점은 고치게 해야겠어.

"그래, 야쿠모. 제일 큰언니이니 뭐라도 설명을 해야겠지?"

"저, 저어. 그, 이건⋯⋯! 모, 모로하 고모니이임!"

"무슨 일이야, 야쿠모."

"당신이 원흉이었어~~~~~?!"

빼꼼하고 나타난 모로하 누나에게 나는 힘껏 소리를 질렀다.

흑막 발견! 어차피 요즘 날뛸 기회가 부족했던 뇌가 근육인 검신(劍神)이 우리 아이들을 악의 길로 유도했겠지. 틀림없어!!

"원흉이라니 말이 너무 심하네. 나는 따지자면 인솔자 겸 보호자 역할이었는데."

깔깔 웃으면서 모로하 누나가 날린 소닉붐이 밀려오던 마수무리를 단번에 일도양단해 버렸다.

"내가 성에서 이 아이들을 발견했을 때는 이미 야쿠모가 【게이트】를 열고 여기로 오려던 중이었어. 왠지 재미있어······ 아니, 불안해 보이길래 나도 【게이트】에 뛰어들었는데, 그제야 무슨 일인지 알게 됐지."

이야기를 들어 보니, 모로하 누나가 데리고 온 게 아니라 아이들이 자발적으로 이곳을 찾아온 모양이었다.

듣자 하니 나와 엔데의 이야기를 요시노가 엿들은 모양이다.

그 이야기를 들은 스테프가 가고 싶다고 말을 꺼냈고, 린네와 프레이가 옳거니 참가하고, 떨떠름하게 생각하는 야쿠모를 쿤이 멋지게 꼬드겨······ 결국은 설득했다고 한다.

그리고 모로하 누나에게 들켜, 모로하 누나는 인솔자 겸 보호자가 되어 주었다?

"이번 일은 야에랑 어머니들도 알고 계셔?"

"저어…… 모르지 않을까요? 가볍게 운동하러 왔을 뿐이니……."

야쿠모가 노려보는 내 시선을 피하면서 그렇게 대답했다.

집단 폭주^(스탬피드) 의뢰를 가볍게 운동 정도라고 생각하다니……. 나도 운동 부족 해소를 위해서라고 생각하긴 했지만!

이 아이들에게는 '공원에서 축구 좀 하다 올게!' 수준의 일이겠지……?

일일이 엄마한테 보고할 필요 있어? 수준이라 해도 그건 집안마다 다른 법이야. 우리 모츠즈키네 집안은 방임주의에 가깝긴 하지만…….

쿠온이 있었다면 말렸거나, 최소한 나나 유미나에게 연락 정도는 했을 텐데. 한숨을 쉬면서 그렇게 중얼거리자, 쿤이 대놓고 시선을 회피했다.

얘 봐라. 그럴 줄 알고 쿠온한테는 말 안 했구나? 그러다 엄마들한테 혼나는 사람은 다름 아닌 너희야.

"아버지. 혼은 나중에 내시고……. 마수들도 몰려오고 있으니까요. 자, 자."

"으………. 하아, 좋아. 다들 한데 모여 다니고 따로 행동하지 말도록. 무슨 일이 있으면 모로하 누나나 나한테 연락하고."

《네~!》

대답은 잘한단 말이지. 나중에 나까지 야쿠모랑 아내들한테 혼날 것 같은데. 아니, 틀림없이 혼나게 된다. 왜 안 말렸어?!

라면서.

그렇다고 이제 와 그만하라고 할 수 있을까? 이렇게 즐거워 보이는데.

어쩔 수 없다. 같이 혼나는 수밖에.

"모로하 누나, 이 아이들 부탁해요."

"맡겨둬. 그런데 토야. '요즘 날뛸 기회가 부족했던 뇌가 근육인 검신'은 대체 누구일까?"

"죄송합니다!!"

큭! 마음을 읽었나?!

깊숙이 고개를 숙인 다음 코하쿠 위로 훌쩍 올라탄 나는 재빨리 그 자리를 떠났다! 괜히 긁어 부스럼 만들지 말고 떠나자!

《크르르르르르르르르르르!》

"시끄러워!"

나는 앞길을 막듯이 나타난 샌드크롤러의 입에 【파이어볼】을 먹여 주었다. 방금 이건 약간 화풀이 같았지만…… 아무렴 어떠냐.

엔데, 노른, 니아가 모는 프레임 기어와 오버 기어 세 기가 솎아내기는 했지만 우리를 향해 다가오는 마수의 수는 전혀 줄어들지 않았다.

여기에는 아이들을 비롯해 모로하 누나까지 참전했으니, 아무리 많이 온다 해도 여유롭기야 하지만.

아무리 그래도 끝이 보이지 않으니 정신적으로 힘들긴 하다. 다른 모험자들이 지치면 섬멸 마법으로 한꺼번에 해치워 버릴까? ……어?

"처음 보는 마수도 섞여 있는가 본데……?"

방금 쓰러뜨린 샌드샤크, 머리가 두 개 아니었나? ……아종인가?

나도 모든 마수를 다 알고 있지는 않았다. 거기에도 산드라 지방에는 거의 오지 않다 보니, 여기에만 서식하는 마수는 거의 모른다. 사막 지방에 흔히 서식하는 마수라면 대체로 다 아니, 똑같은 마수인 줄 알았는데.

그런 생각을 하는 중에 또 처음 보는 마물에게 습격당했다.

오징어? 문어? 무수히 많은 촉완을 지닌 뭐가 뭔지 알기 힘든 마물이 모래 속에서 나타났다.

나를 향해 날아오는 촉완을 정검(晶劍)으로 잘라냈다. 보라색 피를 흩뿌리면서 나머지 촉완으로 또 공격해 와서, 나는 모든 촉완을 다 잘라 버렸다.

그러자 이번에는 입에서 적갈색의 뭔가를 뱉어냈다. 당연히 회피. 그 액체가 떨어진 사막의 모래를 보니 치익치익 흰 연기를 내뿜으며 녹아내렸다. 헉! 용해액이었어?!

기분 나쁘니까 얼른 해치워 버리자. 오징어나 문어라면 혹시나?! 싶어서 눈과 눈 사이를 노리고 검으로 찌르니, 순식간에 몸이 흐물거리며 쓰러져 죽었다.

이런 마물도 처음 보네. 혹시 샌드옥토퍼스나 샌드텐터클러라는 이름인가?

먹을 수 있을까? 아냐, 그만두자. 용해액을 내뿜는 생물을 먹고 싶진 않다.

그런데…… 역시 뭔가가 이상하다. 조금 전부터 잘 알고 있던 마물이 거의 보이지 않게 됐다.

기분 탓인지 습격해 오는 마물들도 더 강해진 듯하고…….

내가 그런 막연한 불안을 품고 있는데, 품 안의 스마트폰이 울렸다. 엔데인가.

"여보세요? 무슨 일이야?"

《토야. 이 집단 폭주^{스 탬 피 드} 말인데, 좀 이상해. 아무리 해치워도 끝이 안 보여. 마치 어디선가 무한하게 솟구쳐 나오는 것 같아.》

엔데가 말을 하기 전부터 나도 너무 많다고 생각하던 참이었다.

원래 집단 폭주^{스 탬 피 드}는 그 이름대로, 폭주하는 마수, 동물들이 없다면 벌어지지 않는다.

보통은 숲이나 산처럼 풍부한 식량과 물이 있고, 많은 생물이 서식하는 장소에서 어떠한 변이가 계기가 되어 벌어지는 일이다.

생물이 살아가기 힘든 사막에서는 좀처럼 벌어지지 않는 일일 텐데.

그렇다면 이 마수들은 어디서 왔을까? 마치 누군가가 사막

안에서 끌어모아 일부러 폭주시킨 듯한…….

왠지 모르게 인위적인 현상이란 느낌이 들었다. 혹시 이것
도 사신의 사도가…….

엔데의 말을 듣고 불안해진 나는 한 번 더 지도를 열어 보았
다.

조금 전에 봤던 집단 폭주(스탬피드)의 형태에서 거의 변하지 않았잖
아?! 현재 위치까지 똑바로 붉은 점이 쭉 이어져 있었다.

제일 마지막 꼬리 부분이 움직이지 않네?! 정확히는 움직이
지 않는다기보다는 '그곳'에서 후속 부대가 나타나고 있다?!

"설마……! 【텔레포트】!"

불길한 예감이 든 나는 그 마지막 꼬리 부분으로 코하쿠와
함께 순간이동했다.

그곳에서 나는 일그러진 공간에서 계속해서 튀어나오는 마
수의 무리를 확인했다.

튀쳐나온 마수들은 앞서 달리는 마수에게 이끌리듯이 똑바
로 사막 위를 내달렸다.

"이건……! 【게이트】? 아니야, 설마……!"

"어머. 늦었나 보구나."

내가 도달한 생각을 뒷받침하듯이 익숙한 목소리가 뒤에서
들려왔다.

돌아보니 그곳에는 살짝 겸연쩍은 듯 미소를 짓고 있는 토키
에 할머니가 서 있었다.

그렇다면 이건 역시⋯⋯.

"'차원진(次元震)'의 일그러짐⋯⋯?"

"그래, 그렇단다. 심지어 과거 세계와 완벽히 연결되어 위험한 일그러짐이야. 이대로 가면 과거와 이 세계가 연결되는 길이 생기겠지."

그건 전에 말했던 타임 터널인가? 만약 타임 터널이 완벽히 고정되어 버리면, 과거도 미래도 현재도 마구 뒤섞여, 더는 지상의 힘으로는 어쩔 수 없으니 파괴신이 등장해 이 세계가 종말을 맞이한다고 했었는데⋯⋯. 허어억! 이건 엄청 위험한 상황 아닌가?!

그렇다면 조금 전에 봤던 마수들은 과거에서 온 멸종된 종이었던 건가?!

"미안하구나. 큰소리를 쳤으면서 대처가 늦어서. 부끄러울 뿐이란다."

토키에 할머니가 보기 드물게도 쑥스러운 미소를 지었다. 지금 웃고 있을 때가 아니지 않나요?!

하지만 할머니가 오른손을 가볍게 꽉 쥐자, 열려 있던 차원의 구멍은 순식간에 사라졌다.

어라라? 굉장히 위험한 순간이었을 텐데, 너무 허무하게⋯⋯.

"저어~. 조금 전에 '늦었다'라는 말씀은⋯⋯."

"애도 참. 토야한테 들키기 전에 없애고 싶었는데, 아주 작은 차이로 발견돼 버려서."

그런 뜻이었어?! 증거 인멸을 하려고 했단 말이에요?!

호호호. 토키에 할머니가 얼렁뚱땅 넘어가려는 듯이 웃었다.

"요즘 차원의 일그러짐이 대형부터 소형까지 많이 발생하고 있단다. 차원진의 영향인 줄 알았는데, 아무래도 그 뒤에서 몰래몰래 활동하는 자들이 있었나 봐."

"그 사람들은 역시 사신의 사도인가요?"

"그렇단다. 틀림없이 상대는 의도적으로 '일그러짐'을 만들어 내고 있어. 그래서 과거 세계에서 이물질이 흘러오고 있지. 그게 계기가 되어 집단 폭주가^{스 탬 피 드} 쉽게 발생하고 있는데, 이번에는 과거 세계의 집단 폭주가^{스 탬 피 드} 이곳으로 흘러들고 말았어. 계속해서 나오는 마수들 때문에 시공의 구멍이 닫히고 싶어도 닫히지 못해 고정될 뻔한 상황이었지."

일반적으로 작은 시공의 구멍은 세계의 회복력에 의해 닫혀 버린다. 그러나 큰 구멍이면 닫히는 데 시간이 걸리고, 드물게 고정되어 버리는 일도 있다. 그게 타임 터널이라는 모양이었다.

이번에는 마수가 잇달아 지나가서 좀처럼 구멍이 닫히지 않았다는 건가.

토키에 할머니가 없었다면 분명 파괴신이 나타났을 거야.

설마 사신의 사도가 노리는 건 그건가? 아니겠지? 파괴신에 의한 이 세계의 종언. 그렇듯 자신들도 멸망당하는 짓을 하지는 않으리라고 보지만, 파괴를 원하는 자들도 있으니…….

"의아한 점이 있다면 과거하고만 연결된다는 점일까. 차원의 일그러짐이라면 미래와 연결되어도 이상하지 않은데……."

"그러고 보니……."

과거에서 온 방문자. 다시 말해 멸종된 종은 꽤 많은데, 미래에서 온 방문자는 쿠온을 비롯한 우리 가족과 관련된 사람들뿐이다.

쿠온이나 리이드가 미래에서 우리 세계로 온 원인은 틀림없이 차원진의 영향이다. 그건 사신의 사도와는 관련 없는 일로 보인다.

사신의 사도에게는 과거 세계에 집착할 만한 이유가 있다는 말인가?

"설마…… 우리가 해치우기 전의 사신을 미래로 보내려고?"

"그건 힘들단다. 내가 있는 한 사신처럼 괘씸한 자는 그 어떤 세계에도 건너가지 못하게 할 테니까. 만약 어디론가 건너간다 해도 시간의 무한 회랑에 보내 영원히 헤매게 할 거야."

내 추측은 토키에 할머니가 부정해 버렸다. 시간의 무한 회랑이 뭔가요? 좀 무서운데요?

내심 잔뜩 겁을 먹은 나는 신경도 쓰지 않은 채, 토키에 할머니가 한숨을 내쉬며 계속 말했다.

"그런 줄도 모르고 헛심만 쓰고 있을 가능성도 있기야 하겠지만."

아아, 그럴 가능성도 있었나.

사신의 사도는 과거 세계에서 사신을 불러오기 위해 노력하고 있지만, 시공신인 토키에 할머니에게 막혀 헛심만 쓰는 중이란 말인가?

만약 그게 사실이라면 참 불쌍한 이야기지만, 정말로 그게 사실일까?

"어? 그렇다면 이런 집단 폭주^{스탬피드}는 앞으로도 자주 일어난다는, 그런 말인가요?"

"이번에는 우연히 과거 세계의 집단 폭주^{스탬피드}를 불러들였으니 이렇게 대규모의 사건이 벌어졌지만, 이만한 규모의 폭주는 좀처럼 일어나지 않아. 다만, 시공의 일그러짐이란 대부분 움직이는 존재 근처에서 일어나니 아무래도 마수를 불러들이는 경우가 많지. 과거 세계의 마수는 지금 시대의 마수보다 강한 개체가 많으니……."

"결과적으로 집단 폭주^{스탬피드}가 벌어진다는 말이군요."

요컨대, 갑자기 나타난 강한 마수를 보고 겁을 집어먹은 마수들이 일제히 도망치기 시작한다는 말이다.

생물의 생존 본능이니 어쩔 수 없는 일이긴 하지만…….

"토키에 할머니라면 일그러짐이 발생하는 장소를 미리 알아낼 수 있지 않나요?"

"물론…… 모르지는 않지만 이번처럼 예상외로 발생하는 경우도 있고, 상급신인 내가 지상에서 벌어지는 일을 너무 돕는 것도 좋지 않잖니. 신들 중에는 너무 선입 신을 편들지 말라는 의견도 있으니까."

으음. 그렇게 말씀하시면 할 말이……

이건 원래 이 세계의 관리자가 된 내가 처리해야 할 문제니까.

안 그래도 모로하 누나나 공예신_{크래프트}에게 힘을 빌리고 있는 상황이기도 하고…….

두 사람은 신입 신을 '지도'하는 중이라는 변명도 가능하지만, 토키에 할머니는 완벽한 '조력자' 역할이다.

타임 터널이 생기면 파괴신이 등장해 세계는 끝장난다. 이번에는 그걸 막기 위한 특별 조치라고 생각해야겠지? 여기는 신들의 휴양지이기도 하니까.

"타임 터널이 생길 법한 경우에만 도움을 받을 수 있다고 생각해야 할까요?"

"그러네. 그 정도로 생각해 준다면 되겠어. 그보다 저건 괜찮겠니?"

토키에 할머니가 내 등 뒤를 가리켰다. 내가 뒤를 돌아보자마자 커다란 모래 기둥이 치솟아 올랐다.

거대한 사자의 몸에 독수리의 날개, 그리고 해골 머리. 무지막지하게 커다란 마수가 공중에 떠올라 있었다.

크기는 노른의 레오 느와르 정도다. 거수(巨獸)인가? 아니, 거수가 되기 직전의 마수 같았다. 크기가 어중간하니까.

"이건 시간을 넘어온 마수가 아니구나. 원래 이 사막에 서식하던 생물이야."

"네. 이건 분명…… 스컬스핑크스였을 거예요. 쓰러뜨린 마수의 피에 이끌려 왔나."

스컬스핑크스는 해골 같은 얼굴인데 피를 즐겨 흡입하는 마수다. 물이 없는 사막이라서 그런지, 아니면 단지 취향인지는 알 수 없지만, 이번에 흘러내린 엄청난 양의 피에 이끌려 온 게 틀림없었다.

《크르르르…….》

움푹 들어간 눈 안에는 혼탁한 어둠만이 보였다. 눈알이 없는데도 시선이 나를 포착하고 있다는 것만큼은 알 수 있었다.

해골의 입이 벌어지더니, 그 안에서 가늘고 긴 침 같은 혀가 뻗어 나왔다. 저 기나긴 혀로 먹잇감의 몸에서 피를 흡입하는 거겠지.

지상의 먹잇감을 발견한 매처럼, 스컬스핑크스가 공중에서 나에게 덮쳐들었다.

《크르르르르르르르릉!》

《시끄럽다, 멍청한 녀석아!》

습격해 온 스컬스핑크스를 향해 코하쿠가 발톱을 휘둘렀다. 공기는 물론 공간까지 갈라버린 발톱이 우리를 습격해 온 상대를 너덜너덜하게 난도질했다.

《카으르르르르릉?!》

"이영차!"

피투성이가 되어 우리를 향해 떨어지는 스컬스핑크스를 내가 정검으로 두 동강을 내버렸다. 아차. 스컬스핑크스의 털가 죽은 나름 큰돈이 되는데. 실수했네.

타임 터널이 사라져 마수의 공급은 멈췄다. 이제 몇 시간 정도 지나면 섬멸이 끝나게 된다.

돌아가면 야에랑 우리 아내들에게 혼나겠지? 하아……. 벌써 우울해.

◇ ◇ ◇

《기동 실험 125회째. 실패.》

연보라색 액체로 가득한 원통형 유리 케이스 안. 별사탕처럼 뾰족뾰족한 핵에서 내뿜어진 둔탁한 빛이 사라졌다.

그 앞에 앉아 모니터에 떠오른 그래프를 보면서, 작은 금색의 손가락이 바쁘게 제어 패널 위를 오갔다.

《조정 완료. 계속해서 기동 실험 126회째에 들어간다.》

보글. 연보라색 액체에 거품이 떠오르더니, 이윽고 맥동하듯이 뾰족뾰족한 핵이 천천히 점멸을 반복하기 시작했다.

그것을 조용히 지켜보는 황금색의 작은 고렘. 그 두 눈에 카메라 아이
는 어두운 집념 같은 불꽃이 숯불처럼 활활 타오르고 있었다.

"어휴, 참. 너무하다니까! 우리만 빼놓고 자기들만 놀러 가다니! 치사하지, 쿠온? 리이르?"

"아니요. 별로 치사하지는…….."

"저, 저도 싸움은 별로라서요…….."

발끈발끈 화내는 아리스와는 달리, 쿠온과 리이르는 아주 태연한 반응을 보였다.

어제 집단 폭주를 막으러 갔다는 사실을 알고 아리스가 화를 내는 중이었다. 자신들이 모르는 새에 그렇게 재미있는 일이 벌어졌었다니. 왜 불러 주지 않았냐며 뾰로통해졌다.

그렇지만 두 사람은 댄스 연습 중이었고, 쿠온이 그걸 알면 말렸거나 부모님에게 보고할 게 뻔했다.

그러니까 두 사람을 불렀으면 그 순간 계획은 좌절됐을 텐데, 아리스는 거기까지는 예상하지 못하는 듯했다.

"나도 마수랑 싸우고 싶었다고~!!"

절규하는 아리스를 보고 쿠온은 뭔가 위험하다는 걸 직감적으로 느꼈다. 숙녀 교육의 스트레스가 생각보다 많이 쌓인 듯했다.

아리스는 이해력이 빠르다. 가르치면 가르칠수록 순식간에 그걸 자신의 것으로 만든다. 유미나도 가르치는 보람이 있어 계속해서 쉬지 않고 가르쳐 주다 보니, 상당히 빠른 속도로 학습이 이루어지고 있었다.

아리스는 마음만 먹으면 잘 해내는 아이지만, 원래는 공부를 싫어한다. 가끔은 스트레스를 해소해야 했다.

이런 경우, 아리스의 스트레스 해소법은 운동 또는 식사였다.

한마디로 마음껏 날뛰거나, 맛있는 음식을 배불리 먹도록 자리를 마련해 줘야 한다는 걸 쿠온은 오랜 교류를 한 덕분에 파악하고 있었다.

지금은 마음껏 날뛰고자 하는 마음이 더 강하겠지만, 그렇다고 당장 날뛰게 만들어 주기는 힘들었다. 그렇다면 음식 방면으로 유도해야겠다고 생각한 쿠온이 행동을 개시했다.

"아리스. 누나들한테 벌칙으로 파렌트에서 한턱내라고 하죠. 마침 케이크 행사를 한다나 봐요."

"케이크! 그거 좋지! 그렇게 하자!"

"케이크가 뭔가요?"

쉽게 쿠온에게 낚인 아리스와는 달리, 여기에 온 지 얼마 되지 않은 리이르는 의문스러운 듯 물었다.

"케이크는 있지, 달고 폭신폭신하고 맛있는 과자야! 리이르도 분명 아주 좋아하게 될걸?"

"달고 폭신폭신……."

케이크가 얼마나 대단한 음식인지 리이르에게 설명하는 아리스의 모습에서는 이미 조금 전의 분노는 찾아볼 수 없었다.

《이것 참. 너무 쉽게 넘어가는 게 아닐지요? 저런 사람을 색시로 맞아들여도 되겠습니까? 도련님?》

"저한테는 이상적인 아내예요."

어이없다는 듯이 말하는 실버의 손잡이를 툭툭 두드리면서 쿠온은 아직도 케이크가 얼마나 대단한지 열변을 토하는 아리스를 흐뭇하게 미소 지으며 바라보았다.

◇　◇　◇

브륀힐드 공국 내에서 기사 고렘인 '소드맨'과 '가디언'의 시험 운용이 시작되었다.

두 가지 모두 다섯 기씩 운용되는데, 이게 문제없이 운용되면 조금 더 숫자를 늘릴 예정이었다.

두 가지 모두 기본적으로는 순찰이 중심이지만, 반드시 파트너가 될 기사와 함께 행동해야 했다. 고렘만으로는 대처할 수 없는 문제도 있으니까.

소드맨과 가디언을 보고 처음에는 깜짝 놀랐던 거리의 사람들도 기사단 소속의 고렘이라는 걸 알고는 금세 적응한 듯했다.

뭐라고 할까. 우리 나라의 국민은 적응이 너무 빠르지 않나?

이전부터 노른, 니아, 루나 등, 왕관을 소유한 사람들이 고렘을 데리고 거리를 거닐었으니 익숙해서 그런 면도 있겠지만……

항상 프레임 기어도 보고 있고 말이지.

"그래서? 괜찮을 것 같아요?"

"네. 소드맨도 가디언도 문제없이 작동 중입니다. 소드맨은 주점에서 소란을 피우던 주정뱅이를 멋지게 제압했고, 가디언도 발밑이 무너진 공사 현장에서 부상자를 구출했습니다."

기사단장인 레인 씨의 보고를 듣고, 나도 이 정도라면 괜찮다고 생각해 가슴을 쓸어내렸다.

몇 개월 정도 상황을 살펴보다가, 조금 더 숫자를 늘려도 괜찮을지 모르겠다. 아이들의 이야기에 따르면 미래에는 기사단과는 별도로 기사 고렘 부대도 만들었다고 한다. (나이트)

부대장은 '하얀색' 왕관인 아르부스라는데, 아르부스는 지금 바르 아르부스에서 '방주'의 감시 임무 중이니……. (백경(白鯨)) (아크)

사신의 사도 문제가 해결되면 편성을 생각해 보자.

"그리고 폐하, 실은 이런 물건이……."

그렇게 말하며 레인 씨가 내민 물건. 그것은 흰 종이에 쌓인 몇 가지 약 봉투였다.

내가 그걸 받아 하나를 조심스럽게 열어 보니, 안에는 소량의 황금색 가루가 들어가 있었다.

"이건 어디서 났나요?"

"소드맨이 제압한 주정뱅이 남자가 가지고 있었습니다. 혹시 이건……."

"틀림없어요. 황금약이에요."

변이종의 사체로 만드는 것으로, 인간을 변이시키는 무시무시한 마약(魔藥)이다. 큭! 결국 우리 나라에서도 나돌기 시작했나.

"이걸 가지고 있던 남자는 어디서 입수했다고 하나요?"

"벨파스트 왕국의 항구 마을, 바드리아나에서 입수했다고 했습니다. 주점에서 처음 보는 검은 로브 차림의 남자가 팔았다고 하더군요."

바로 옆 나라 벨파스트에서 얻었다고? 그 검은 로브 차림을 한 사람이 사신의 사도인가?

"우리 나라를 직접 찾아오지 않는다는 보장은 없어요. 경비를 강화해 주세요. 수상한 자가 있으면 경계 부탁합니다."

"알겠습니다."

레인 씨가 방 밖으로 나간 후, 바빌론으로 날아가 황금약을 '연금동'의 플로라에게 건네주고 분석을 의뢰했다. 어쩌면 예전과는 다른 신형일지도 모르고, 가짜 황금약일지도 모르니까. 일단 확인해야 한다.

그리고 황금약에 관해 벨파스트 국왕 폐하에게도 전해 두자.

집무실로 돌아가 스마트폰으로 검색해 보니, 황금약은 서방 대륙뿐만 아니라 우리가 사는 동방 대륙에도 확산되고 있는 듯했다.

특히 파나셰스 왕국, 리프리스 황국 근처에 많았다. 이 근처는 서방 대륙과 무역을 시작했다고 하던데…….

많다고는 하지만 아직은 듬성듬성 있는 정도다. 그렇다고 방치할 수는 없다. 일단 각 나라에는 황금약의 해독제를 얼마간 건네주기는 했지만…….

"그렇다고는 해도 이렇게 빨리 퍼질 수도 있는 건가?"

"그 점에 관해서는."

"으악?!"

갑자기 나타난 츠바키 씨를 보고 나는 무심코 소리를 지르고 말았다.

언제부터 있었던 거야?! 헉! 천장의 모퉁이가 열려 있어! 아무리 닌자라지만 평범하게 복도에서 와줘요!

"아무래도 '흑접(黑蝶)'이 한몫 담당하는 듯합니다."

"흑접?"

흑접……? 음? 어디서 들어 본 듯한…….

"공왕 폐하가 짓밟아 버린 서방 대륙의 범죄 조직입니다. '흑묘(黑猫)'의 전신이었던 조직이지요."

"아, 아아~! 있었어, 그런 조직이!"

예전에 고렘을 입수하기 위해 잠입했던 '암시장'.

그 암시장을 장악했던 조직이 서방 대륙의 범죄 조직인 '흑접[파피용]'이었다.

그 암시장에서 처음으로 '보라색' 왕관인 파나틱 비올라와 그 마스터인 변태녀 루나 트리에스테를 만났었지? 하마터면 살해당할 뻔했었어…….

그 후에 흑접[파피용]은 분열, 흑접[파피용]에서 분리된 일부가 '그림자 백합' 실루엣 씨가 이끄는 '흑묘'라는 조직이 되었다.

'흑묘'는 창관과 숙소를 경영하면서 정보를 모으고, 그걸 파는 정보상 같은 일을 하고 있다. 츠바키 씨도 각별히 지내고 있다는 듯한데, 그곳에서 나온 정보인가?

"흑접[파피용]은 내가 망하게 하지 않았던가요?"

"정확하게 말하자면 완벽히 망하진 않았습니다. 폐하께서 두목에게 '저주'를 부여하고 방치했을 뿐입니다."

어? 내가 그렇게 심한 짓을 했단 말이야……? 응, 했구나.

이름이, 자빗이었나? 그 흑접[파피용]의 두목에게 실루엣 씨를 비롯한 '흑묘'에는 접근하지 말라는 '저주'를 걸었었지?

그래서 그자들은 마을 밖으로 나갔는데, 그 이후에 다른 마을에서 고아원을 빼앗으려고 하는 모습을 딱 보게 됐었어.

'저주'의 조건이 '실루엣 씨와 흑묘에게 접근하지 마라'였으니, 그 이외에는 얼마든지 나쁜 짓을 할 수 있기야 하다. 내가 직접 피해를 보지 않았다고 해서 너무 관대하게 봐준 건가?

"그래서요? 그 흑접(파피용)의 자빗인가 하는 사람이 황금약을 동방 대륙으로 가지고 왔다는 건가요?"

"네. 아니요, 흑접(파피용)이 운반해 온 것은 확실하나 자빗은 이미 죽고 다른 자가 두목이 되었습니다."

어? 그 아저씨가 죽었어? 내 '저주' 탓인가? 그런데 실루엣 씨한테서는 무슨 짓을 당한 적이 있다는 얘기는 들어 본 적이 없는데?

"아닙니다. 폐하의 '저주'와는 관계없이 내부 분쟁으로 목 숨을 잃은 듯합니다. 부하에 의한 하극상이군요."

어이구야. 부하한테 배신당했구나. 누가 봐도 부하에게 사 랑받을 성격은 아니긴 했지. 암흑세계에서는 흔한 일인지도 모른다.

"그리고 그 새로운 두목이 황금약을 사방으로 뿌리고 있단 거군요?"

"네."

황금약을 뿌리는 조직이 흑접(파피용)이라고 치고, 그걸 어디서 입 수했을까? 역시 사신의 사도와 어디선가 접촉을 했기 때문이 겠지?

"흑접(파피용)은 지금 어디에 거점을 잡고 있나요?"

"예전에는 스트레인 왕국이었지만, 지금은 갈디오 제국 서 부에 있는 도시입니다."

갈디오 제국의 서부……. 사신과 싸웠던 아이젠가르드와 가까운 장소구나.

아이젠가르드는 황폐해질 대로 황폐해져 무법지대나 마찬가지인 곳이 되었다. 불법 사업을 하는 자들이 모이기에는 딱 좋은 장소란 말인가.

"갈디오 제국에도 황금약이 확산되고 있네……."

지도에 떠오른 광점을 보니, 역시 사람이 많은 곳에 만연하고 있었다. 이것도 흑접^{파피용}의 짓이겠지.

갈디오 제국에도 황금약 해독제는 건네주었지만, 숫자는 유한하고 해독약이 필요해지는 순간은 변이증이 발병된 다음부터다. 하지만 그때 약을 쓴다고 해도 이미 때를 놓쳤을 가능성도 크다.

'황금약은 위험한 마약'이라는 정보를 흘려두긴 했지만, 그래도 일정한 수 이상의 사용자는 나온다.

'연금동'의 플로라의 이야기에 따르면 이 약은 스트레스, 다시 말해 마음의 압박감을 해방해 주고 신체의 통증을 없애 준다고 한다.

단지 그뿐이라면 나쁜 약이라고는 할 수 없지만, 당연히 강한 중독성이라는 부작용이 동반된다.

약효가 떨어지자마자 스트레스는 더욱 심해지고, 그러한 압박에서 벗어나기 위해서 더욱 많은 약을 먹는 악순환이 계속해서 반복된다.

플로라가 말하길, 그러한 일이 반복됨으로 그 사람의 '부정적인 감정'이 내부에 압축되는 것으로 보인다고 한다.

그리고 그게 일정한 수준을 넘어 심신이 버티지 못하게 되면, 공기를 너무 많이 넣은 풍선이 터지듯이 그 인간은 변이를 일으키기 시작한다.

그런 상태가 정착되면 해독약으로는 더는 고칠 수 없다. 인간이 아닌 사신의 권속이 되어 버리는 거니까.

인간인 이상 당연히 정신적인 괴로움과 고통에서 벗어나고 싶은 마음이 들 수밖에 없다. 모든 사람이 강한 정신력을 지니고 있지는 않다. 그런 약점을 파고드는 불쾌한 상술이다.

그자들은 황금약을 비싼 값에 팔지 않는다. 일반 시민도 간신히 구입할 수 있을 법한 아슬아슬한 금액에 판매한다. 그것 또한 불쾌한 점이다.

돈을 빼앗고, 마음을 좀먹고, 몸을 망가뜨린다. 말 그대로 골수까지 빼앗겨 그자들의 노예가 된다. 도저히 용서할 수 있는 짓이 아니다.

"일단 각 나라의 어디에 황금약이 퍼졌는지 장소를 임금님들에게 알려줘야겠어."

지도 검색에 잡힌 황금약이 퍼진 장소를 첨부해 각 나라의 대표에게 메시지를 보냈다. 일제히 적발하면 얼마간은 피해자도 줄어들게 될 테니까.

"흑접은 어떻게 하시겠습니까."
_{파피용}

"음~ 그게 문제인데요……. 공급원을 차단하지 않아선 다

람쥐 쳇바퀴가 될 테니까요."

황금약을 어디서 입수했는가, 누가 사신의 사도와 거래했는
가.

일반적으로 본다면 흑접^{파피용}의 새로운 두목이겠지만…….

"흑접^{파피용}의 본거지로 잠입할까요?"

"잠입이라니요? 츠바키 씨가요?"

"아니요, 제가 아니라 호무라 삼인방입니다."

아~. 그 여자 닌자 세 사람인가. 사루토비 호무라, 키리가쿠
레 시즈쿠, 후마 나기. 츠바키 씨의 부하 세 명.

정말 괜찮을까? 신인 때부터 알던 아이들이라 그런지 아무
래도 불안이 남는데.

"세 사람 모두 실력이 많이 늘었습니다. 적어도 전투 능력만
큼은 모로하 님과 타케루 님이 매일 훈련해 주신 덕분에 웬만
한 기사보다도 훨씬 강하지 않을까 합니다. 그에 더해 호무라
에게는 '원견(遠見)'의 마안, 시즈쿠에게는 탁월한 변장술,
나기에게는 다양한 암기술(暗器術)이 있습니다."

그렇구나. 젊은이들도 성장하고 있었어. 앗, 나이는 나하고
크게 차이 나지 않지만.

츠바키 씨가 이렇게까지 보증해 준다면 문제없으려나?

"좋아요. 그럼 그 세 사람을 보낼게요. 아, 서포트 역할로 바
스테트와 아누비스도 같이 보낼게요."

"바스테트와 아누비스……. 검은 고양이와 검은 개 고렘이

군요. 그러네요. 그렇게 보낸다면 의심을 받지 않고 정보를 모을 수 있겠습니다."

바스테트와 아누비스는 에르카 기사의 고렘이지만, 최근에는 특별히 할 일이 없어서 마을을 어슬렁거리고 있을 뿐이니까. 말은 그래도 성 아랫마을의 정보를 수집하고 순찰을 하며 충분히 제 역할은 하는 중이지만.

무언가를 조사한다면 그 둘이 더 의심을 받지 않으리라 본다. 바스테트는 똑똑하고, 아누비스는…… 좀 바보 같은 데가 있지만 붙임성이 있으니 평범한 개처럼 돌아다닐 수 있다.

각 나라에서 일제히 적발하고 브로커인 흑접을 처단하면 황금약 피해자는 줄어들겠지. 더는 사신의 '저주'가 퍼지도록 놔둘 순 없다.

나는 갈디오 황제 폐하에게 협력을 요청하기 위해 스마트폰의 연락처를 열었다.

◇ ◇ ◇

서방 대륙의 남쪽에 있는 갈디오 제국.

그 제국의 서쪽, 일찍이 마공국 아이젠가르드라 불린 나라가 존재하던 장소와 가까운 곳에는 브렌이라는 연안 도시가 있었다.

예전에는 아이젠가르드에서 운반선과 마차가 끊임없이 왕래해 무역의 중계 지점으로서 번영하던 곳이었지만, 아이젠가르드가 망하고 육지도 분단되어 지금은 영화를 잃고 어두운 그림자가 드리워진 도시가 되었다.

그래도 변경의 도시로 간신히 명맥은 유지하고 있었다.

그렇긴 해도 아이젠가르드의 멸망은 시민들의 삶에 큰 직격탄을 날렸다.

먼저 사람의 왕래가 크게 줄었다. 아이젠가르드에 가려던 사람은 모두 브렌을 거쳐 갔지만, 지금은 아이젠가르드에 가려는 유별난 사람은 없었다.

일이 줄고 자원이 줄어 범죄는 횡행했고, 불법적인 일을 장악하려는 자들의 세력이 확대되었다.

영주조차도 그런 자들의 뇌물을 받고 불법을 보고도 못 본 척하고 있다고 한다. 현재의 영주는 착실했던 이전 영주가 갑자기 병사해 그 뒤를 이은 남동생이었는데, 과연 이전 영주는 정말로 병사를 했던 것일지…….

《불법으로 돈을 버는 자들이 자신들의 의향대로 움직일 영주로 교체하려고 암살했을지도 모른다는 소문이 마구 나돌고 있어.》

시간은 초저녁. 브렌의 도시 한 구석. 길거리를 조망할 수 있는 숙소의 한 방에서 서둘러 모아들인 정보를 바스테트가 모두에게 알려주었다.

"분열한 흑접^{파피용}에는 암살 부대도 있었다나 봐. 단순한 헛소문이라고는 할 수 없어."

바스테트의 보고를 듣고 여자 닌자 세 사람 중 한 명인 키리가쿠레 시즈쿠가 긴 머리카락을 흔들며 생각하듯 턱에 손을 댔다.

《역시 이전 영주의 죽음은 흑접^{파피용}의 짓일까?》

"십중팔구 그렇겠지. 그렇지 않고서야 아무리 변경의 일개 도시라곤 해도 이렇게까지 함부로 휘젓고 다닐 수는 없을 거야."

고개를 끄덕이는 시즈쿠의 귀에 대화에 참여하지 않은 채 와글와글 떠드는 다른 그룹의 목소리가 절로 날아들었다.

"앗, 나기! 그 닭고기는 내가 먹으려고 챙겨둔 건데!"

"먼저 먹는 사람이 임자지~."

《앗, 누님들. 저도 좀 주세요!》

"뭐어? 넌 고렘인데 먹겠다고?"

《저는 고성능이니까요! 그 정도는 문제없어요!》

"그럼 이거 줄게~."

《야호! ……헉, 이건 뼈잖습니까! 동물 학대 반대!》

"개는 뼈 좋아하잖아?"

"풉풉풉, 그럼 나도 뼈 줄게!"

《아아, 정말. 시끄러워!》

방 모퉁이에 있는 테이블에서 시끄럽게 떠들며 식사하던 그룹에 시즈쿠와 바스테트의 목소리가 동시에 날아들었다.

천성이 진지한 시즈쿠, 바스테트와는 달리, 어딘가 모르게 홀가분한 성격인 두 사람과 한 마리였다.

《너무 신경을 곤두세울 필요 없잖아요. 너무 일찍 힘이 들어가면 중요할 때 실수하는 법이라고요.》

"오, 강아지 너. 제법 좋은 소릴 하는데? 맞아. 시즈쿠도 조금 어깨에 힘을 빼고 일해."

"저기~."

"넌 너무 빼서 탈이잖아! 더 긴장감을 말이지!"

"저기 말이야~!!"

《너도 마찬가지야. 이 바보 녀석! 같이 합세해 떠들면 안 되지! 돌아가면 펜릴 오라버니한테 혼 좀 내달라고 할 테니 그렇게 알아!》

《헉!! 바스테트 누나, 비겁하게 그건 아니지!》

"혹시 저 사람들 흑접^{파피용} 아니야~?"

뚝 말다툼이 그쳤다. 문득 옆을 보니, 창가에 서 있던 나기가 창밖을 가만히 바라보고 있었다.

재빨리 다른 사람들도 창가로 다가가 가로등 아래, 밤길을 걷는 새카만 옷을 입은 남자들을 바라보았다.

"틀림없어. 흑접^{파피용} 사람들이야."

호무라가 '원견'의 마안을 사용해 사람들의 목 언저리에 검은색 나비 자수가 있는 것을 확인했다.

"첫날부터 표적을 만나다니 행운인걸~."

"행운이라기보다는…… 쓸데없는 수고는 덜 수 있게 됐다
고 할까. 바스테트, 아누비스. 부탁할 수 있을까?"

《맡겨둬. 가자, 바보 멍멍아.》

《자꾸 바보바보 연발하지 마! 개는 똑똑하단 말이야!》

창문을 열고 곧장 지붕 위로 올라가, 바스테트와 아누비스
가 흑접^{파피용} 사람들을 뒤쫓았다.

"우리는 조금 더 정보를 모으자. 흑접^{파피용}의 지휘 계통이 어떤지
조사해야 해."

"맞아. 나는 주점을 한번 돌아볼게."

"그럼 난 환락가~."

각자 고개를 한 번 끄덕이고는 여자 닌자 세 사람은 바스테트
와 아누비스처럼 창문으로 뛰어내려 밤의 어둠으로 사라졌다.

"이 녀석인가?"

"네. 보세요, 이 팔을……."

검은 옷으로 몸을 두른 남자들 중 한 명이 뒷골목에서 누워

있는 부랑자의 소매를 걷어 올렸다. 부랑자는 작게 신음을 흘릴 뿐 그러한 행동에도 저항하지 않았다.

"그렇군. 시작됐나."

부랑자의 팔에는 짙은 쥐색의 비늘 같은 뭔가가 늘어붙어 있었다.

"데리고 가라. 사람들 앞에서 변이되면 일이 귀찮아진다."

"성가셔 죽겠네요. 여기서 처리해 버리면 안 됩니까, 형님?"

"상부의 명령이다. 죽이지 말라니 어쩔 수 없잖나."

부하 남자들이 부랑자의 다리를 붙들고 질질 끌고 가는 모습을 바라보면서, 형님이라 불린 남자가 담배에 불을 지폈다.

후~. 숨을 내뱉자 담배 연기가 차가운 밤바람에 흩어졌다.

"저런 자식을 살려둔다고 무슨 이득이 있을까요?"

"글쎄다. 무슨 실험에 사용되는 게 아닐까? 마지막까지 효과적으로 이용하려는 거겠지."

별 관심이 없다는 듯 대답한 남자는 끝까지 다 피운 담배를 버리고 신발로 짓밟았다.

"가자."

"네!"

남자들이 뒷골목을 떠났다. 밤의 어둠을 틈타 그 모습을 검은 고양이와 검은 개가 지붕 위에서 끝까지 지켜봤다는 것도 모른 채.

◇ ◇ ◇

연안 도시 브렌의 남구(南區)에 있는 주점 '은상어'에서는 오늘도 거친 남자들이 값싼 술에 취해 있었다.

주점 안에서는 바다에서 일하는 어부들, 성미가 까다로운 배 목수들, 딱 봐도 사연 있어 보이는 여행자, 수상해 보이는 상인 등이 모여 술을 마셨다.

그러나 밝고 쾌활한 분위기는 아니고, 굳이 따지자면 불평과 불만, 분노를 토로하는 술자리였다.

"뭐?! 이 자식아! 한 번 더 말해 봐라!"

"그래, 몇 번이고 말해 주마. 이 허접아!"

그런 목소리와 함께 오늘도 치고받는 싸움이 시작되었다. 주변 손님들도 '또 저런다' 하고 살짝 얼굴을 찡그릴 뿐 아예 말릴 생각은 하지도 않았다. 가게 안에서 행패를 부려선 곤란한 가게 점원만이 어쩔 줄을 몰라 했다.

치고받는 싸움이 격렬해지면 결국 주변 손님들한테도 피해가 가기 시작한다.

더는 참을 수 없었는지 몸집이 작은 소년 한 명이 자리에서 일어서 서로 치고받은 두 사람 앞으로 나아갔다.

"아저씨들, 시끄러워."

미소를 지으며 소년이 두 사람을 떠밀 듯이 좌우의 손바닥을 내밀자, 싸우던 강건한 두 사람이 훌쩍 날아가 가게의 출입구 밖으로 데굴데굴 굴러갔다.

그 순간을 보지 못한 손님들은 '무슨 일이 벌어진 거지?' 하고 신기하게 생각했고, 그 모습을 지켜본 손님은 '말도 안 돼!' 라고 하면서 눈을 휘둥그렇게 떴다.

소년은 아무 일도 없었다는 듯이 자리로 돌아가 정면에 있던 수상한 상인에게 말을 걸었다.

"미안. 내가 어디까지 들었었지?"

"아, 흑접의 조직 체계는 말이지……."

상인은 눈앞의 소년이 평범한 자가 아니라고 새삼 생각하게 되었다. 정확히는 소년이 아니라 소녀였지만.

브륀힐드의 첩보원 호무라는 주점에서 비교적 입이 가벼워 보이는 상인을 표적으로 삼아 정보를 모으려고 했다.

너무 시끄러운 나머지 싸움을 중재하다가 눈에 띄고 말았지만, 그 덕분에 상인의 입이 더욱 가벼워진 듯하니 별문제는 아니라고 호무라는 생각했다.

"보스 아래에는 간부가 몇십 명이 있는데, 그 간부를 관리하는 자들이 네 명의 상급 관리야. 그자들이 각각 행동부대, 불법 거래, 정보 수집, 밀조 및 밀매를 담당한다더군."

"행동부대라니?"

"호위, 공갈, 빚 독촉…… 실제 행동이 필요한 일 전반을 담당하지. 물론 그 정도를 넘어 얼마나 돈이 움직이느냐에 따라서는 암살 같은 의뢰도 받아들인다는 소문이야."

이전 영주는 흑접에게^{파피용} 암살당했다는 소문도 있다. 호무라는 그것도 사실일 가능성이 크다고 생각했다.

닌자도 암살을 담당하는 사람이 있다. 다행히 호무라는 그런 일을 맡지 않았지만, 일찍이 이센에서는 그런 어둠의 일을 하기도 했었다고 나이 많은 닌자에게 이야기를 들은 적이 있다.

단, 암살 의뢰를 받는 것은 상당한 위험이 따른다고 한다.

암살 임무 그 자체의 위험이 아니었다. 암살을 의뢰한 사람에게 목숨을 위협받을 위험이 있다.

암살에 성공하면 그 사실을 아는 사람은 의뢰인과 실행자뿐이다. 의뢰인 입장에서는 약점을 잡혔다고 생각할 여지가 있다.

그렇다면 아예……. 암살을 마친 닌자가 의뢰인에게 살해당했다는 이야기도 많다.

흑접은^{파피용} 어떤지 알 수 없지만, 겉으로 드러나선 안 되는 암살이라면 실행범은 제거됐을 가능성도 있다.

호무라는 자신이라면 절대 그런 의뢰는 받지 않겠다고 생각했지만, 그 무사태평한 자신의 주군이 암살 같은 짓을 시킬 리가 없다는 결론에 이르자, 자신이 쓸데없는 걱정을 했다는 사실을 깨닫고 작게 미소를 지었다.

"황금약은 그 사람들 중 누가 퍼뜨리고 있는데?"

"왜 그런 걸 묻지? 널 위해서 하는 말이야. 위험한 곳에 괜히 끼어들고 그러지 마. 아무리 네가 강해도 놈한테 점찍히면 목숨이 몇 개 있어도 모자라."

의외로 이 상인은 친절한 남자인 듯했다. 호무라는 자신을 걱정해 주는 상인, 굳이 평가해 보자면 아무리 봐도 수상한 그 상인을 보고 '겉모습 때문에 손해를 보는 사람이다'라고 시시한 생각을 했다.

호무라는 그런 수상한 상인 앞에 은화 한 닢을 탁 내려놓았다.

"……나도 정확히는 모르지만, 불법 거래를 관리하는 델로리아거나 밀조나 밀매를 맡은 빌리스일 거다."

그 말을 하고 상인은 은화를 거두더니 미지근해진 에일 맥주를 마셨다. 이 남자는 흑접과 어느 정도 관계가 있는 듯했다.[파피용]

이 마을에서 흑접과 접촉하지 않고 장사를 할 수 있는 사람[파피용] 은 없다. 이 주점도 흑접에 적지 않은 보호료를 상납하고 있겠[파피용] 지. 그렇지 않아서는 벌써 망했어도 이상하지 않다.

"불법 거래의 델로리아, 밀매 및 밀조의 빌리스라……."

사신의 사도와의 거래를 고려한다면 불법 거래를 주로 캐내야겠지만, 누가 황금약을 판매할지를 고려하면 밀조 및 밀매가 더 관련성이 높으리라고 호무라는 생각했다.

"고마워, 아저씨. 도움이 됐어."

호무라는 은화 한 닢을 따악 하나 더 내려놓고 자리를 떴다. 여기에는 자신의 식사비도 포함되어 있었다.

그럭저럭 괜찮은 수확을 거둔 호무라는 기분 좋게 주점 밖으로 나왔다.

밖에 나와 잠시 걷자, 어디선가 건장한 남자들이 나타나 호무라를 빙글 둘러쌌다.

흑접^{파 피 용}은 아니었다. 둘러싼 남자 중에는 호무라가 주점에서 밀쳐냈던 남자 두 사람도 있었다.

"이 자식이다! 애송이가 사람 무서운 줄도 모르고 날뛰다니!"

"얘들아! 이 자식을 붙잡아라!"

동료들을 데리고 와서 복수하려는 듯했다. 주변 남자들은 일제히 호무라에게 몰려들었다.

그러나 다음 순간, 퍼퍼퍼퍼퍼퍽! 하고 둔탁한 소리가 리듬감 있게 울리더니, 몰려들었던 남자들이 그 자리에서 흰자를 드러낸 채 쓰러졌다.

""아니⋯⋯?!""

호무라에게 달려들지 않은 이 소동의 원흉 두 사람만이 그 광경을 보고 할 말을 잃었다. 대체 무슨 일이 벌어졌는가. 남자들의 눈에는 아무것도 보이지 않았다.

"안타깝지만, 날 덮치고 싶으면 지금보다 10배는 더 데리고 와야 할걸?"

그렇게 말하면서 순식간에 두 사람의 품으로 파고든 호무라는 주점에서 날렸던 그 손바닥으로 '이번에는 가차 없이' 두 사람을 타격했다.

　남자들은 그 자리에서 튕겨 나가 근처에 있던 마구간의 울타리와 물통을 쓰러뜨리며 말똥 더미에 처박혔다.

　커다란 소리를 듣고 주점에서 무슨 일인가 싶어 몰려든 구경꾼들이 말똥 더미에 파묻혀 있는 두 사람을 발견했지만, 호무라는 이미 어둠 속으로 사라진 뒤였다.

"너 바보 아냐?"

"우왓! 신랄해!"

　호무라의 보고를 들은 시즈쿠가 가장 먼저 한 말은 그것이었다. 갑자기 바보라는 말을 들은 호무라는 호들갑스럽게 가슴을 누르며 몸을 뒤로 젖혔다.

"그렇게 눈에 띄면 어떡해? '닌자'가 뭔지 한 번 더 생각해 봐야 해, 너는."

"아니, 이건 불가항력이라고 할지……."

"주점에서 소란을 피우는 녀석들은 그냥 무시하면 되잖아. 너한테 시비를 걸었던 것도 아니니까."

"그건 그렇지만……."

눈앞의 상인이 하는 말조차 들리지 않을 만큼 시끄러워서, 무심코 행동에 나섰던 호무라였다. 시즈쿠에게 혼이 나고 보니, 역시 너무 성급한 행동이었다는 생각이 들어 반론하는 목소리도 점점 작아졌다.

"그래도 정보를 잘 확보해 왔으니 그건 평가하겠지만."

숙소의 한 방에는 호무라, 시즈쿠, 나기 이렇게 세 사람뿐으로 바스테트와 아누비스는 아직 돌아오지 않았다.

"나기는 어땠어?"

"나는 환락가에 가 봤는데, 몇 명인가 수상한 사람이랑 스쳐 지나갔어~."

"수상한 사람? 흑접^{파피용} 조직원?"

"그 사람들 말고, 약하고 관련된 사람~. 비틀거리는 발걸음에 눈도 퀭해서는 '약, 약, 약……' 하고 중얼거리며 마을을 배회하더라고."

나기가 발견한 황금약을 먹은 것으로 보이는 사람은 네 명. 나기는 생각보다 약이 깊이 침투되어 있다고 느꼈다.

약을 사기 위해 돈을 다 쓰면 그들은 범죄에 손을 대고 말겠지. 그 약은 그렇듯 이성으로 자신을 억누르는 힘을 약하게 만드는 효과도 있었다.

"해독제를 줄까도 했었는데……."

이 임무를 위해 세 사람은 해독제를 얼마간 받아왔다. 각 나라에도 수십 개밖에 전달되지 않은 물건으로, 해독제가 얼마나 귀중한지는 잘 알고 있었다.

"안 주길 잘했어. 목숨이 위험한 말기 증상이라면 몰라도, 귀중한 해독제를 쉽게 사용할 순 없어. 그리고 고치더라도 원인을 근본적으로 제거하지 않아선 또 손을 댈 가능성도 있으니까."

"그렇겠지~?"

나기에게 정석적인 의견을 제시한 시즈쿠였지만, 그 자신도 그 말을 하는 자신이 거북하게 느껴졌다.

구할 수 있는데도 구하지 않았으니까. 머리로는 지금 그게 최선이라는 걸 알면서도, 정말 그래도 되는 걸까? 하는 의문이 머릿속에서 떠나지 않았다.

시즈쿠는 고개를 저으며 쓸데없는 생각을 머릿속에서 내쫓았다. 지금은 임무 중이다. 눈앞의 일을 충실하게 완수하는 것만을 생각해야 한다.

똑똑. 창문을 두드리는 소리가 들려 고개를 들어 보니, 어둠 속에 녹아든 듯한 검은 바스테트와 아누비스의 모습이 떠올랐다. 어느새 지붕을 타고 여기까지 돌아온 모양이었다.

나기가 창문을 열자 두 마리는 소리도 없이 실내로 들어왔다.

《후우, 힘들어~. 그 자식들 여기저기 계속 돌아다녀서 말이죠.》

아누비스가 앞다리를 뻗으며 그런 소리를 했다. 고렘도 피로를 느끼는 걸까? 호무라가 의아하게 생각했지만, 굳이 딴지를 걸지는 않았다.

《흑접은 황금약을 퍼뜨리고 있을 뿐만 아니라, 증상이 말기에 다다른 중독자를 회수까지 했어.》

"뭐? 설마 치료를 위해서 데려가는 건 아닐 거고……."

시즈쿠의 말을 듣고 검은 고양이가 작게 고개를 끄덕였다.

《황금약으로 인한 저주가 진행되면 신체의 변이가 시작돼. 그렇게 되면 이성이 사라져 자신이 누구인지도 모르게 되지. 우리가 가지고 있는 해독제라면 그나마 도울 수는 있지만…….》

"그런 인간을 회수해서 흑접은 대체 뭘 하려는 거지?"

《완전히 변이가 끝난 개체는 그 체내에 '주석(呪石)'이라고 하는 정팔면체 결정체가 만들어져. 흑접 녀석들은 그걸 꺼내고 있어.》

바스테트의 보고에 소녀 세 사람의 얼굴이 굳었다. 체내에서 꺼낸다면 그 사람은 더는 살아 있을 수 없다.

《그 '주석'은 고렘의 G큐브를 대신할 수 있어. 더욱 강하고 더욱 우수한 고렘의 핵을 고생하지 않고 입수할 수 있는 거지. 흑접 조직은 틀림없이 큰 이득을 보고 있을 거야.》

정말로 죽을 때까지, 아니, 죽은 뒤에도 사람을 계속해서 착취하는 행위였다. 그런 무도한 방식에 이 자리에 있는 모든 사람이 얼굴에 분노를 감추지 못했다.

"모든 사람이 변이를 일으키지는 않지?"

《마법 저항력이 높은 사람이나, 아직 마음에 희망을 품고 있는 사람은 쉽게 변이되지 않는다고 박사님이 말했어. 마음 속의 부정적인 에너지가 강한 사람일수록 저주에 쉽게 걸리는 거겠지.》

나기의 질문에 바스테트가 그렇게 대답했다.

그렇지만 나기는 이런 환경에서는 계속 희망을 품기 어렵지 않을까 하고 생각했다. 흑접이 장악한 이 마을에서는 사실상 희망이 없다고 해도 과언이 아니었다.

"먼저 황금약의 출처를 조사해야 해. 불법 거래를 담당하는 델로리아, 밀매와 밀조를 담당하는 빌리스. 이 간부 두 사람을 추적하면 뭔가 알아낼 수 있을지도 몰라. 미행은 바스테트와 아누비스가 가장 잘하니, 이번에는 따로 행동하게 되겠네."

시즈쿠의 그 말을 듣고 호무라가 눈썹을 찌푸리며 옆에 있는 검은 개를 쳐다보았다.

"어? 바스테트랑 따로 행동해도 괜찮을까? 이 개는 멍청한 데가 있는데……?"

《이크크?! 강아지 연기라면 능가하는 자가 없는 나를 보고 무슨 말을 그렇게 합니까?!!》

강아지 연기고 뭐고, 네 행동은 개 그 자체잖아. 소녀 세 사람은 그런 생각을 했지만 말은 하지 않았다.

"아누비스만 보내선 역시 불안하니 우리 중에 누군가가 따라가야 할지도 모르겠어."

그런 말을 한 시즈쿠와 호무라, 나기의 시선이 서로 교차했다. 이건 두말할 필요도 없이 손해 보는 역할이다. 귀찮은 일이다.

　"""가위바위보!!!"""

《내 대우 너무 심한 거 아닌가?》

　치열한 가위바위보를 시작한 소녀 세 사람을 보고 아누비스가 조용히 중얼거렸다.

◇　◇　◇

　연안 도시 브렌의 북구(北區)에는 이 마을에 어울리지 않는 고급 가게가 즐비한 거리가 있다.

　밤의 어둠에 마광석 네온이 빛나며, 오늘도 거금을 든 손님을 유아등처럼 유인했다. 남구의 값싼 주점과는 전혀 다른 곳이었다.

　그것도 그럴 수밖에. 이 가게의 대부분은 '흑접'의 영향력 아래에 놓여 있었으니까. '흑접'의 거래 상대를 접대하기 위한 가게이자 겉으로 드러낼 수 없는 불법 거래 장소이기도 했다.

　그중의 하나인 '나이트메어'라는 간판이 걸린 창관에서 수상한 거래를 하는 남자들의 모습이 보였다.

아무리 이 마을의 영주까지 끌어들여 마음껏 활개 치고 다니는 '흑접[파피용]'이라도 제도의 기사단에 이러한 거래 현장을 들켰다간 인생이 끝장날 수밖에 없다.

마을 어디에 잠입 조사관이 있을지 알 수 없는 상황이니 그들에게 이런 거래 장소는 필수적이었다.

"이게 약속한 물건입니다. 받아주십시오."

"확실하군요. 대금은 이것으로……."

어둑어둑하고 푸른 정팔면체 결정체가 들어간 상자와 상당한 금화가 들어가 묵직한 가죽 자루가 테이블 위에서 교환되었다.

거래가 끝나자 상대는 결정체가 들어간 상자를 안고 재빨리 방 밖으로 나갔다.

그리고 곧장 다른 문에서 엽궐련을 입에 문 덩치가 좋고 콧수염이 난 남자가 나타났다.

상자를 건네주었던 삐쩍 마른 실눈 남자가 소파에서 일어나 고개를 숙였다.

수염 난 남자는 거래 상대가 앉아 있던 자리에 털썩 앉더니, 다 피운 엽궐련을 재떨이에 비벼서 끄고, 테이블에 놓인 가죽 자루를 들어 올려 그 묵직한 무게를 확인했다.

"그딴 돌멩이에 이런 거금을 줄 생각을 하다니 어이가 없군."

"고렘 기사라면 얼마를 주든 가지고 싶은 물건이니까요. 연구자가 탐낼 미지의 소재이기도 하고요."

"흥. 탐욕 그 자체 아닌가. 그 덕분에 우리는 이익이 짭짤하긴 하다만."

수염 난 남자는 터억, 하고 가죽 자루를 다시 테이블 위에 던져 놓고는 시가 케이스에서 엽궐련을 꺼냈다. 그리고 시가 커터로 물부리를 만들자 점원이 공손하게 불을 붙여 주었다.

"그래, 전에 말한 그 물건은 어떻게 됐지?"

"여기 있습니다."

수염 난 남자 눈앞에 있던 실눈 남자가 작은 케이스를 테이블에 올려 두었다. 뚜껑을 열어 보니 안에는 시험관 같은 유리 용기가 한 다스 정도 들어가 있었다.

시험관 안에는 암금색 액체가 들어가 있었는데, 수염 난 남자는 그것을 하나 꺼내 천장에 있는 마광석 샹들리에에 비쳐 보았다.

"황금약에 특수한 마수의 인자를 더하고 농축한 물건입니다. 인체 실험을 해 보니 이걸 신체에 주입하면 강제로 변이는 시킬 수 있으나, 이성을 완벽히 잃게 되며 핵도 생성되지 않았습니다."

"실패인가."

"접종한 인간은 고렘을 뛰어넘는 힘을 지니고, 통증을 느끼지 않는 듯했습니다. 꼭 실패라고는 단정할 수 없습니다."

"하지만 이성을 잃어서야 병사로서는 활용할 수 없지 않나. 하다못해 핵이 생긴다면 그걸 싹으로 활용하는 방법도 있을 텐데……."

수염 난 남자가 시험관을 케이스에 되돌려 놓았다. 실눈 남자가 그 케이스에 뚜껑을 덮고 말을 계속했다.

"아니요. 이를테면 왕후와 귀족이 모이는 파티에 참가해 참가자에게 몰래 이걸 주입하면……."

"갑자기 괴물이 나타나 파티는 난리가 나겠지. 오호, 잘만 하면 방해되는 자가 죽을 수도 있다는 말인가?"

"물론 확실하게 실행하긴 어렵지만, 한마디로 어떻게 쓰느냐에 달렸다는 것 아니겠습니까."

흠. 수염 난 남자, '흑접'^{파피용}의 상급 간부 중 한 명인 밀조와 밀매를 담당하는 빌리스는 조금 생각에 잠겼다.

확실성이 낮긴 하지만, 그 자리에서 암살자를 만들 수 있다면 큰 장점 같기도 했다. 자신이 의심받을 일 없이 그 자리에서 피해를 줄 수 있다. 문제는 주입받은 상대가 분별없이 공격하니 자신이 그 공격에 말려들 가능성이 있다는 것인데.

"아직 더 개량의 여지는 있겠지?"

"네. 농축 수준을 떨어뜨리면 간신히 이성을 유지할 수 있지 않을까 생각합니다."

"그럼 계속해라."

"네."

실눈 남자가 공손히 고개를 숙였을 때, 점원 한 명이 손님이 왔다고 알렸다.

"왔나."

빌리스가 이 가게를 찾아온 목적은 눈앞에 있는 신약에 관한 보고를 받기 위해서가 아니었다. 방금 찾아온 그 인물과 거래를 하기 위해서였다.

실눈 남자가 돈이 든 가죽 자루와 약품이 든 케이스를 회수해 테이블 위를 정리하자 점원의 안내를 받고 들어온 인물이 모습을 드러냈다.

"실례하네."

처음으로 그 인물을 본 일부 점원은 오싹한 표정을 지었다. 그럴 수밖에 없었다. 너무나도 이상한 모습이었기 때문이다.

검은 로브로 몸을 두르고, 염소 두개골을 뒤집어쓴 불길한 남자.

늙은 목소리인 만큼 노인으로 추정되는 그 남자는 손에 메탈릭블랙의 왕홀을 쥐고 있었다.

사신의 사도 중 한 명, 그래파이트는 염소 두개골 안에서 씨익 미소를 지었다.

"저 사람이 빌리스야?"

《그런가 보네요. 부하들이 그렇게 말하고 있어요.》

상대는 알아챌 수 없을 만큼 먼 곳에서 【원견의 마안】을 사용해 호무라는 마차에 올라타는 수염 난 남자를 확인했다. 밤이라서 조금 확인이 힘들었지만, 풍채가 좋고 수염이 난 40대 전후의 남자로 보였다. 옷깃 언저리에는 가장자리를 금색으로 채색한 작고 검은 나비 자수가 있었다.

아무리 호무라라도 이 거래에서 목소리까지 들을 수는 없었다. 하지만 발밑에 있는 아누비스는 간신히 목소리가 들리는 듯했다.

결국 그 이후로 가위바위보에 져서 아누비스는 호무라가 돌보게 되었다. 그리고 한 사람과 한 마리는 '흑접'에서 밀조와 밀매를 관리하는 간부, 빌리스를 감시하는 임무를 맡았다.

빌리스는 고렘 마차에 올라타 브렌 마을을 여기저기로 이동했다. 그럴 때마다 호무라와 아누비스는 마을 사람에게 들키지 않도록 지붕 위를 경계하며 이동했다.

브륀힐드 첩보부의 대여 물품인 '인비저블 망토'는 유미나가 타는 프레임 기어인 브륀힐데의 경면(鏡面) 장갑에도 사용되는 물건으로, 인식 저해와 주변에 녹아드는 광학미채 같은 기능을 지닌 아이템이었다.

이게 있으면 쉽게 들키지는 않지만, 호무라는 혹시 모르니 거리를 두고 감시하는 중이었다.

인식 저해가 있어도 감이 날카로운 사람이 수상하게 생각할 가능성은 충분했다. 경계할 수 있다면 당연히 경계해야 했다.

《이번엔 창관인가. 왜 이런 식으로 여기저기 이동하는 걸까요? 귀찮게…….》

"자세히는 몰라도 밀조와 밀매의 책임자니까, 비밀로 해두고 싶은 일이 많아서 그렇지 않을까?"

지붕 위에서 툴툴 불평하는 아누비스에게 호무라가 타깃한 테서 눈을 떼지 않으며 대답했다.

호무라는 깊이 생각하지 않고 대답했지만, 사실 그 추측은 정확했다.

빌리스는 험악한 얼굴과는 어울리지 않을 만큼 신중한 성격으로, 거래를 할 때마다 매번 장소를 바꾸었다. 바로 전날에 갑자기 장소를 바꾸기도 한다.

밀매 비즈니스는 당연하게도 남들 눈에 띄어선 안 된다. 판매상도 가리고, 조금이라도 수상하다 싶으면 바로 손을 뗀다.

그들이 무엇을 가장 두려워하냐면, 현장을 제압당하는 것이었다.

갈디오 제국은 새 황제가 즉위한 뒤로 선제의 의지를 이어 이웃 나라와의 우호에 힘을 쏟고 있다. 이웃 나라와의 관계가 점점 개선됨에 따라, 국가 간의 유통이 증가하였는데, 당연하게도 그에 따라 검문도 더욱 삼엄해졌다.

그렇게 되면 좀처럼 입수하기 힘든 물건을 얻어내기 위해 밀수 및 밀매를 하는 자들도 당연히 늘어날 수밖에 없고, 그걸 단속하는 사람도 역시 늘어나게 된다.

어디에 국가의 개가 숨어 있을지 알 수 없다. 빌리스가 신중하게 행동한다고 해도 전혀 이상할 게 없었다. 단지 그의 경우에는 원래 성격이 그러니 평소대로 행동하고 있을 뿐이었지만.

◇ ◇ ◇

"자, 이번 달 치 가져왔다."

의자에 걸터앉은 염소 두개골을 쓴 검은 로브의 인물은 테이블 위에 강아지의 머리 정도 크기의 가죽 자루를 털썩 내려놓았다.

'흑접'의 간부 빌리스는 그걸 받아 들고는 가죽 자루의 입구를 열어 안을 확인했다.

가죽 자루 안에는 둔탁한 암금색으로 빛나는 가루가 듬뿍 들어 있었다.

근래 '흑접'의 거대한 자금원이 되고 있는 황금약이었다.

빌리스는 이걸 분석해 같은 물건을 만들어 보려고 시도했지만, 바탕이 되는 소재가 무엇인지조차 알아채지 못한 상태라, 결국엔 포기하기로 결정했다.

이걸 가지고 오는 상대부터가 멀쩡하다고는 할 수 없었지만, 판매할 수 있고 이용할 수 있다면, 빌리스로서는 아무런 문제도 없었다. 물론 항상 경계는 했지만 '지금'은 그것으로 충분했다.

빌리스가 가죽 자루의 입구를 닫자, 옆에 서 있던 부하가 아타셰케이스 같은 물건을 테이블에 올려놓고 뚜껑을 열었다.

그 안에는 소프트볼 크기의 투명한 덩어리가 몇 개나 들어가 있었다. 그리고 덩어리의 표면에는 가느다란 홈이 기묘한 기하학적인 모양을 그리며 몇 개씩이나 파여 있었다.

"전부 개별 고대 기체(레거시)겠지?"

"그래. 말한 대로 동일한 형태의 기체는 하나도 없다."

수정 같은 덩어리를 하나 들고 염소 두개골을 쓴 노인이 꼼꼼하게 확인했다.

아타셰케이스에 들어가 있던 물건은 고렘의 두뇌라 할 수 있는 Q크리스탈이었다.

그것도 모두 고대 기체(레거시)라고 한다. 그게 사실이라면 그 가치는 헤아릴 수조차 없었다.

고렘은 동력원인 G큐브와 두뇌인 Q크리스탈로 움직이는데, 기본적으로 그 두 가지만 무사하면 완벽히 부활시킬 수 있었다.

그러나 많은 고렘 기사는 특히 중요한 부분은 G큐브보다 Q크리스탈이라고 말할 것이다.

왜냐하면 Q크리스탈에는 지금까지 고렘이 쌓아온 지식과

경험, 전투 기술 등이 남아 있기 때문이다. 정확히 말해 Q크리스탈이 무사하다면 그때까지의 기억을 잃고, 기체 성능도 떨어지지만 다른 G큐브를 이용해서라도 부활시킬 수 있다.

반대로 G큐브만 무사하고 Q크리스탈이 파괴되었다면, 파워나 성능은 원래대로 돌아가도 그것을 조종하는 기능은 모두 처음부터 다시 쌓아나가야 했다.

그런 귀중한 Q크리스탈이니 '고대 기체^{레거시}'라면 그 가치는 더욱 뛰어오른다.

그럴 수밖에. 고대 기체^{레거시}는 '고대 고렘 대전'에서 사용되었다가 살아남은 고렘이다. 그 경험과 지식은 얻고 싶어도 당장에 얻을 수 있는 성질의 것이 아니었다.

그토록 귀중한 Q크리스탈을 '흑접^{파피용}'은 어떻게 손에 넣었는가.

암시장^{블랙 마켓}을 관리하는 '흑접^{파피용}'이라면, 돈은 들지만 입수 자체는 그렇게 어렵지 않았다.

그러나 돈을 들이지 않고 입수하는 방법도 있었다. 바로 소유자한테서 빼앗으면 그만이다.

계약자^{마스터}를 죽이고 고렘을 기능하지 못하게 만들어 Q크리스탈을 얻어내면 된다.

엄연한 범죄였지만, '흑접^{파피용}' 조직원에게는 일상적인 일에 지나지 않았다.

"뭐하면 링크되어 있는 G큐브도 준비할 수 있습니다만."

"아니. 그건 필요 없다. 필요한 물건은 고대 기체의 Q크리스^{레거시}탈뿐이야."

그 대답을 듣고 빌리스는 살짝 눈썹을 찡그렸다. 고대 기체^{레거시}의 G큐브와 Q크리스탈은 일반적으로 링크되어 있다.

링크되어 있는 Q크리스탈을 링크되어 있지 않은 다른 G큐브의 기체에 탑재하면, 성능이 뚝 떨어지고 고렘 스킬도 사용할 수 없게 된다.

그런데 Q크리스탈을 사용해 새로운 고렘을 만드는데 링크되어 있는 G큐브를 사용하지 않는다니 이상한 이야기다.

Q크리스탈만 사용해서 뭘 하려는 걸까. 빌리스는 전혀 알 수가 없었다.

쓸데없이 긁어 부스럼을 만들고 싶지 않았던 빌리스가 그 이상 물어보기를 포기했을 때, 가게 안쪽에서 옥신각신하는 소리가 들렸다.

빌리스 옆에 서 있던 호위가 검의 손잡이에 손을 댄 것과 동시에 문을 힘껏 쾅! 열고는 키가 2미터는 되는 거한이 뛰어 들어왔다.

"여어, 실례하마."

"브래스……!"

갑자기 가게에 뛰어들어 온 남자를 보고 빌리스가 얼굴을 찡그렸다.

거무스름한 피부에 스킨헤드인 그 남자의 얼굴에는 오른쪽

절반에 문신이 가득 새겨져 있었고, 왼쪽에는 콧날부터 뺨에 걸쳐서 커다란 흉터가 나 있었다.

빌리스와 마찬가지로 '흑접^{파피용}' 간부의 한 명이자 실행부대를 장악한 남자, 브래스였다.

"지금은 일하는 중이다. 볼일이 있으면 나중에 와라."

빌리스가 혀를 차면서 브래스를 노려보았다. 브래스와 빌리스는 빈말로도 사이가 좋다고 할 수 없었다. 빌리스는 앞뒤 가리지 않고 힘으로 몰살을 시키려고 하는 브래스를 깔봤고, 브래스는 꼼꼼하고 신중하며 자꾸만 돌아가려고 하는 빌리스를 겁쟁이라고 욕했다.

브래스는 빌리스의 말을 무시하고, 그와 염소 두개골을 쓴 노인 그래파이트의 비스듬한 곳 앞에 있는 소파에 털썩 앉았다.

"누구신지?"

"나는 브래스다. 이놈이랑 같은 '흑접^{파피용}'의 간부지. 잘 부탁한다."

사나운 미소를 지으며 브래스가 그래파이트에게 자기소개를 했다. 그 모습을 보면서 빌리스가 또다시 혀를 찼다.

"이제야 꼬리를 잡았군. 네가 '황금약'의 제공자지?"

브래스는 테이블에 놓인 가죽 자루를 집어 들고 안을 확인하더니 더욱 크게 미소를 지었다.

"꼬리를 잡았다니 너무 심한 소리군. 나는 숨어서 거래한 적이 없다만."

"당신은 그럴지 모르지만, 이놈이 우리한테도 거래 상대가 누구인지 숨겼거든. 밝혀내는 데 고생 좀 했지."

브래스가 히죽히죽 웃으며 빌리스를 바라보았다. 황금약은 빌리스가 전매하던 물건으로, 다른 간부 세 사람은 관여한 적이 없었다.

원래 이 황금약은 '금화병'에 효과가 있다는 선전과 함께 아이젠가르드에 나돌던 물건이다.

그 효과와 특수성을 주목한 빌리스가 판매하는 사람을 밝혀냈고, 교섭 끝에 사업을 확장했다.

지금 황금약은 '흑접^{파피용}'에 있어 무시할 수 없는 자금원이었다.

그런 사업에 한몫 끼고 싶은 다른 세 간부가 염탐하는 줄은 알았지만, 하필이면 브래스한테 제일 먼저 들킬 줄이야. 그런 생각에 빌리스는 오만상을 찌푸렸다.

"단도직입적으로 말하지. 황금약의 제조법을 나한테 넘겨라."

"브래스, 내 사업을 가로챌 셈이냐?!"

빌리스의 부하들이 검을 뽑으려 했다. 마찬가지로 브래스가 데리고 온 부하들도 검을 뽑으려 해, 일촉즉발의 상황이 펼쳐졌다.

팽팽한 긴장감이 떠도는 방안에 쾅! 하고 그래파이트가 왕홀^{셉터}로 바닥을 치는 소리가 크게 울렸다.

"당사자를 제쳐 두고 이야기를 진행해선 안 되지. 그리고 그건 너희는 만들 수 없는 물건이야."

"그게 정말인가? 황금충(黃金蟲)만 있으면 못 만들 것도 없어 보이는데?"

움찔하며 그래파이트가 움직임을 멈췄다.

황금충이란, 이 대륙에 나타나는 변이종의 별명이다. 벌레 모양이 많아서 그런 명칭이 정착되었다.

황금약은 변이종에 포함된 사신의 저주를 증폭하고 압축해 잘게 부순 것이었다.

사신이 죽은 뒤에 모든 변이종이 다 소멸되었는가 하면 그렇지는 않았다. 휴면 상태에 들어간 극히 일부와 결계 등으로 봉인된 개체, 그리고 사신의 사도에 의해 '복제된 개체' 등이 남아 있었다.

그에 더해 극히 예외적으로 로퍼나 슬라임 등 먹잇감을 흡수해 동화하는 마물에 의해 다른 개체로 변모한 종도 있었다.

브래스의 말대로 그런 개체를 사용하면 '흑접'이라도 황금약을 만들 수 있다는 소리는 꼭 잘못됐다고 할 수는 없었다.

"호오. 거기까지 알아내다니 대단하군. 너희를 조금 얕봤던 모양이야."

"아이젠가르드에서 이상한 놈들이 움직인다는 얘기를 들었거든. 악마 같은 고렘이 황금 괴물을 옮기는 모습을 봤다는 소문이 돌더군. 그게 황금약의 재료지?"

브래스가 히죽거리면서 그래파이트를 추궁했다.

브래스가 얻은 이 정보는 빌리스와 마찬가지로, 정보 수집을 담당하는 간부한테 물어서 알아낸 것이었다.

사신의 사도의 본거지는 '방주^{아크}'지만, 그 외에도 거점으로 활용하는 장소는 몇 군데 더 되었다.

아이젠가르드는 사람이 접근하지 않아 여러 작업을 하기에 적합한 곳인데 결과적으로 경계가 느슨해진 모양이라며, 그래파이트는 마음속으로 한탄했다.

그곳은 원래 탄제린이 담당하는 곳이니, 그런 조심성은 처음부터 기대할 수 없었다고 해도 과언은 아니었다만.

"스트레인이나 아렌트의 연구소라면 황금충 한둘은 남아 있지 않겠어? 나머진 네가 가진 제조법만 알면 그만이란 소리야."

"이봐, 브래스. 너 설마…….."

브래스의 언동을 보고 빌리스가 눈썹을 찌푸렸다. '입수하고 싶은 물건은 무력으로'. 그게 신조인 남자다. 볼 것도 없이 이 남자는 그래파이트를 사로잡을 셈이다.

빌리스로서는 중간에 방해를 받았다는 생각은 들었지만, 사로잡는다는 작전 자체는 반대하지 않았다. 어차피 언젠가는 제조법을 억지로 알아낼 셈이었으니까. 빌리스는 위험성이 없는지 정확한 판단을 내릴 수 있을 때까지 조금 더 자유롭게 놔둘 생각이었다.

브래스 주변에 있던 호위들이 허리에 차고 있던 검을 뽑았다. 이렇게 된 이상, 빌리스가 말린다고 그만둘 리가 없었다.
　빌리스는 혀를 차면서도 '흑접'^{파피용}의 이익이 되는 방향으로 일을 진행하기로 했다.
　"지금까지 거금을 벌게 해줬으니 그 답례로 하는 말이다. 얌전히 말하는 게 널 위한 일이야. 이자는 정보를 얻어내기 위해서라면, 고문이든 자백제든 기꺼이 사용하지."
　빌리스는 마치 가여운 사람을 보는 듯한 눈으로 그래파이트를 보면서 말했다. 정보를 토해내면 어차피 죽게 될 테지만. 그런 말은 가슴속에만 묻어 두었다. 솔직히 말하면 고통스럽지 않게 죽을 수는 있겠지.
　"허허허. 충고 고맙군. 너희라면 순조롭게 거래할 수 있으리라 봤는데, 아쉽구나. 미련 없이 쳐내야 할 줄이야."
　"뭐라?"
　잠시 브래스는 자신이 잘못 들은 줄 알았다. 쳐내야 한다니 그건 내가 할 말이다. 이자의 말을 들으면, 마치 자신들이 버려지는 것 같지 않은가.
　그래파이트가 천천히 동물의 엄니가 줄줄이 엮여 있던 팔찌를 벗어 테이블 위에 내던졌다. 덜그럭하는 소리를 내며 떨어진 팔찌가 겨우 그 정도의 충격을 받았을 뿐인데 산산이 튕기며 방안의 온 사방으로 흩어졌다.
　"뭐 하는 짓이지?!"

이해할 수 없다는 듯 눈썹을 찌푸린 빌리스를 무시한 채, 그래파이트는 콱! 하고 메탈블랙의 왕홀^{셉터}로 바닥을 찍었다.

"【어둠이여 오너라, 내가 원하는 자는 용골의 전사, 드래곤 투스 워리어】."

그래파이트가 주문을 외우자, 흩어졌던 팔찌의 엄니에서 순식간에 용골의 전사가 잇달아 태어나 일어섰다.

그건 평범한 해골이 아니었다. 머리는 리자드맨 같은 파충류의 두개골이었고, 손에는 암금색의 둥근 방패와 뒤로 젖혀진 외날검을 들고 있었다.

"마법인가?! 이 자식, 마법사였냐?!"

"눈치가 느리군."

이 대륙에는 마법사가 거의 없다. 그렇지만 마법이라는 존재는 인식하고 있고, 동방 대륙의 마법 기술은 조금씩 확산하고 있었다.

반대편 대륙이라면 이런 교섭 자리에는 간이 결계라도 펼쳐 두는 것이 상식이었다. 그러나 이 자리에는 그러한 결계가 없어, 아무런 방해도 없이 소환 마법을 사용할 수 있었다.

등장한 용아병을 보고 '흑접'^{파피용}의 호위들이 공격을 시작했다.

그들은 브래스가 이끄는 행동부대의 일원이다. 주변의 어중간한 기사보다도 실력이 뛰어났다. 그뿐만 아니라 기사는 주저하는 비겁한 수도 태연히 사용하는 등, 실전적으로 상대를 죽이기 위해서 전투 기술을 연마한 자들이다.

인간이 상대일 때와 전투법이 동일하지는 않지만, 그들은 평소와 다름없이 정확히 용아병의 어깨를 검으로 공격했다.

"아니……?!"

그러나 남자 호위의 검 공격은 용아병의 쇄골에 막혀, 그 이상 깊숙이 벨 수 없었다.

놀라는 남자 호위에게 용아병의 검이 무자비하게 날아들었다.

남자는 허리가 두 동강이 나, 장기를 쏟으며 그 자리에서 덜컥 쓰러졌다.

"교섭이 결렬된 이상 더는 사양하지 않아도 되겠군. 가볍게 휩쓸어 볼까."

다시 그래파이트가 쾅! 하고 왕홀^{셉터}로 바닥을 찍자, 참살된 시체의 아래에서 독기가 스며 나왔다. 그러자 두 동강이 났던 남자의 몸이 순식간에 질퍽하게 녹아내려 뼈만 남은 모습으로 변했다.

"윽!!!"

따로따로 나뉘어 있던 뼈가 덜걱덜걱 소리를 내면서 자석이 들러붙듯 한곳으로 모이더니, 원래의 형태로 돌아가 천천히 자리에서 일어섰다.

새롭게 태어난 스켈레톤은 손에 든 자신의 검으로 원래의 동료였던 사람들을 습격하기 시작했다.

호위 중 한 명이 그 스켈레톤의 칼에 베여 쓰러졌다. 그래파이트가 왕홀을 또 쾅! 하고 찍자, 조금 전과 마찬가지로 살이 녹고 새로운 스켈레톤이 태어났다.

여기까지 오자 빌리스는 자신들이 터무니없는 착각을 했다는 사실을 깨달았다.

자신들이 이자를 이용했던 것이 아니다. 오히려 자신들은 이용당하고 있었다. 상대는 언제든 자신들을 버릴 수 있었던 입장이었다. 지금까지 아무 탈이 없었던 이유는 단지 상대에게 그럴 마음이 없었기 때문이었다.

이렇게 될 줄 알았으면, 브래스가 폭주했을 때 브래스를 죽였어야 했다. 그리고 사과하면 혹시나 자신은 살아남았을지도 모른다. 빌리스는 크게 후회했지만 이미 지나간 시간은 돌아오지 않는다.

"크윽……!"

눈앞에 있던 브래스의 목에 용아병의 검이 내리꽂혔다. 폭력에는 확신에 가까운 자신을 지니고 있던 남자의 말로라기에는 너무나도 비참한 최후였다.

브래스가 쓰러지자 다시 쾅! 하고 바닥을 내리치는 소리가 들렸다.

'흑접'의 간부였던 남자는 뼈만 남은 괴물로 다시 태어나 이번에는 그 칼을 빌리스를 향해 내밀었다.

◇ ◇ ◇

《왜 이렇게 시끄러운지. 소란을 피우는 손님이라도……. 호무라 누님. 어라?!》

빌리스가 들어간 창관이 보이는 옥상에서 꾸벅꾸벅 졸고 있던 호무라가 아누비스의 목소리를 듣고 움찔하며 꿈속 세계에서 귀환했다.

"우와아!! 어? 어? 뭔데? 뭔데 그래?!"

호무라는 잠에서 덜 깬 눈을 슥슥 비비고는 창관이 있는 곳으로 시선을 돌렸다.

무슨 소동이 벌어진 듯, 감시하고 있던 창관에서 사람들이 도망치고 있었다.

호무라가 어떤 일이 벌어졌는지 확인하려고 【원견의 마안】을 발동해 시각을 강화했다.

"저건……!"

사람들이 허둥지둥 도망치는 창관 입구에서 파충류 같은 두 개골을 지닌 스켈레톤이 나오는 모습이 보였다.

용머리 스켈레톤은 도망치는 사람들을 날이 뒤로 휜 검으로 잇따라 베어 죽였다.

어디선가 나타난 검은 독기가 칼에 맞아 죽은 사람들을 휘감자, 사람들은 곧장 살이 녹아 뼈만 남은 채 새로운 스켈레톤

병사가 되어 자리에서 일어섰다.

그리고 새로 태어난 스켈레톤이 공포에 질린 사람들을 습격했다. 비극의 연쇄였다.

"스켈레톤으로 변하고 있어?! 어떻게 된 거지?!"

《그건 알 수 없지만, 이건 우리만으로는 상대하기가 벅차겠어요!!》

소동이 점차 커지는 모습을 보며 아누비스가 그렇게 중얼거리는데, 그때 호무라의 스마트폰이 울렸다.

서둘러 품에서 스마트폰을 꺼내는 호무라. 혹시 공왕 폐하나 상사인 츠바키라면 이 상황을 보고해야 한다.

"어?"

스마트폰을 확인한 호무라가 미묘한 표정을 지었다. 주군도 상사도 아니었지만, 안 받을 수는 없는 상대였다.

"여보세요. 네? 아니요, 지금 일하는 중이라…… 저어…….
여긴 갈디오 제국의……."

호무라는 아누비스한테서 등을 돌리고 작은 목소리로 통화 상대에게 간단히 현재 상황을 설명했다. 상황이 이러니, 주군이나 상사한테는 지금 연락한 상대를 통해 상황을 전하는 게 좋겠다고 생각했다.

"네? 도와요? 재미있어 보여서……? 하지만 이건 폐하의 허락이 필요하지 않을까요?! 문제없다고요? 아, 그런가요. 네. 네……. 기다리고 있겠습니다……."

뚝. 스마트폰의 통화를 끈 호무라가 죽은 듯한 눈으로 뻣뻣하게 아누비스를 돌아보았다.

《무, 무슨 일입니까. 호무라 누님……? 전화는 누구한테 왔는데요?》

"에르제 님한테서."

《엥?》

체술이 특기인 호무라는 가끔 에르제와 대련을 하기도 한다. 그래서 호무라의 연락처에는 에르제의 번호도 입력되어 있었다. 조금 전 전화도 대련 상대를 해줬으면 한다는 부탁이었는데…….

"지금 여기로 오신대."

《에엥?》

"바스테트랑 아누비스가 어디 있는지는 아니까 【텔레포트】로 오시겠대."

"기다렸지?"

"《우왓?!》"

그야말로 순식간에 아누비스와 호무라가 있던 지붕 위로 방금 말한 인물 '들'이 등장했다.

"오오. 아주 소란스럽게 날뛰고 있는 모양이군요."

"이건 그냥 넘어갈 수 없겠네요. 어서 구해야겠어요."

"골이 빠지겠어……."

"사쿠라, 멋진 농담을 했다 생각하는 겐가?"

에르제의 뒤에는 야에, 힐다, 사쿠라, 스우, 이렇게 네 사람이 서 있었다. 모두 주군의 아내, 다시 말해 왕비였다. 이런 곳에 와도 되는 인물들이 아니다.

"얼마 전에 사막의 집단 폭주^{스탬피드}에는 참가하지 못했으니까 오늘은 마음껏 몸을 풀고 싶어~!"

에르제가 건틀릿을 장비한 양손을 쾅쾅 맞부딪치며 기쁜 목소리로 외쳤다.

이래서야 수단과 목적이 바뀐 게 아닌가 생각했지만, 호무라는 굳이 그런 말을 하지는 않았다. 해봐야 의미가 없으니까.

목적이 무엇이든 든든한 아군이란 사실은 틀림없었다. 하지만 이 상황을 알려두지 않으면 나중에 일이 귀찮아지리라 판단한 호무라는 상사인 츠바키의 번호로 전화를 걸기로 했다. 현명한 판단이었다.

연안 도시 브렌은 아비규환에 빠져 있었다. 어디선가 나타난 해골 무리가 사람들을 습격했기 때문이다.

사실 서방 대륙에 언데드 같은 마물은 많지 않다. 서방 대륙에서는 기본적으로 화장이 주류라, 좀비, 구울 같은 마물은 거의 볼 수 없었다.

마법이 발달한 동방 대륙과는 달리 '죽은 자의 부활'이라는 개념이 일반 시민 사이에 거의 침투해 있지 않았기 때문이다. 불은 신성한 것으로 마물의 접근을 허용하지 않고, 영혼이 하늘로 올라간다는 구전이 전해져 내려오기에 그렇다는 말도 있다.

왕가나 귀족 등, 상류 계급에는 '소생의 비약'이나 '부활의 비법'과 같은 전설이 일부 남아 있어 매장을 하는 경우도 많았지만, 일반적으로는 화장한 다음 뼈를 무덤에 묻었다.

따라서 서방 대륙의 언데드라고 하면, 육체가 불태워져 뼈만 남은 스켈레톤을 떠올리는 사람이 많았다.

언데드는 사망자의 영혼이 하늘로 돌아가지 못하고 육체에 정착해 버린 마물이다. 그래서 원래 돌아가야 할 하늘로 올라가지 못하여 이 세상을 떠도는 마물이 된다.

그러나 그것은 원래 오랜 세월에 걸쳐 일어나는 변화였다. 브렌에서 벌어진 것처럼 살해당하자마자 스켈레톤으로 변하는 일은 보통 있을 수 없는 일이었다.

누가 어떻게 봐도 이상한 상황으로, 사람들이 공황 상태에 빠지는 것도 당연한 일이었다.

스켈레톤이 사람을 죽이고, 살해당한 사람이 스켈레톤으로 다시 태어났다.

점점 스켈레톤이 늘어나, 이제는 브렌의 경비대로는 손쓰기가 어려운 상황이 되었다.

"으악?!"

스켈레톤 하나가 넘어진 여성을 베어 버리려고 했던 그때, 어디선가 뛰어든 소녀의 오른 주먹이 흉골 위에 있던 스켈레톤의 핵에 작렬했다.

"분! 쇄!"

핵은 물론 온몸의 뼈란 뼈는 전부 부서져 스켈레톤이 흩어지며 날아가 버렸다.

스켈레톤을 해치운 에르제는 곧장 몸을 돌려, 또 다른 스켈레톤에게 돌려차기를 먹였다.

그리브의 뒤축이 핵을 정확하게 꿰뚫었다. 핀포인트 공격으로 적은 힘만 들이고 많은 적을 물리쳤다. 몰려드는 스켈레톤을 향해 에르제는 기뻐하며 기술을 계속해서 날렸다.

"자자자, 사양하지 말고 계속 덤벼!!"

"아주 신바람이 나셨군요."

"요즘 맨몸으로 싸울 기회가 없었으니까요."

그런 대화를 나누며 야에와 힐다도 습격해 오는 스켈레톤들을 모조리 베어서 해치웠다.

정재로 만든 외날검과 양날검은 용의 엄니에서 태어난 용아병마저도 두부를 썰 듯이 간단히 여러 조각으로 베어 버렸다.

핵을 노리고 베기보다도 여러 조각으로 베어 버린 다음, 지면에 떨어진 흉골의 핵을 짓밟는 게 훨씬 편했기 때문이다.

쉬지 않고 습격하는 스켈레톤들을 콧노래를 부르며 해치우는 세 사람을 보고 여자 닌자 세 사람은 자신들과의 실력 차이를 새삼 실감했다.

"왠지 우리가 찾아가는 마을마다 자주 스켈레톤이 나타나네."

"그러게~."

"아직 두 번째에 불과하잖아. 꼭 우리 탓에 등장하는 것처럼 말하지 마."

여자 닌자 세 사람은 스켈레톤의 핵을 베면서 그런 잡담을 나눴다. 예전에 임무를 하러 찾아간 산드라 지방의 아스탈이란 도시에서도 수정 해골들이 나타났었다.

해골하고 무슨 인연이라도 있는 걸까? 그런 시시한 생각도 했던 호무라였지만, 그런 인연은 필요 없다는 듯이 눈앞의 스켈레톤을 베어 버렸다.

그 타이밍에 갑자기 낭랑한 목소리가 온 마을에 울려 퍼졌다. 마음속에 스며드는 듯한 가성이 하늘에서 쏟아졌고, 사람들은 그곳에서 빛을 보았다.

호무라가 돌아보니, 조금 전까지 자신들이 있던 지붕 위에서 사쿠라가 열심히 노래하고 있었다. 스마트폰에 부여된 무속성 마법 【스피커】에서는 멋진 반주까지 연주되었다.

심지어는 지붕 뒤에서 피아노를 치는 모치즈키 소스케의 모습도 보였다. 이상한 점이 너무 많다.

어떻게 저런 그랜드피아노를 지붕 위로 가져왔을까? 그런 호무라의 걱정을 아는지 모르는지, 갑자기 노래의 템포가 빨라지더니 이윽고 정열적인 가성이 흐르기 시작했다.

그 노래를 들은 스켈레톤들의 움직임이 갑자기 어색해지더니 반응도 둔해졌다.

여기에 브륀힐드의 공왕이 있었다면 '그야 언데드니까' 하고 이해된다는 반응을 보였겠지.

사쿠라가 부르는 노래는 원래 유명한 찬송가 중 하나였지만, 나중에는 가스펠 음악으로 편곡된 곡이었다.

파격적인 가짜 수녀가 일으킨 소동을 그린 할리우드 영화의 속편에서 클라이맥스 삽입곡으로 사용되었다.

어둠을 물리쳐라, 빛이여 가득하라.

그런 노래대로 스켈레톤의 힘은 약해졌고 호무라를 비롯한 아군의 힘은 강해졌다. 그런 지원 효과가 있는 가창 마법이 주변 일대에 울려 퍼졌다.

"【빛이여 오너라, 재생의 치유. 리제너레이션】."

사쿠라의 가성과 동시에 스우가 날린 빛 마법이 주변을 감쌌다.

스켈레톤이 휘두른 칼에 아내를 감싸던 팔을 잃은 남자가 그 빛을 뒤집어쓰자 곧장 빛이 응축되어 팔이 재생되었다.

마찬가지로 아이들이 도망치도록 돕다가 다리가 절단된 남자도 원래의 오체가 그대로인 몸으로 돌아갔다.

각 부위의 결손을 회복하는 마법은 고대 마법에 속하는 매우 높은 수준의 마법이다.

원래 스우 정도의 나이에 이런 마법을 쓰기란 불가능하지만, 스우한테는 빛 마법의 재능이 있었던 듯, 바빌론의 '도서관'에 있는 마도서를 읽자마자 바로 사용할 수 있게 됐다.

그 모습에 마법에는 일가견이 있는 린도 어이없어서 말문이 막힐 정도였다고 한다.

서방 대륙에는 거의 없는 마법사, 그것도 결손 부위를 회복하는 마법을 본 사람들은 기적이 일어났다며 기쁨의 눈물을 흘렸다.

"이분들은 이분들대로 차원이 다르셔……."

우리 폐하의 아내들은 모두 어딘가가 이상하다. 호무라는 불경죄가 될지도 모르는 말을 집어삼켰다.

아내가 되어 이상해진 것인지, 이상하니까 아내가 됐는지는 모르겠지만.

"그런데 대체 무슨 일이 벌어진 걸까? 집단 폭주^{스 탬 피 드}가 벌어진 건 아닐 텐데……."

습격하는 스켈레톤을 휩쓸면서 시즈쿠가 의문스럽다는 듯이 말했다.

원래 언데드는 집단 폭주^{스 탬 피 드}에 참가하지 않는다. 감정에 의한 폭주와 위기감과 같은 공포가 없기 때문이다.

그러나 언데드가 무리를 지어 습격하는 일이 전혀 없진 않았다. 공통의 깊은 원한을 지니고 집단으로 되살아난 사망자 등이 사망자 군단^{언데드 레기온}이 되어 생존자를 습격하는 경우도 있다.

호무라의 말에 따르면 스켈레톤들은 흑접^{파피용}의 간부가 들어갔던 창관에서 몰려나왔다고 한다. 그렇다면 이 소동의 원인이 흑접^{파피용}에게 있다는 건 확실해 보였다.

시즈쿠의 그 의문에 대답이라도 하듯이 그 창관이 어마어마한 기세로 확 날아가 버렸다.

"?!"

순식간에 잔해로 변해 버린 창관 안에서 천천히 일어선 자. 그것은 뼈로만 이루어진 커다란 날개와 네 개의 다리를 지닌 용이었다.

"본드래곤⋯⋯!"

죽음의 상징이라 해도 될 뼈로만 이루어진 용이 나타난 모습을 보고 시즈쿠가 잠긴 목소리로 말했다.

드래곤. 최강 생물로서 유명한 용은 언데드로 되살아나면 무척 성가신 존재가 된다.

드래곤 좀비라면 부패된 몸으로 인해 생각처럼 빠르게 움직이지 못하지만, 본드래곤은 뼈로만 이루어져 있어 상상 이상으로 가볍다.

게다가 뼈밖에 없는데도 하늘을 날고 브레스도 내뿜는다. 그것은 용의 비행 능력도 브레스도, 그 육체가 생성해 내는 것이 아니라 마력에 의한 마법이기에 가능한 일이었다.

또한 언데드이기 때문에 지칠 줄 모르고, 잠들지도 않는다. 목적을 달성할 때까지 영원히 이 세상에 머문다.

본드래곤은 브렌의 거리를 파괴하면서 도망치는 사람들을 뒤쫓았다.

그러나 모두 도망치는 와중에 그 앞을 가로막는 한 사람.

"때릴 수 있는 언데드라 다행이야."

에르제는 온몸에 투기를 둘렀다. 신의 기(氣)가 섞인 그 투기 덕분에 에르제는 마치 백금색의 빛을 두른 모습처럼 보였다.

권속 특성【투신전의(鬪神纏衣)】. 간단히 말하자면, 토야가 사용하는【신위해방】의 간이 버전이다.

신체 능력을 극한까지 끌어올리고 강력한 투기 갑옷을 만드는 능력인데, 무투가인 에르제에게는 신의 방패와 신의 창을 손에 넣은 것과 다름이 없었다.

발사된 화살처럼 에르제가 엄청난 속도로 본드래곤에게 다가갔다.

에르제는 자신의 무속성 마법인【부스트】로 힘이 배가된 다리 힘을 이용해 지면을 박차 공중으로 뛰어올랐다.

그런 에르제를 보고 빠르게 반응한 본드래곤은 쩍 입을 벌리고 공중을 향해 화염방사기 같은 브레스를 내뿜었다.

드래곤 브레스를 정통으로 맞으면 뼈도 추리지 못한다고 한다.

전투를 보던 브렌의 시민들은 절망해 소리쳤지만, 그런 반응을 웃어넘기듯이 불꽃 속에서 주먹을 뻗은 에르제가 나타나 본드래곤에게 혼신의 오른손 스트레이트를 미간에다 작렬시켰다.

"얼른 부서져라!"

어마어마한 충격음과 함께 본드래곤이 사르르 모래처럼 부서졌다.

언데드에게 신의 힘인 신의 기란 극약이나 마찬가지였다. 그야말로 뼈에 사무치는 타격을 받고 본드래곤은 이 세상에서 사라졌다.

절망의 상징이었던 본드래곤이 순식간에 무너지는 모습을 보고 여자 닌자 세 사람은 '역시 우리 왕비님들은 이상해' 라는 생각을 새삼 하였다.

"흠. 왜 이리 고전하는가 했더니 브륀힐드의 말괄량이들이었나."

어느새 창관의 잔해 위에는 검은 로브를 두르고 염소 두개골을 뒤집어쓴 노인 같은 인물이 서 있었다.

그는 메탈릭블랙의 왕홀^{셉터}을 들고, 붉은 빛줄기가 깃든 눈으로 이쪽을 향해 시선을 내던졌다.

"이런 쇠퇴한 항구 마을에서 만나게 되다니 기이한 인연이군. 아니면 이건 사신의 인도인가? 나에게 원한을 갚으라고 말하는 것인가?"

"그렇다면 잘못된 인도겠는데? 사신의 인도를 따라가면 결국 파멸이 기다리고 있을 뿐이야."

에르제가 왕홀을 들고 있는 사신의 사도, 그래파이트에게
말했다. 그러자 그래파이트는 분노하지도 않고, 뭐가 우스운
지 웃으며 말했다.

"그건 그렇군. 그러나 그것이야말로 진리라 할 수 있지 않을
까? 남자든 여자든, 노인이든 젊은이든, 부자든 빈자든, 근면
하든 게으르든, 죽음은 공평하게 찾아오지 않는가. 그렇다면
그것을 안겨주는 것이야말로 격차로 인해 한탄하는 자들을
구원하는 길이 아닌가?"

"그냥 궤변일 뿐이야."

"견해의 차이가 있나 보군. '죽음'이란 바로 옆에서 굴러다
니는 훌륭한 존재이거늘. 너희도 일단 한 번이라도 죽어 보면
견해가 바뀌리라 본다만?"

"거절하겠어."

에르제가 지면을 강하게 박차며 그래파이트를 향해 빠르게
달려갔다.

그러나 에르제의 주먹이 그래파이트에 닿기 전에 눈앞으로
달려든 용아병이 에르제의 주먹에 맞아 산산이 부서졌다.

몸을 방패로 삼아 에르제의 주먹을 막은 용아병의 머리가 입
을 쩌억 크게 벌리고는 마치 악어처럼 에르제를 물어뜯으려
했다.

순간적으로 뒤로 물러나 아슬아슬하게 그 공격을 피한 에르

제였지만, 이번에는 사방팔방에서 스켈레톤아처의 화살이 날아들었다.

"윽!"

그에 맞서 에르제가 왼쪽 주먹을 하늘로 높이 들어 올리자, 에르제 주변에 용오름이 발생해 쏟아지던 화살을 모두 튕겨냈다.

"역시 브륀힐드의 전사 왕비군. 평범하게 상대해선 안 되는가."

그래파이트는 목에 걸고 있던 보석이 즐비한 목걸이를 뜯어내더니, 지면에 내던지고 왕홀(셀터)을 하늘로 들어 올렸다.

그러자 왕홀(셀터)에서 새어 나온 검은 독기가 지면에 떨어져 있던 보석을 감쌌고, 보석에서는 창백한 여성의 영(靈)들이 괴로워하면서 기어 나왔다.

"힉……!"

조금 전까지 여유만만했던 에르제가 여자 영들을 보자마자 꽁꽁 얼어버린 것처럼 우뚝 움직임을 멈췄다.

언데드 중에서도 사령(레이스) 계열을 싫어하는 에르제에게 영체 마물은 정신적으로 맞서기 힘든 상대였다.

에르제의 건틀릿에는 빛 속성도 부여되어 있어 때리지 못할 상대는 아니었지만, 오래도록 무서워했던 그 의식만큼은 쉽게 사라지지 않았다.

에르제가 무의식적으로 한 걸음 뒤로 물러서자, 여자 영체들이 무시무시하게 날카로운 목소리로 울고불고 소리치기 시작했다.

그 소리는 주변의 인간에게 심한 슬픔과 구제할 길 없는 절망감을 안겨주어, 자신의 생명마저 내던지고 싶게 만드는 효과를 발휘했다.

"'비탄의 요정'^{반시} !!"

그 무시무시한 울음소리로 주변 사람을 절망의 구렁텅이로 빠뜨린다는 사악한 요정. 원래 반시는 죽음을 알리는 무해한 요정이지만, 가끔 어둠에 떨어져 사악한 요정이 되는 개체도 있다.

에르제는 그 목소리에 저항할 수 있었지만, 주변 사람들은 그렇지 못했다.

반시의 목소리를 들은 사람들이 비명을 지르고 눈물을 흘리고 얼굴을 일그러뜨리며 괴로워했다. 이대로 가면 비탄에 잠겨 스스로 목숨을 끊어도 이상하지 않았다.

그러면 지금까지 그랬던 것처럼 스켈레톤으로 변해 버릴지도 모른다.

그렇게 둘 수는 없다는 마음에 에르제가 반시들의 압력에 맞서려고 한 걸음 앞으로 나섰는데, 등 뒤에서 반시들의 목소리를 지워 버리는 듯한 사쿠라의 목소리가 울려 퍼졌다.

조금 전에 사쿠라가 불렀던 곡의 원곡인 찬송가의 독일어 버전이었다.

반시들이 부르는 비탄의 노래에 맞서 사쿠라가 부른 기쁨의 노래가 사람들의 마음에 희망을 되살려주었다.

《오오오오오오오오······!》

반시들이 사쿠라의 노래에 짓눌렸다.

그 틈에 에르제의 양옆에서 뛰쳐나온 야에와 힐다가 반시들을 단칼에 베어 해치웠다.

일반적으로 영체인 반시는 벨 수 없다. 그러나 많은 효과가 부여된 두 사람의 외날검과 양날검 앞에서는 아무런 문제도 되지 않았다.

검에 베인 반시가 자신들의 죽음을 한탄하며 소멸했다. 지면에 굴러다니던 보석에 쩍하고 균열이 갔다.

"유령 퇴치는 참으로 오랜만이군요."

"야에 씨. 유령이 아니에요. 일단은 요정이에요."

요정 중에도 영적인 존재는 있으니 유령이라고 해도 크게 틀린 말은 아니지 않을까?

그거야 아무럼 어떤가, 하고 야에는 정검을 휘두르며 유령인지 요정인지를 베어 물리쳤다.

"음?"

야에가 반시를 벤 검을 멈추고 고개를 갸웃했다.

"야에 씨, 무슨 일인가요?"

"아니요. 앞에 있는 반시는 물론 뒤편에 있는 반시도 벤 듯한 기분이 듭니다······."

참격이 충격파가 되어 뒤편에 있는 반시도 베었나 싶었는데, 아무래도 아닌 듯했다.

야에는 신체의 내면에서 좌악 스며 나오는 신비한 힘을 느끼고는 어떠한 사실에 생각이 미쳤다.

아하, 그렇구나. 이런 느낌었구나, 하고.

야에가 꽤 멀리 떨어진 반시를 향해 가볍게 검을 휘두르자, 그 반시가 상하로 두 동강이 났다. 그리고 반시뿐만 아니라, 그 등 뒤에 있던 건물의 돌벽마저도 잘렸다.

"흐음. 이게 소인의 권속 특성인 것일까요?"

마음먹은 곳에 참격을 날릴 수 있는 능력. 충격파처럼 날리는 기술은 아니다. 공간을 넘어 날릴 수 있는 기술이었다. 그리고 공간째로 대상을 갈라버릴 수 있었다.

【차원참】이라고 불러도 될 그 힘을 야에가 모든 반시를 향해 사용했다. 촤촤악! 여기저기서 동시에 가벼운 소리가 들렸다.

야에가 검을 칼집에 넣자마자 그 자리에 있던 반시가 모두 사라졌다.

그 광경을 잠시 멍하니 바라보던 힐다가 이해가 된다는 듯이 다시 움직였다.

"야에 씨! 권속 특성에 눈을 뜨신 거군요?! 치사해요!"

"아니요, 치사하다 말씀하신다 한들 이건……."

야에의 지금껏 보지 못한 능력을 확인하고 무슨 일인지 깨달은 힐다가 분하다는 듯이 야에 곁으로 다가갔다.

이것만큼은 개인차가 있어 어쩔 수 없다는 설명을 들어 알고
는 있었지만, 그래도 분한 건 분한 거다.

공간 자체를 베는 이 힘 앞에서는 이론상 벨 수 없는 대상은
존재하지 않는다. 문제는 범위 지정이 어렵다는 것 정도일까.
베지 않아도 되는 대상까지 베어 버릴지도 모르는 위험성이
느껴졌다. 야에는 정밀한 컨트롤이 필요하겠다는 생각이 들
었다.

"거기다 이 기술은 상당히 피로가 동반됩니다……."

"아, 맞아. 나도 처음 사용할 수 있게 됐을 때는 그러더라고.
괜찮아, 금방 익숙해지니까."

선배티를 내면서 에르제가 야에에게 그런 조언을 해주었다.
힐다는 자신도 눈을 뜨게 되지 않을까 희망을 품으며 무의미
하게 검을 휘둘러 보았다.

"인디고가 천적이라고 말할 만하군. 너희는 무슨 수를 쓰더
라도 없애 버려야겠구나."

"가능하다면 말이외다."

야에가 그래파이트를 향해 칼을 번쩍 휘둘렀다. 【차원참】으
로 틀림없이 베었을 텐데, 그래파이트는 태연한 표정을 지으
며 그 자리에 머물러 있었다.

"아니?"

의아하다는 듯이 야에가 연속해서 두 번, 세 번 검을 휘둘렀
다.

"잘리지 않는군요."

"아니, 실제로는 잘렸다. 어떻게 했는지는 모르나, 아주 날카롭게 잘리는군. 너무 깔끔하게 잘리니 재생이 빨라 잘리지 않은 모습으로 보일 뿐이다."

뜻밖에도 검에 베인 상대가 그런 해설을 하자, 야에가 눈썹을 찌푸렸다. 아주 예리한 칼날에 손가락을 조금 베이면, 조직이 쉽게 달라붙어 회복도 빠르다고 한다. 그것과 비슷한 일인가 하고 야에도 이해했다.

저자의 동료였던 철가면 남자도 팔을 잘렸는데도 다시 돌아날 정도의 재생 능력을 갖추고 있었다. 이 염소 해골 노인도 같은 부류인 거겠지.

"그렇지만 옷은 잘리니 그만뒀으면 한다만."

그래파이트가 팔과 다리를 흔들자 잘린 검은 로브가 후두둑 아래로 떨어졌다. 가슴 아래의 로브도 너덜너덜하게 잘려서 빼빼 마른 늑골이 드러났다. 허리띠로 묶고 있지 않았다면 하반신도 보이게 됐을지 모른다. 세로로 베지 않아 다행이라고 야에는 살짝 가슴을 쓸어내렸다.

그렇다면 재생이 쫓아오지 못할 만큼 잘게 자르고, 곧장 충격파로 날려서 뿔뿔이 흩어지게 만들면 된다고 생각하며 야에가 자신의 검을 빼 들려고 했다.

몸의 안쪽에서 마력과도 다른 신비한 힘이 넘쳐나 야에의 몸을 백금색 빛으로 뒤덮었다.

이거라면 명명백백히 상대를 조각조각 낼 수 있다는 확신을 가지고 칼집에서 검을 빼내려고 했는데, 옆에서 칼의 손잡이를 꾹 누르는 손이 있었다.

"자, 여기까지. 그만."

"카렌 형님?!"

어느새인가 나타난 연애신 카렌이 야에가 공격하기 직전에 그 행동을 막았다. 여전히 한가롭고 태평하고 즐거워 보이는 웃음을 지으면서, 손가락을 흔들며 쯧쯧쯧 혀를 찼다.

"야에랑 너희는 토야의 권속이니까 신의 기를 사용해 저 녀석을 해치워선 안 돼. 그건 신들의 규칙을 어기는 일이니 그랬다간 파괴신이 와서 여길 꽈~앙! 해 버리거든."

"꽈~앙⋯⋯."

"꽈~앙 말인가요?"

대략적인 카렌의 설명을 듣고 에르제와 힐다도 미묘한 표정을 지었다.

그런 설명은 남편인 토야한테 들어서 알고는 있었지만, 아무래도 너무 가볍게 다루는 듯한 느낌이 들기도 했다.

물론 신들에게는 세계 하나가 사라지는 정도야 '꽈~앙!'으로 끝나는 일인지도 모르지만.

"좌우간 신의 기를 쓰면 안 돼. 알겠지?"

"으으⋯⋯. 알겠습니다⋯⋯."

"상담은 끝났나?"

그래파이트가 지면에 닿은 왕홀을 양손으로 잡고 버티며 잠시 휴식을 취하는 듯한 모습으로 말을 걸었다.

"오래 기다리게 만든 모양이군요."

"아니야. 나도 조금 시간을 벌고 싶었으니까. 그 덕을 보았다."

그래파이트가 히죽 웃자, 어디선가 쿠웅! 하는 파괴음이 들렸다.

소리에 민감한 사쿠라가 곧장 그 소리가 난 방향을 돌아보았다.

지붕 위에서 보니, 항구의 등대가 뿌리 부근에서 우직 부러져 바닷속으로 쓰러지고 있었다.

그리고 쓰러진 등대를 바닷속에서 뻗어온 거대한 황금팔이 부숴 버렸다.

눈이 하나인 거대한 고렘, 키클롭스가 잇달아 항구에서 마을로 상륙하는 도중이었다. 발밑에는 반어인과 팔 네 개짜리 고렘, 바위 거인 등도 있는 듯했다.

사쿠라와 같은 지붕으로 올라간 에르제는 그보다 뒤에서 낯선 그림자가 떠오른 모습을 발견했다.

염소 머리에 박쥐 날개. 근육질의 상반신과 올빼미 같은 하반신.

예전에 레굴루스 제국의 쿠데타 사건 때 토야가 싸웠던 악마, 데몬즈 로드였다.

그러나 그때의 데몬즈 로드와는 크게 다른 점이 있었다.

온몸이 기계화되었다는 점이었다. 정확히 말하자면, 모든 부분이 다 기계는 아니었다. 기계와 생물의 융합체 같은 모습이었다. 그리고 그 등 뒤에는 마찬가지로 기계와 융합된 듯한 악마 무리가 공중에 떠올라 있었다.

기계마 데몬즈 로드와 그 부하인 악마들이 브렌의 항구를 습격하기 시작했다.

"자, 다시 시작해 볼까."

그래파이트가 메탈릭블랙의 왕홀^{셉터}로 지면을 콰악 하고 찔렀다.

"우와아아아아아아아아!"

지상을 활보하던 스켈레톤에 더해, 공중에서 기계 악마가 아래를 향해 내려왔다.

항구 마을 브렌의 사람들로서는 이 세상의 지옥이라는 생각이 들어도 이상하지 않은 광경이 펼쳐졌다.

상대 진영의 원군이 나타나자, 역시 이 인원으로는 불리하다는 생각에 호무라는 당황한 기색을 감추지 못했다.

그 모습을 봤는지 근처에 있던 스우가 별로 걱정하지 않는 말투로 말을 걸어왔다.

"걱정 안 해도 되네. 우리도 지원군을 부탁해 두었으이."

"네?"

그 말을 듣고 뒤를 돌아본 호무라가 보게 된 것은, 마을에 열린 【게이트】에서 잇달아 뛰쳐나오는 백은의 갑옷을 두른 기사와 그보다 더 큰 기사 타입의 고렘이었다.

　브륀힐드의 기사는 아니었다. 저 갑옷은 이 나라, 갈디오 제국의 기사들이었다.

　"갈디오의 기사들이여! 주민을 지켜라! 무도한 침략자들을 용서치 마라!"

　선두에 서서 명령을 내리는 사람은 란스렛 리그 갈디오. 갈디오 제국의 젊은 황제였다.

　그 옆에서 검은 머리카락에 흰 코트를 입은 자신들의 주군을 확인한 호무라는 안도의 한숨을 내쉬었다.

◇ ◇ ◇

　우와. 정말로 스켈레톤 악마가 우글거려.

　스우와 츠바키의 연락을 받고, 갈디오 제국의 황제 폐하에게 연락한 뒤, 기사단을 갖춰 【게이트】로 오느라 조금 늦었다. 우리 나라도 아닌데 함부로 우리 기사단을 보낼 수는 없으니까.

　황제 폐하하고는 원래 '흑접'에 관한 정보가 갖춰지면 곧장 본거지를 칠 계획을 세웠었는데. 아쉽지만 '흑접'은 일단 뒤로 미뤄두기로 했다.

이렇게 시민들과 적이 뒤섞여 혼란스러운 상황이니, 넓은 범위를 지정해 마법을 쓰긴 어렵겠어……. 말려들 위험이 있으니, 더욱 혼란이 가중될 수도 있다.

그런 생각을 하는데, 검을 든 스켈레톤이 덜그럭덜그럭 턱뼈를 울리며 내가 있는 곳으로 다가왔다.

습격해 오는 스켈레톤의 두개골을 브륀힐드로 쏘았지만, 스켈레톤은 금세 재생이 시작되었다. 역시 핵을 꿰뚫지 않으면 해치울 수 없나.

"【어포트】."

스켈레톤의 핵만 손으로 끌어당겼다. 핵을 잃은 스켈레톤은 와르르 그 자리에서 무너졌다.

손에 든 핵을 지면에 떨어뜨리고 신발로 짓밟았다. 역시 이게 더 편하네.

투욱! 하고 이번에는 기계화한 악마가 눈앞에 떨어졌다.

긴 팔다리가 고렘 같은 기계로 변해 있었고, 몸체와 머리는 악마 모습 그대로였다. 기계마라고 하면 될까.
^{사이보그 데빌}

"이크?!"

그 기계마가 손을 내뻗더니 손목 부근을 분리해 발사했다.
^{사이보그 데빌}

내가 아슬아슬하게 피하자, 달려 있던 와이어처럼 생긴 줄로 손목을 되돌려 다시 철컹! 하고 손목을 팔에 도킹했다. 와이어가 달린 로켓 펀치냐?

기계의 팔다리는 타격을 받지 않을 듯해, 나는 몸체에다 브뤼힐드의 총알 세 발을 쏘아 보았다.

탕탕탕! 가슴과 배 부근에 세 발. 멋지게 적중했지만 큰 효과는 없는 듯했다.

그렇지만 파란 피가 흐르는 걸 보면, 타격을 주는 데는 성공한 모양이었다. 두꺼운 근육이 있어 막혔을 뿐인가.

"그렇다면 이번엔 어떨까?"

《크르르?》

총에 맞은 악마들이 나를 향해 한 발 내디딘 순간, 악마가 갑자기 폭발해 몸통이 두 개로 찢어져 날아갔다.

오오, 역시 내부 폭발은 효과가 높은걸?

총알에 부여된 【익스플로전】 마법으로 몸이 찢어진 악마는 죽은 듯했다.

악마는 전체적으로 생명력이 강하다. 정말로 죽었는지 확인하기 전까지는 방심할 수 없다.

악마 자체가 원래 사신의 하인 같은 속성이 있으니까. 둘 다 인간의 부정적인 감정을 에너지로 삼는다는 점이나, 제물을 좋아한다는 점 등이 똑같다.

모로하 누나의 말에 따르면, 악마는 사신의 잔재라고도 한다는데, 그런 점을 고려하면 사신의 사도도 악마의 일종이라고 말할 수 있을지도 모른다.

"이렇게 악마 같은 짓을 하고 있으니, 똑같다 봐도 지장은 없나."

하늘에서 활공해 오는 기계마 두 마리에게 총알을 쏘았다. 한 박자 쉬고, 펑, 퍼엉! 하는 폭발이 일어나, 악마의 살점과 파란 피가 비처럼 쏟아졌다. 으으으, 바로 위로는 쏘고 싶지 않아……

나는 【플라이】를 사용해 상공으로 날아올랐다.

그리고 사쿠라가 있던 지붕 위로 착지해 보니, 항구의 선착장에서 키클롭스가 잇달아 상륙을 시작하려는 참이었다. 어이쿠, 여러모로 위험한 상황이다.

"타깃 지정. 키클롭스."

《검색 중. 타깃 지정 완료.》

"발밑에 【게이트】를 발동."

《【게이트】를 발동합니다.》

선착장에 상륙하기 시작했던 키클롭스들이 잇달아 함정에 떨어지듯이 모습을 감추었다.

아직 바닷속에 있는 키클롭스들도 전부 마을에서 조금 떨어진 육지로 전이시켰다.

그 근처는 확 트여 있고 사람도 살고 있지 않다고 하니까. 조금 화려하게 전투를 한다 해도 괜찮겠지.

"스우, 사쿠라. 부탁할 수 있을까?"

"맡겨두게나!"

"오케이."

사쿠라와 스우가 순식간에 마을에서 모습을 감추었다. 사쿠라의 【텔레포트】로 키클롭스를 뒤쫓아 갔기 때문이다.

잠시 후, 마을 저 멀리에서 황금 프레임 기어와 그 옆을 따르는 분홍색 프레임 기어가 출현했다.

《캐넌 너클 스파이럴!》

키클롭스가 얻어맞고 날아가는 굉음과 스피커를 통한 스우의 음성이 여기까지 전해졌다.

그러나 다음 순간, 퍼~엉! 하는 파열음과 함께 저편에서 금색 가루가 피어오른 모습을 보고 나는 무심코 우뚝 움직임을 멈추고 말았다. 저건…… 신마독인가?!

아니, 신마독(저농도)인가. 저건 우리 신족에게는 거의 효과를 발휘하지 못한다. 하지만 권속 속성을 지니게 된 아내들은 죽음에 이르지는 않아도 상당한 컨디션 난조를 겪게 된다.

사쿠라의 말을 빌리자면, '배가 부를 때까지 음식을 먹은 다음 롤러코스터에 타고, 벌레가 가득한 수영장에 내던져진 느낌' 이라고 한다.

도저히 못 참을 정도는 아니지만, 아무튼 기분이 나쁘다는 모양이다. 육체적으로도 정신적으로도.

그것도 모자라 프레임 기어의 출력이 다소 하락한다. 박사가 말하길, 그런 점은 개량했다고 하니 이전보다는 덜 하락하겠지만…….

"괜찮아. 사쿠라도 스우도, 그 슈트를 잘 챙겨왔으니까. 물론 우리도."

지상에 내려가 보니 에르제가 스마트폰을 손에 들고 무슨 앱을 실행시키더니 스마트폰을 하늘을 향해 들어 올렸다.

"'무장^{이 킵}'."

"'무장'."

스마트폰에서 동그란 빛이 하늘로 발사되더니, 곧장 그게 급강하, 에르제의 온몸을 감쌌다.

눈을 뜨고 있을 수 없을 만큼 눈 부신 빛이 점차 사라지고 보니 그곳에는 전에 보여 준 파일럿 슈트를 입은 에르제가 서 있었다. 그 변신 시스템 뭐야?!

"일일이 옷을 갈아입기는 귀찮잖아? 박사한테 만들어 달라고 부탁했어."

그렇게 설명하는 에르제는 얼굴이 풀페이스 헬멧으로 덮여 있었는데, 검은 실드가 내려가 있어 표정은 보이지 않았다.

전에 봤던 파일럿 슈트와 조금 다른 점이 있다면, 양팔에 조금 전까지 끼고 있던 건틀릿이 그대로 장비되어 있다는 것과 회색이었던 컬러링이 빨개졌다는 정도인가.

"방어력도 저번보다 강해졌어. 웬만한 갑옷보다 튼튼해."

어깨, 가슴, 허리 주변 등에 정재 장갑 비슷한 게 장비되어 있는데, 왠지 퍼스널컬러인 빨간색도 그렇고 정말로 전대 히어로의 레드 같은 인상이네……

마찬가지로 눈 부신 빛 두 개가 연속으로 번쩍이더니, 보라색과 오렌지색 슈트를 입은 히어로가 더 추가되었다. 야에와 힐다구나.

두 사람의 슈트는 허리 부근에 무슨 장치가 부착되어 있는데, 외날검이나 양날검의 칼집을 접속할 수 있도록 만들어져 있는 듯했다.

"역시 이 슈트는 너무 딱 달라붙는 것 같습니다……."

"맞아요. 움직이기 편하니, 그건 좋지만요."

야에와 힐다의 표정은 실드에 가려서 보이지 않았지만, 두 사람 모두 부끄럽다는 듯이 몸을 비비 꼬고 있었다.

정말 야에처럼 몸매가 늘씬하고 볼륨이 있으면 눈에 확 띄는구나…….

"서방님. 너무 빤히 쳐다보지 마셨으면 합니다만……."

"앗, 아냐. 미안."

나도 참. 친한 사이에도 예절이 있는 법인데. 너무 빤히 쳐다보지는 말자.

"그, 그보다도 신마독의 영향은 어때? 속이 울렁이진 않아?"

여기까지 떠다니기 시작한 황금 가루를 보면서 내가 에르제와 아내들에게 확인했다.

"아무런 영향도 없어. 평소랑 똑같아."

"그렇군요. 이거라면 문제없이 싸울 수 있을 듯합니다."

성목의 잎을 사용한 필터는 정상적으로 작용하는 모양이었다. 온몸을 얇은 결계로 감싸고 있는 거나 마찬가지니까.

"사이좋게 노닥거리는데 미안하지만, 상대편도 신경을 써야 하지 않을까?"

갑자기 날아든 카렌 누나의 목소리에 휙 고개를 돌려보니, 잔해 위에 서 있던 사신의 사도가 기묘하게 변화하기 시작했다.

염소 두개골을 쓴 노인 같은 인물의 등에서 몇 개나 되는 뼈가 튀어나왔다.

길고, 몇 개의 관절을 지닌 그 뼈는 마치 거미의 다리처럼도 보였다.

최근에 영화에서 저런 모습을 본 적이 있어……. 거미의 특성을 손에 넣은 슈퍼 히어로가 동료 히어로한테 받은 파워드 슈트를 입었을 때 저런 모습이었다. 지금 보는 상대의 다리가 더 많지만.

뼈의 끝은 마치 검처럼 날카로웠다. 그 등뼈를 지지대 삼아 염소 머리 사신의 사도는 공중에 떠올라 있었다.

"처음 뵙는군, 브륀힐드 공왕. 내 이름은 그래파이트. 사신의 사도 중 한 명으로 사령술사^{네크로맨서}이자 연금술사^{알케미스트}다."

그래, 그렇구나. 사령술사^{네크로맨서}인가. 어쩐지 뼈나 악마를 잘 부린다 싶더라니.

"가능하면 완벽히 준비하고 상대하고 싶었다만, 어쩔 수 없지. 지금 지닌 힘을 다해서 상대하기로 할까."

그래파이트라고 자신을 소개한 사신의 사도가 들고 있던 메탈블랙 왕홀^{셉터}을 휘둘렀다.

그러자 그 끝에서 나온 거무칙칙한 독기가 마치 드라이아이스의 연기처럼 땅을 타고 주변에 퍼졌다.

"다들, 일단 물러서!"

내 목소리에 에르제, 야에, 힐다 세 사람, 스켈레톤과 싸우던 여자 닌자 세 사람, 그리고 아누비스와 바스테트도 그래파이트한테서 일단 떨어져 독기가 닿지 않는 곳까지 물러났다.

어? 어느새 카렌 누나가 안 보이네. 참 나. 나올 때도 사라질 때도 항상 갑작스럽다니까.

그래파이트에서 넘친 독기가 주변에 있던 스켈레톤들을 감싸자, 마치 검은 안개에 휩싸인 것처럼 더는 스켈레톤의 모습이 보이지 않았다.

그러나 이윽고 검은 안개가 걷히고 칠흑 같은 갑옷에 감싸인 해골 기사 집단이 등장했다.

손에는 마찬가지로 칠흑 같은 검과 방패를 든 모습이다. 불길하기 짝이 없는 지옥 군단의 탄생이구나.

《Urrrrrrrrrr!》

상공에서 우렁차게 울부짖는 상대는 기계화한 데몬즈 로드였다.

쳇. 여기저기에서 사람 번거롭게 만드네!

"토야 님! 여기는 저희가 막겠습니다! 토야 님은 악마들을 부탁드려요!"

"음, 그게 더 나을까?"

힐다의 제안에 내가 고개를 끄덕이면서 【플라이】로 날아올랐다. 악마들은 날고 있으니, 내가 상대하는 게 제일 효율적이다. 적재적소다.

《Urrrrrrrrr!》

데몬즈 로드다. 레굴루스의 쿠데타 때 싸워 본 이후로 처음이다. 그때의 데몬즈 로드보다도 한층 커진 모습이다. 그리고 팔다리가 기계로 변해 있다. 다른 악마와 마찬가지로 사이보그가 된 모양이었다. 데몬즈 로드만 금색 팔다리네.

데몬즈 로드의 붉은 두 눈이 수상하게 반짝였다. 다음 순간, 그 두 눈에서 두 개의 붉은 빔이 나를 향해 발사되었다.

예전에도 그 모습을 본 적이 있던 나는 훌쩍 빔을 피하고, 반격하기 위해 브륀힐드로 자세를 잡았다.

그러나 데몬즈 로드의 후방에 있던 악마들도 마찬가지로 눈에서 빔을 쏘아 나는 비처럼 쏟아지는 붉은 빔에 노출되고 말았다.

"으아아?! 【프리즌】!"

이런 집중포화는 아무래도 피하기 힘들어서, 나는 주변에 【프리즌】 결계를 펼쳐 폭풍처럼 쏟아지는 빔을 막아냈다. 뜨거운 시선을 한 몸에 받다니, 역시 인기 많은 남자는 괴롭다니까.

"이번엔 내 차례다!"

나는 【스토리지】에서 검 하나를 꺼내 자세를 잡았다.

이건 얼핏 보면 정재로 만들어진 폭이 넓은 브로드 소드 같지만……

"영차."

손잡이 근처의 버튼을 누르면서 검을 휘두르자, 순식간에 도신이 갈라지고 채찍처럼 휘어지며 악마 한 마리를 휘감았다.

이번에는 버튼을 누르자, 도신에 연결된 와이어가 원래대로 돌아와 검의 형태가 복원되었다. 복원된 도신에 갈기갈기 찢긴 악마가 토막이 나서 땅으로 떨어졌다.

이건 프레이를 위해 만든 자바라검을 내 전용으로 정재를 사용해 만든 무기였다. 잘만 활용하면 여러 적과 싸우는 데 유용하다.

접근해 오는 악마들을 모조리 자바라검으로 썰어 버렸다. 아무리 기계 팔다리라도 정재로 만든 칼날 앞에서는 종잇조각이나 마찬가지다.

썰린 악마들이 눈 아래로 떨어져 내려갔다.

아래에서 '머리 위에서 피 튀기지 마세요~!' 라는 호무라의 호소가 들려왔다. 윽, 미안…….

《Urrrrrrrrrrrrrrrr!》

데몬즈 로드가 기계 팔을 휘둘러 나를 때렸다. 당연하지만 【프리즌】에 막혀 나에게 그 주먹은 닿지 않았다.

《Urrrrrrrrrrrrrrrrr!》

몇 번이고 힘껏 【프리즌】을 연타하는 데몬즈 로드. 소용없어, 헛수고야. 내 【프리즌】을 부수는 짓은…….

쩌억.

여유를 부리는데 내 귀에 믿을 수 없는 소리가 들려왔다.

방금 그 금 가는 듯한 소리는?! 설마, 이거! 이 황금 팔다리 는?!

《Kuooooooooo!》

쨍그랑! 하고 【프리즌】이 파괴되자마자 나는 후방으로 뛰어 물러났다.

【프리즌】이 파괴됐다! 큭! 저건 변이종의 팔다리인가?!

사신의 권속이 된 변이종에는 사신의 기가 포함되어 있다. 썩어도 신의 힘이다. 신의 기를 포함하지 않은 【프리즌】을 파 괴할 수 있다 해도 이상하지 않다.

그런데 변이종의 핵을 파괴하면 몸은 흐물거리며 녹아내릴 텐데? 특수한 가공법이라도 있나?

우리가 프레이즈의 파편으로 정재를 만들 듯이, 어떠한 방법 을 이용해 변이종으로 비슷하게…… 마금속을 만들었다든가?

변이종의 힘이 깃들어 있다 해도 신의 기를 사용한 【프리즌】 이라면 깨지지 않겠지만…….

내가 신의 기를 사용하면 신들의 규칙에 저촉될지도 모르 니……. 역시 상대는 사용할 수 있는데 나만 못 쓰다니 불공평 하지 않을까요?

엄밀히 말하면 '신의 힘으로 지상에 지대한 영향을 주어서 는 안 된다' 이니까, 괜찮을지도 모르지만 세계신님 관계자 이 외의 내가 모르는 신들이 어떻게 판단을 내릴지는 알 수 없는 일이다.

이미 내 몸은 '신'이라고 인정을 받아 버렸으니까. 그런데 '신의 힘'을 사용해선 발뺌을 할 수 없다.

세계의 운명이라는 칩을 '괜찮지 않을까?' 하는 가벼운 감정으로 선뜻 내걸기는 역시 망설여진다.

"어차피 신의 기를 쓰지 않는다고 질 것 같지도 않지만. 코교쿠, 공격해도 좋아."

《알겠습니다.》

《Kuuuuaaaaaaaaaaa!!》

갑자기 데몬즈 로드가 연옥의 불꽃에 휩싸였다. 내 정면에 있던 악마가 맹렬하게 불타올라 괴로워하면서 지상으로 떨어졌다.

대신에 눈앞에 나타난 생물은 거대한 불새. 슬쩍 코교쿠를 소환해 데몬즈 로드를 등 뒤에서 습격하게 만들었다.

비겁해? 흥! 악마를 상대하는데 비겁하니 뭐니 말할 상황인가?

지상의 광장에 떨어진 데몬즈 로드가 맹렬하게 자신을 불태우는 불꽃을 끄기 위해 발버둥 쳤다. 이미 호무라와 닌자들은 우리의 아래에서 대피한 상태인 듯했다. 좋아, 저기라면 문제없겠어.

나는 【스토리지】에 보관해 두었던 아주 평범한 거암을 공중에 출현시켰다.

"【그라비티】."

툭. 데몬즈 로드를 향해 떨어뜨린 거암을 건드리며 【그라비티】를 발동, 몇천 배나 더 무겁게 만들었다.

《Kuaaaaaaaaaaaa?!》

쿠웅! 배에 울리는 소리와 함께, 철퍽! 하는 기분 나쁜 소리가 울려 퍼졌다.

좋아, 악마 퇴치 완료. 아직 악마 잡졸들은 남아 있지만.

"루리."

《네, 여기 있습니다.》

내 바로 옆에서 이번에는 사파이어색으로 빛나는 거대한 청룡이 나타났다.

그 청룡이 거대한 날개를 퍼덕이면서 입에서 화염방사기 같은 브레스를 내뿜자, 기계마 몇 마리가 기계 팔다리까지 모두 불탔다.

"루리, 코교쿠. 여기 있는 악마들은 너희에게 맡길게."

《알겠습니다.》

《한 마리도 남기지 않고 모두 숯으로 만들겠습니다.》

상공을 두 마리에게 맡기고 나는 지상으로 내려갔다.

지상에서는 거대화한 산고와 코쿠요가 여자 닌자 세 사람과 바스테트, 아누비스를 태우고 스켈레톤 군단을 유린하고 있었다.

조금 전, 루리를 불러내자 서로 나서겠다며 나머지 신수들이 텔레파시로 아우성을 쳐서, 결국 모두 불러낼 수밖에 없었다. 코하쿠는 에르제가 있는 곳에 가서 싸우는 중이다.

코쿠요가 수류(水流) 커터를 날려 스켈레톤을 채 썰어 두면, 산고가 거대한 발로 그 뼈를 콰직콰직 짓밟아 부서뜨렸다. 마치 괴수 영화 같아.

"산고, 코쿠요. 이 아이들을 부탁할게."

《알겠습니다.》

《얼마든지 맡겨 줘!》

산고와 코쿠요에게 이곳을 맡기고 나는 에르제가 있는 곳으로 달려갔다. 길을 내달려 무너진 창관 앞으로 가니, 파일럿 슈트를 입은 에르제, 야에, 힐다, 그리고 코하쿠가, 그래파이트가 조종하는 해골 기사와 싸우고 있었다.

칠흑 같은 갑옷을 입은 해골 기사는 그렇게까지 강하지는 않은 듯했다. 단, 약점인 핵이 갑옷으로 완벽히 가려져 있어서 처치하는 데 시간이 걸리는 모양이었다.

그래파이트를 보니, 해골 기사와 마찬가지로 메탈릭 광택을 내뿜으며 거미게처럼 변해 있었다.

집게는 없고 대신에 대형 낫처럼 생긴 다리가 달렸고, 왕홀을 든 상반신만이 거미게의 본체 밖으로 튀어나와 있는 모습이었다.

아라크네의 게 버전인가? 아라크네는 우리 기사단에도 한 명 있는데, 그 종은 마족의 하나로 수인과 같은 아인종이다. 반면, 지금 이건 어딜 어떻게 봐도 괴수다.

이크, 계속 빤히 보고만 있어선 안 되지. 슬슬 괴수 퇴치를 해볼까.

"【빛이여 꿰뚫어라, 성스러운 광파, 홀리레이】."

내 손바닥에서 만들어진 두툼한 레이저가 잔해 위에서 거만 하게 자리 잡은 검은 거미게를 향해 발사되었다.

신의 기를 사용한 공격이 아니니까 이건 괜찮겠지?

"받아라, '제트'!"

누가 봐도 피할 수 없어 보였던 빛의 창이었는데, 그래파이 트가 왕홀^{셉터}을 가볍게 휘두르자 그곳에서 새어 나온 검은 안개 가 블랙홀처럼 빛의 레이저를 모두 집어삼켜 버렸다.

헉! 그런 법이 어디 있어?!

"【불꽃이여 꿰뚫어라, 적열(赤熱)의 거창, 버닝랜스】."

내가 날린 거대한 불꽃창이 또다시 그래파이트를 향해 날아 갔다.

그러나 또다시 왕홀^{셉터}에서 흘러나온 검은 안개 소용돌이가 불 꽃을 흡수해 버렸다.

"그런 짓은 소용없다. 헛수고다. 나한테 마법은 통하지 않는 다."

거미게로 변한 그래파이트가 껄껄 웃었다.

마법이 통하지 않다니?! 내 무속성 마법 【어브소브】처럼 속 성 마법을 마력으로 변환해 흡수하고 있어······!

"큰일이야."

"되돌려주마."

소용돌이치는 안개에서 무수히 많은 검은 활이 발사되었다.

"【프리즌】!"

재빨리 에르제를 비롯한 우리 편을 【프리즌】으로 감싸 방어했다. 검은 활은 【프리즌】을 꿰뚫지는 못했지만, 몇 개 정도는 결계에 그대로 꽂혔는데, 그곳을 보니 【프리즌】 결계에 금이 가 있었다.

위험했어! 방금은 정말 하마터면 큰일 날 뻔했다.

【프리즌】의 결계에 흠이 가게 만든 걸 보면, 저 활에는 사신의 기가 포함되어 있는 듯했다. 큭, 정말 귀찮아 죽겠네.

상대는 저 안개로 마력을 흡수해 자신의 힘으로 활용한다. 즉, 마법 공격은 통하지 않고, 더 나아가 흡수당한 마력으로 오히려 내가 반격을 받는다.

저 메탈릭블랙으로 빛나는 게 부분은, 그 안개가 단단하게 굳어서 형성된 듯했다. 프레이즈 유사품이라고 할까?

그렇다면 물리 공격을 하는 수밖에 없다.

"다들 그 자식한테서 떨어져!"

내 목소리에 빠르게 반응해, 에르제, 야에, 힐다, 코하쿠가 그래파이트한테서 멀리 떨어졌다.

모두 멀리 떨어져 있는 걸 확인한 나는 그래파이트의 머리 위에 무지막지하게 큰 【게이트】를 열었다.

"찌부러져라!"

【게이트】에서 산더미 같은 건물의 잔해가 쏟아져 내렸다. 주변에 무너진 건물을 한꺼번에 떨어뜨려 주었다.

몇 톤이나 되는 잔해에 그래파이트 주변에 있던 해골 기사들이 묻혀 찌부러졌다.

이윽고 모든 잔해가 떨어지자, 그곳에는 커다란 산 하나가 만들어졌다.

"……해치운 것일까요?"

야에, 그 말은 하면 안 되지. 그건 해치우지 못했을 때 나오는 대사야.

내가 그런 생각을 한 순간, '정답이다!' 라고 말하듯이, 거대한 산이 된 잔해에서 거미게 그래파이트가 기세 좋게 튀어나왔다.

"크하하! 제법 재미있는 짓을 하는구나! 그렇다면 나도 사양하지 말고 공격을 해 볼까!"

그래파이트는 거미게의 양팔(?)에 있던 낫을 힘차게 내리쳤다.

그러자 그 앞에서 충격파 같은 현상이 발생하더니 지면을 내달려 우리를 습격했다. 우리는 흩어지며 그 공격을 피했지만, 그 참격과도 같은 충격파가 도달한 건물은 두 개로 찢어졌다.

쳇, 꽤 강력한 위력이야.

"으랴으랴으랴으랴으랴!!"

잇달아 연속해서 충격파의 참격이 날아왔다. 못 피할 정도는 아니지만, 이래서는 좀처럼 다가가기가 힘들었다.

앞으로 나서려고 할 때마다 참격이 날아와 기선을 제압당했다.

접근전을 막기 위해 이런 공격을 하는 듯한데…….

【실드】를 걸고 억지로 돌파해 버릴까? 하지만 상대가 사신의 기를 두르고 있는 이상, 【실드】가 파괴될 염려도 있다. 위험한 도박을 할 수는 없다.

장거리 물리 공격 수단이라면…….

나는 허리에서 브륀힐드를 빼내 그래파이트를 향해 겨누고 방아쇠를 당겼다.

실수 없이 본체에 적중했지만, 총알은 허무하게 그대로 튕겨 나왔다. 그 엄청난 잔해에 묻혀서도 찌부러지지 않은 본체니까, 이 정도 공격이 통할 리는 없나.

그렇다면 이 정도로 여유를 부릴 수 없는 물리 공격을 먹여줄까?

내가 통화를 끄지 않고 계속 연결해 두었던 스마트폰에 대고 말했다.

"스우, 준비는 됐어?"

《그래, 되었네.》

"음? 뭘 중얼중얼…….."

"【게이트】!"

잔해와 함께 그래파이트가 지면에 빨려들듯이 떨어졌다.

이어서 나도 【텔레포트】로 그 뒤를 쫓아가듯이 전이.

그래파이트를 보낸 곳은 스우가 키클롭스와 싸우고 있는 전장(戰場)이었다.

하늘에서 떨어져 내려온 그래파이트가 보게 될 모습은 거대한 주먹을 쳐들고 있는 황금의 거신(巨神)이었다.

"【캐넌 너클 스파이럴】!"

"아니?!!"

오르트린데 오버로드가 날린, 고속으로 회전하는 황금 오른주먹이 아직 어안이 벙벙한 그래파이트를 향해 날아갔다.

그래파이트는 어떻게든 피하려고 했지만 이미 늦은 상황이었다. 영 점 몇 초 정도의 머뭇거림이 결정타가 되어, 메탈릭블랙의 거미게는 정면으로 황금 주먹에 얻어맞고 말았다.

"꾸웨엑?!"

더러운 비명을 지르며 거미게가 산산이 분쇄되었다. 우리가지닌 최대급의 물리 공격이다. 버틸 수 있을 리가 없다.

그런데…….

"이놈이……! 건방진 짓을!!!"

산산이 부서진 거미게 안에서 메탈릭블랙 왕홀로 몸을 지탱하며 그래파이트가 일어섰다.

역시 끝장내진 못했나. 사신의 사도는 그 몸에 깃들어 있는사신의 기 덕분에 재생 능력이 매우 높다는 모양이었다.

예전에 싸웠던 정육용 식칼 남자도 잘린 팔이 금방 재생되기도 했었고.

역시 신의 기 없이 결정타를 날리려면 신기(神器)를 이용한 공격을 하는 수밖에 없나?

《어떻게 할까요? 제가 나설까요?》

"조금 기다려줘. 아니지……."

쿠온의 목소리를 듣고 내가 중얼거리듯 작게 대답했다.

사실을 말하자면 【인비저블】로 모습을 감춘 쿠온도 나와 함께 현장에 와 있었다. 지금도 쿠온은 내 옆에 있다.

왜 모습을 감추고 있는가 하면 사신의 사도와 싸울 경우, 또 이전처럼 잠수 헬멧이 나타나 전이 마법으로 도망칠까 봐 염려되었기 때문이다.

만약 잠수 헬멧을 쓴 사신의 사도가 나타나면 쿠온에게 신기(神器)를 사용하게 해서 기습적으로 전이 마법을 봉인하고, 기회가 된다면 끝장낼 생각이었다.

전이 마법을 사용하는 사람만 제압해 두면, '방주'에 쳐들어가도 상대가 도망칠 염려가 사라진다.

이 정도로 몰아붙이면 잠수 헬멧이 등장할 줄 알았는데…….

아직 여유가 남아 있나? 저만큼이나 당했는데도 아직 도우러 올 정도는 아니라고? 아니면 이 사람과 잠수 헬멧은 서로 반목하는 사이인가? 그것도 아니라면…… 여기에 올 수 없는 이유가 있다?

예전에 정육용 식칼과 창술사가 등장했을 때도 구하러 오지는 않았다. 그 이전에는 구하러 왔었는데.

그보다도 애네들한테 서로 동료 의식이 있는지 없는지조차 수상하긴 했다.

제압할 기회를 놓치면 아깝겠지?

"작전 변경. 쿠온, 부탁해도 될까?"

《네, 괜찮습니다.》

《휘유~! 그렇게 나오셔야죠. 재미있어졌군요!》

쿠온과 함께 실버의 목소리도 들렸다. 왜 이럴까? 얘 목소리를 들으면 불안이 증폭되는데…….

【인비저블】를 해제하자 내 옆에서 쿠온이 모습을 드러냈다.

쿠온의 손에는 칼날이 백은으로 번쩍이는 '은색' 왕관 실버가 들려 있었고, 쿠온의 주변으로는 백금색 빛을 두르고 있는 야구공 크기의 금속질 구체가 천천히 휘돌고 있었다.

쿠온이 실버를 쥐고 있지 않은 오른손을 앞으로 내밀었다.

"【신기무장】."

백금색 구체가 명주실처럼 풀려 쿠온의 손으로 모여들더니, 뜨개질로 모양이 완성되듯이 형태를 바꾸었다.

그 형태는 외날검. 그러나 방아쇠와 실린더가 있었고, 도신에는 총구가 달려 있었다. 내가 가진 브륀힐드와 마찬가지로 건블레이드다. 원래 처음 설정은 평범한 검이었지만, 쿠온은 실버가 있으니 조금 변화를 주었다.

내 브륀힐드와 다른 점이 있다면, 저건 신기(神器)고, 총 형태와 검 형태로의 변형은 하지 않는다는 것이었다.

처음부터 검 같은 형태이고, 거기에 총 기능이 추가된 무기라 할 수 있었다.

크기는 쿠온의 몸에 맞춰 놓았기 때문에, 어른이 들면 쇼트 소드 정도의 길이밖에 되지 않는다.

오른손에 검총 신기(神器), 왼손에는 실버. 이렇게 쿠온이 양손에 검을 들게 되었다.

어? 이대로 이도류로 싸울 셈이야?

야에와 야쿠모, 모로하 누나라면 충분히 가능하겠지만, 쿠온도 이게 가능할까?

아무렴 어때. 나도 옆에서 거들 거니까 어떻게든 되기야 하겠지.

"스우, 사쿠라. 주변의 키클롭스들이 접근하지 못하게 막아 줄 수 있을까?"

《맡겨두게나!》

《오케이.》

오르트린데 오버로드와 로스바이세가 키클롭스들과 대치했다.

저편을 보니 마을에서 게르힐데, 슈베르트라이테, 지그루네, 이 세 기가 우리가 있는 곳으로 다가오고 있었다. 저 세 기까지 합류한다면 아무 걱정이 없다.

"그 어린애는 뭐냐? 어느새……. 뭐가 됐든 상관없나. 이렇

게 된 이상 비장의 수를 쓰는 수밖에 없겠군."

그래파이트는 목에 걸고 있던 커다란 엄니 목걸이와 손목에 끼우고 있던 목걸이와 비슷한 팔찌를 빼냈다.

그리고 그걸 휙 내던지더니, 손에 든 왕홀^{셉 터}로 지면을 강하게 찍었다.

그러자 지면을 찍은 왕홀^{셉 터}에서 검은 안개가 넘치듯이 흘러나와 지면에 버려진 엄니에 들러붙었다.

엄니를 감싼 검은 안개는 점점 형태가 단단해지더니, 이윽고 목을 쳐든 용의 머리가 만들어졌다.

물론 살아 있지는 않았고, 뼈만 남은 용의 머리였다. 머리에서 뻗어 나온 목이 검은 안개 속으로 사라진다.

잠시 후, 안개 안에서 조금 전과 똑같은 용의 머리가 튀어나왔다. 그 머리는 세 개, 네 개로 점차 숫자가 늘어났다.

"히드라인가!!"

"멍청하긴. 이게 그런 뱀이랑 똑같아 보이나? 이건 사악한 용의 왕, 티아마트다. 그대, 동포의 주검을 발판 삼아 부활하라."

《Urrrrrr……!》

검은 안개 안에서 머리가 다섯 개인 뼈만 남은 용이 등장했다. 꽤 크네…….

그런데 이게 용의 왕이라고? 용족의 왕은 청룡인 루리 아니었어?

《루리, 거기는 정리됐어?》

《주인님? 네. 악마 대부분은 불태워 버렸습니다.》

텔레파시로 루리에게 연락해 보니 이미 정리는 거의 끝난 모양이었다. 그러면 여기로 불러도 괜찮나?

나는 루리를 소환해 티아마트와 대면시켰다.

《음……! 저자는……!》

머리가 다섯 개인 티아마트를 본 루리가 반응을 보였다.

"알아?"

《네. 사왕룡(邪王龍) 티아마트. 마룡(魔龍)에 속하면서도 신수의 영역까지 도달했다는 평을 들었던 사룡(邪龍)입니다. 가엾군. 시체가 되어 되살아났나.》

마룡의 왕이라는 건가? 신수의 영역까지 도달했다는 평이라면, 루리와 거의 대등할 만큼 강하단 말이야?

저 사신의 사도에 의해 힘이 증폭되었다면 더 강할지도…….

《Kuaaaaaaaaaaaaaaaaaaaaa!》

갑자기 티아마트가 다섯 개의 입에서 브레스를 내뿜었다.

그건 평범한 브레스가 아니었다. 불, 물, 바람, 빛, 어둠의 속성을 내포한 다섯 속성의 드레곤 브레스였다.

브레스는 우리가 아니라 똑바로 루리를 향해 나아갔다.

《가소롭구나!》

루리도 마찬가지로 입에서 드래곤 브레스를 내뿜었다. 다섯 개의 브레스와 커다란 브레스가 정면으로 격돌했다.

양쪽 모두 브레스를 계속 내뿜기를 몇 초, 중앙에서 서로 힘을 겨루던 브레스가 점점 티아마트를 향해 밀리기 시작했다.

이윽고 티아마트의 브레스가 중단되고, 힘겨루기에서 승리한 루리의 브레스가 뼈만 남은 상대를 덮쳤다.

루리의 브레스를 맞은 티아마트가 푸스스 연기를 내며 잠시 비틀거렸다.

루리의 브레스를 맞고도 뼈가 되지 않다니…… 아니, 이미 뼈만 남은 상태인가. 숯이 되지 않다니, 상당히 강력한 방어력이다.

《이자는 제가 상대하지요. 한 번 더 결정타를 날리겠습니다.》

"부탁할게."

티아마트는 루리에게 맡기고, 나는 브륀힐드를 뽑아 그래파이트를 향해 방아쇠를 당겼다.

그래파이트는 등 뒤에서 나타난 거미 같기도 하고 게 같기도 한 다리를 사용해 옆으로 이동, 총알을 피했다.

"【빛이여 꿰뚫어라, 성스러운 빛의 창, 샤이닝 재블린】."

나는 뒤이어 빛의 창을 날렸다.

"마법은 통하지 않는다고 했을 텐데?!"

왕홀에서 흘러나온 검은 안개가 빛의 창을 흡수했다.

그건 나도 잘 알아. 마법을 쓰면 도망치지 않고 그 자리에 머물 거라 생각해 사용했을 뿐이야.

"야야, 나만 보고 있어도 괜찮겠어?"

"뭐라?"

그래파이트가 눈치챘을 때는 이미 쿠온이 바로 근처까지 다가간 상태였다.

당황한 그래파이트가 검은 안개를 방패처럼 사용해 막으려 했지만, 마치 입김을 내뿜은 것처럼 안개는 연기처럼 허무하게 사라졌다.

"으윽?!"

쿠온이 내리친 신기(神器)를 그래파이트가 왕홀로 막았다.

쩍! 여기까지 뚜렷하게 들리는 균열음이 주변에 퍼져나갔다.

"이럴 수가!! '제트'에 금이 가다니?!"

"값싼 물건이라 그렇지 않을까요?"

쿠온이 그 말을 하고는 이번엔 왼손으로 들고 있던 실버를 옆으로 휘둘렀다. 왕홀로 신기(神器)를 쳐낸 그래파이트가 뒤로 뛰어 물러섰다.

하지만 놓칠 수 없다는 듯, 쿠온이 신기(神器)의 방아쇠를 당겨 그래파이트에게 빛의 탄환을 발사했다.

"끅?!"

탄환이 그래파이트의 다리에 적중했다. 크게 뚫린 구멍에서는 피 한 방울 나지 않았지만, 아물 듯한 기색도 없었다. 재생되지 않았기 때문이다.

저 탄환은 신의 기 덩어리였다. 사신이 재생되도록 허락할리가 없었다.

"이 쥐새끼 녀석! 네놈은 누구냐?!"

"미안하지만 처음 보는 수상한 사람에게는 이름을 알려주지 말라고 배운 몸이라서요. 그 질문에는 대답해 드릴 수 없겠네요."

쿠온의 두 눈이 레드골드로 빛났다. '압괴'의 마안이다.

《으랴으랴랴! '제1봉인 해제' !!》

빛을 띤 실버가 그래파이트의 등에서 뻗어 나온 게 다리와 접촉하자 콰악! 하고 큰 소리를 내며 다리가 산산이 부서져 버렸다.

저건 쿠온의 마안을 몇 배나 증폭하는 실버의 능력이었던 가? 의외로 쟤도 쓸 만한데?

"이 쥐새끼 같은 놈이! 잘난 척하지 마라!"

그래파이트가 왕홀^{셉터}를 쳐들었지만, 조금 전처럼 기세 좋은 검은 안개가 아니라 찔끔찔끔 흘러나오는 안개 같은 뭔가가 주변을 떠돌 뿐이었다.

"어째서지?! 왜 '제트'의 힘을 끌어내지 못하는 거냐?!"

그게 내가 만든 신기(神器)의 특성, 【신의 기 무효화】다. 쿠온이 근처에 있는 한 이제 그 왕홀^{셉터}은 쓸 수 없어.

"큭!"

검처럼 휘두른 게 다리에서 또 여러 개의 충격파가 쿠온을 향해 날아갔다. 저건 신기(神器)를 쓰지 않은 마법 공격이구나.

접근하지 못하게 만들려고 날린 충격파를 쿠온은 별 어려움도 없이 피했다.

　그리고 그 오른눈은 오렌지골드로 빛나고 있었다. '선견'의 마안을 사용한 미래 예지다. 쿠온은 어디서 충격파가 날아올지 이미 모두 아는 상태겠지.

　모든 충격파를 다 피한 쿠온이 그래파이트를 몰아붙였다.

　바로 옆으로 휘두른 신기(神器)인 검을 막으려고 그래파이트의 게 다리가 움직였다.

　하지만 정검과 마찬가지로, 아니, 그 이상의 날카로움을 자랑하는 신기(神器)인 검을 막을 수는 없었다.

　쉽게 게 다리를 절단한 검은 곧장 그래파이트까지 난도질했다.

　"크아아!"

　"!"

　갑자기 그래파이트에서 솟구친 불꽃 용오름에 쿠온이 무심코 뒷걸음질 쳤다.

　불꽃은 그래파이트 자신을 계속해서 불태웠다. 분신자살? 그럴 리가 없나.

　불타오르는 불꽃 안에서 그래파이트가 히죽거리듯이 눈웃음을 지었다.

　"오호라. 헤이즐과 오키드를 해치운 자도 너였구나. 생각지도 못한 복병이 있었군. 하지만 이대로 끝낼 수는 없지."

　앞선 사신의 사도를 해치운 사람은 쿠온이 아니었지만, 그걸 굳이 설명할 생각은 없었다.

그래파이트의 몸이 계속 불타서 그 육체가 완벽히 재가 되자, 그곳에 메탈릭블랙 빛을 띠는 염소 두개골을 지닌 스켈레톤이 탄생했다.

저 자식, 사신의 기를 쓰지 못한다는 걸 깨닫고, 체내에 응축하는 방법으로 전환한 건가?

싸우는 중에 밀도가 적은 신의 기를 자신의 뼈에 흡수했던 거겠지. 이젠 완벽히 언데드가 되었다.

저 메탈릭블랙의 몸은 사신의 기로 인해 엄청난 강도를 지니게 됐다. 하지만…….

"【슬립】."

"으어억?!"

그래파이트가 지면에 대고 있던 왕홀(셉터)이 쿠온의 【슬립】에 당해 앞으로 미끄러졌다.

동시에 발도 미끄러져 균형을 잃은 그래파이트까지 꼴사납게 고꾸라졌다.

달그락달그락 소리를 내며 그래파이트가 손에서 놓친 왕홀(셉터)이 쿠온의 발밑까지 굴러갔다.

왼발 근처로 굴러온 왕홀(셉터)을 짓밟은 쿠온이 신기(神器)검을 쳐들었다.

"앗!! 멈춰라……!"

"거절하겠어요."

아무리 튼튼하고 단단한 뼈라도 사신의 사도를 '해치우기 위해 본체를 벨 필요는 없다. 그 힘의 원천인 사신기(邪神器)를 부수면 그만이다.

내리친 쿠온의 검이 메탈블랙의 왕홀^{셉터}를 산산이 부서뜨렸다.

"끄, 아아아아아아아아아악?!"

쿠온을 향해 손을 뻗었던 염소 머리 해골이 메탈릭블랙의 색을 잃고 회색이 되더니, 곧장 부슬부슬한 모래가 되어 무너져 내렸다.

부서진 왕홀^{셉터}도 흐물거리는 검은 액체가 되어 소멸했다.

해치웠나.

그때, 루리와 싸우던 티아마트도 와르르 무너져 뼈 무더기가 되었다. 그래파이트한테서 공급받던 힘이 끊어졌기 때문인 듯했다.

키클롭스도 에르제네 그룹이 가세해 곧 정리될 듯했다. 마을의 마물도 갈디오 제국의 기사단과 코하쿠 등이 있으니 곧 진압되겠지.

신기(神器)는 사용하는 데 아무런 문제가 없어 보였다.

그런데 끝내 잠수 헬멧을 쓴 사도는 구하러 오지 않았구나.

예전의 창술사 때도 그랬지만, 그자들의 동료 의식은 매우 희박한지도 모른다. ……응?

묘한 기척을 느낀 나는 재빨리 브륀힐드를 뽑아 상공에 보인 검은 그림자를 향해 방아쇠를 당겼다.

잠시 후, 하늘에서 작은 기계가 지면에 떨어져 대파되었다.

이건…… 고렘인가? 새(鳥) 형태의 고렘?

우리의 전투를 보고 있었나? 아니지, 감시했었나? 언제부터지?

"【스토리지】."

새 고렘의 잔해를 【스토리지】에 수납했다. 나중에 박사한테 분석해 달라고 부탁하자.

이건 좀 문제가 되려나? 쿠온과 신기(神器)의 존재가 사신의 사도들에게 들켰을지도 모른다.

우리도 나름대로 여러 대책을 마련하고 있긴 하지만…….

"아버지? 무슨 일 있었나요?"

"아니, 아무것도 아니야. 수고 많았어."

나는 쿠온의 머리를 한 번 쓰다듬고, 키클롭스들과 싸우는 에르제네를 돕기 위해 그곳으로 이동했다.

ııl 제4장 '금색' 왕관의 비밀

　쿠온이 사신의 사도인 그래파이트를 해치우고 얼마 안 있어 거대 고렘 키클롭스 군단도 스우와 에르제 등에 의해 섬멸되었다.

　마을 안에 있던 악마나 용아병, 반어인 등도 코하쿠와 갈디오 기사단이 무찔러 항구 마을 브렌은 일단 안정을 되찾았다.

　피해도 막대하고 주민들은 아직도 공포에 떨고 있었지만 기사단이 등장하니 겨우 안심이 된 듯했다.

　피해 상황을 확인하면서 갈디오 황제가 이끄는 기사단은 겸사겸사라는 듯이 '흑접'의 본거지도 급습해 두목의 신병을 확보했다고 한다.

　이 소동을 일으킨 주범이라는 명분인데, 꼭 틀린 말이라고는 할 수 없었다. 그자들이 사신의 사도와 거래해 황금약을 판매한 사실은 분명하니까.

　나중에 알게 된 사실인데, 그자들은 황금약을 독자적으로 개량해 인간의 이성을 잃게 만들어 마물로 바꾸는 증강제까지 개발했다고 한다.

그게 세계에 퍼졌으면 어떻게 됐을지 무시무시해…….

좌우간 전투는 끝났다. 아쉽다면 잠수 헬멧을 쓴 사신의 사도를 제압하지 못했다는 점일까.

일부러 쿠온한테 【인비저블】을 사용해 계속 모습을 감추고 있었는데. 허탕이었다.

그냥 내가 만든 신기(神器)가 사신의 사도에게 효과가 있었다는 걸 확인한 정도로 만족하기로 할까.

갈디오 기사단만 남겨두고, 황제 폐하를 제도로 모셔다드린 다음 우리도 집으로 돌아갔다.

역시 피로가 쌓였는지 곧장 꿈도 꾸지 않고 푹 잠을 자고 말았다.

아침에 일어나 거실로 가 보니 아이들이 부루퉁한 모습으로 날 기다리고 있었다.

"오라버니, 치사해! 스테프도 가고 싶었는데!"

"아니요. 저도 놀러 갔던 게…….

그렇게 말하며 스테프가 쿠온에게 바짝 다가섰다. 쿠온도 유일한 여동생에게는 강하게 맞설 수 없었는지 조금 뒤로 물러섰다.

"우리도 해치우고 싶었어~!"

"나쁜 녀석들은 확 날려 버릴 거야!"

그리고 나한테는 린네와 프레이가 바짝 다가섰다. 야쿠모는 나를 압박하진 않았지만, 그래도 허리에 손을 대고 살짝 기분이 편치 않은 표정을 지었다.

"자자, 거기까지. 이번에는 갑작스러웠고 상대의 전력도 잘 알기 힘든 상태였으니 어쩔 수 없잖니. 너희는 그 사이에 푹 자고 있기도 했고."

손뼉을 치며 린이 그렇게 타일렀다.

맞아, 다들 자고 있었어. 깨우기도 미안해서……. 우연히 쿠온이 화장실에 가려고 일어났기에 협력을 부탁했었다.

【인비저블】로 모습을 감추고 행동해야 했으니, 이렇게 말하긴 좀 그럴지 몰라도 쿠온이 제일 적임이었다.

물론 한밤중에 환락가에 딸들을 데리고 가기가 꺼림칙하기도 했고.

아이들은 아직 약간 불만이 남아 있는 듯했지만, 간신히 다들 물러나 주었다.

사실은 쿠온도 데리고 가고 싶지 않았지만…….

사신의 사도에게 결정타를 날릴 수 있는 존재는 신기(神器)를 가지고 있는 지상의 인간이니, 굳이 우리 아이들이 꼭 나설 필요는 없다.

나를 제외하고 이 지상에서 가장 강한 인간을 용사로 선정해 신기(神器)를 내려주면 그것으로 충분해 보이기도 한다.

하지만 사신의 사도가 지닌 힘을 보건대, 평범한 사람이어선 도저히 대적하기 힘든 수준이라 할 수 있었다.

더불어 용사가 신기(神器)를 자유자재로 다루려면 시간도 걸린다. 1년이나 2년……. 그 사이에 유린당하는 나라나 사람들을 그냥 내버려 둘 수도 없다.

역시 반신(半神)인 우리 아이들이 제일 적임이겠지. 알고는 있다. 알고는 있지만, 뭐라고 말로 형용하기 힘든 기분이다.

그뿐만 아니라 지상에서 제일 강한 인간이라면 내가 아는 한 힐다의 할아버지인 레스티아의 선선대 폐하이니…….

갸렌 씨는 강하지만 나이도 나이고 불안한 점도 없지 않다. 사신의 사도 중에는 여자도 있을 텐데, 그 호색한 할아버지여선 쉽게 틈을 보일 것 같아 무섭다.

아침을 다 먹은 다음, 어제 쏘아서 떨어뜨렸던 새 고렘을 들고 바빌론에 있는 박사한테로 갔다.

"흠, 전투력이 전혀 없는 감시용 소형 고렘이군. 철저히 경량화를 추구한, 사실상 방어력이 없는 정찰 전용 고렘으로 보이는구먼. 이것이 촬영한 영상은 또 하나의 다른 새 고렘에게 전송되도록 만들어졌으니, 다시 말해……."

"이미 영상은 적의 수중의 건너갔다는 말인가요?"

교수의 설명을 듣고 나는 눈썹을 찌푸렸다. 우우. 영상이 내장 기록 타입이라면 이걸 부순 시점에 기록이 소거되었을 텐데.

아닌가? 감시하는 새(鳥) 고렘이 이 한 대였는지 아니면 몇 대 더 있었는지 알 길은 없구나. 하여간 상대에게 신기(神器)가 있다는 걸 들켰다고 봐도 좋을 듯했다. 다음부터는 쉽게 대결하려 들지 않을지도 모르겠어.

"그런데 영상으로 보고 있다면 도와주러 와도 괜찮았을 텐데 말이죠."

"이건 기억과 재생을 동시에 할 수 있는 장치가 아니니 말일세. 기록을 저편으로 보내기만 했을 테니, 본 기록을 봤을 때는 이미 구하러 가기 늦은 상황이었겠지."

실시간으로는 보지 못했다는 건가? 단순한 비디오카메라라고? 감시 카메라처럼 현재의 영상을 보거나 스트리밍하진 못한다는 말이야?

"기록하며 전송까지 하면 영상이 선명하지 못하네. 이렇게 해야 확실히 볼 수 있다고 생각했을 테지. 또는 처음부터 구할 생각이 없었을 뿐인지도 모르고."

교수의 말대로 그럴 가능성도 크다고 본다. 설령 실시간으로 보고 있었다고 해도, 그 녀석들은 우리의 패를 확인하기 위해 그래파이트를 그냥 죽게 두지 않았을까?

우리의 정보가 적에게 넘어갔지만 사신의 사도는 해치웠다. 속이 타지만 조금씩 그자들의 팔다리를 제거하는 수밖에 없다.

그런 생각을 하는데 박사가 뭔가 기억이 났다는 듯이 말했다.

"아, 전용기의 조정은 끝났으니 이제부터 네 레긴레이브의 조정을 시작할게. 정확히는 조정이라기보다는 개조지만."
（발큐리아）

"어? 아직 뭘 더 개조해야 해?"

바닷속에서 편히 움직일 수 있으면 그것으로 충분한데……. 너무 지나치게 개조하면 오히려 불안하거든?

"사신을 해치운 뒤에 네 마력은 점점 변질되었으니까. 지금까지의 마력 회로로는 오래 지속 못 하거든. 복원이 따라잡지 못하지. 이번 기회에 겸사겸사 더 강화해 두고 싶어. 너도 예상외의 상황에서 작동이 정지되긴 싫잖아?"

마력이 변질돼? 아, 사신과 싸우다 완벽히 신족이 돼서 그런가. 그래서야 당연히 마력의 질도 변할 수밖에.

내가 기체를 움직이지 못할 일은 없어 보이는데……. 그래도 언제 망가질지 알 수 없는 물건은 쓰지 않는 게 좋겠지? 최선을 다하지 못해서 패배로 내몰려선 곤란하기도 하고.

개조해도 좋다고 허락을 하고 '연구소'를 나서자, 품에 넣어둔 스마트폰이 울렸다.

제노아스 마왕 폐하한테서네? 무슨 일이지? 또 사쿠라나 요시노랑 관련된 부탁인가? 그 사람이 투덜대기 시작하면 길어지니 귀찮은데……. 으으, 장인어른이라고는 하지만 받고 싶지가 않아.

그렇다고 안 받으면 그건 그거대로 나중에 더 일이 귀찮아질 게 뻔하니, 나는 어쩔 수 없이 통화 버튼을 누를 수밖에 없었다.

"네, 여보세요?"

《오, 공왕 폐하. 조금 묻고 싶은 일이 있다만.》

"무슨 일인가요?"

어떻게 하면 사쿠라의 눈을 피해 요시노랑 놀 수 있는가 같은 질문을 해도 전 모르거든요?

《얼마 전에 우리 제노아스 서부의 산악 지대에서 이상한 걸 발견해서 말이야. 무슨 유적 같은데…… 조사대를 보내 보니, 무슨 짓을 해도 열리지 않는 문이 발견됐어. 그런데 그 문에 새겨져 있는 문장(紋章)을 본 적이 있어서. 아, 사진을 메시지로 보내지.》

유적? 열리지 않는 문? 고대 마법 문명의 유적인가? 문장(紋章)이라면 각인 마법으로 봉인된 곳인가?

내가 그런 생각을 하는 사이에 띵동, 하고 마왕 폐하가 보낸 메시지가 도착했다.

메시지를 열어 사진을 확인했다. 이건!!

"【왕관】……?!"

《역시 그랬나. 이건 공왕 폐하에게 있는 하얀 고렘의 목에 새겨진 것과 같은 문장이지?》

마왕 폐하의 말대로 이 【왕관】의 문장은 희대의 고렘 기사, 크롬 란셰스가 만든 【왕관】 시리즈에 새겨져 있는 문장이었다.

어떻게 된 거지? 【왕관】의 문장이 새겨진 유적이 왜 제노아스에 있는 걸까?

무엇보다 크롬 란셰스는 뒤쪽 세계의…… 앗!

그렇구나! 크롬 란셰스는 뒤쪽 세계에서 앞쪽 세계로, '흰색'과 '검은색'【왕관】의 힘을 이용해 세계 전이를 했었어.

그리고 어느 나라의 작은 마을을 거점으로 삼고 마법 연구를 했다고 아르부스가 말했었지?

분명 피라이스라 연합왕국이라고 했다. 프레이즈의 습격을 받아 멸망했는데, 현재의 마왕국 제노아스에 존재했던 나라다.

그렇다면 그 유적은 크롬 란셰스가 앞쪽 세계에 와서 만든 연구소인가?!

혹시 '금색'인 골드나 '은색'인 실버가 만들어진 곳이 그곳일지도 모른다.

"마왕 폐하, 그 유적의 장소를 알려주세요!"

나는 마왕 폐하에게 유적이 어디 있는지 물어본 뒤, 현재 바르 아르부스에서 '방주'의 감시 임무를 맡고 있는 '하얀색'【왕관】이 있는 곳으로 전이했다.

◇ ◇ ◇

《틀림없다. 크롬의 연구 시설. '금색'과 '은색'은 여기서 만들어졌다.》

우리와 함께 제노아스 유적에 온 아르부스가 그렇게 단언했다.

"그런가요, 실버?"

《글쎄요. 저는 계속 연구소 안에 고정되어 있었으니까요. 깨우고 재우고를 자주 반복하기도 했고……. 안에 들어가 보지 않는 한 뭐라고 하기 어렵군요.》

쿠온의 허리에 있는 '은색' 왕관 실버는 실내 생활만을 했었던 듯 정확히 판단하기 어려운 모양이었다.

눈앞에는 반쯤 바위산에 묻혀 있는 금속제 양문형의 문이 있었고, 그 문 옆에는 손바닥 크기의【왕관】문장이 있었다.

"골드는 어때?"

이번엔 스테프를 따르는 '금색' 왕관 골드에게 물어보았다.

하지만 내 질문에 골드는 작게 고개를 가로저었다.

《나의 기억에, 마스터를 만나기 이전의 정보는 없다. 따라서 답변 불가능.》

그렇구나. 골드는 초기화되었지? 옛날 기억도 모조리 지워져 버린 건가. 그래선 알 수 있을 리가 없지.

"어떤가요? 열릴 것 같나요?"

그렇게 물어본 사람은 제노아스의 제2왕자, 사쿠라의 오빠이자 나의 형님이기도 한 파레스 왕자였다.

파레스 왕자가 바로 이 유적의 조사대 임무를 맡은 장본인이었다. 그 이외에 호위 기사대도 있긴 하지만.

우리는 '흰색', '은색', '금색'【왕관】과 나, 유미나, 쿠온, 스테프, 스우, 린 그에 더해 바빌론 박사, 에르카 기사, 교수, 쿤

등의 개발진이 참가했다.

크롬 란셰스의 연구소라는 군침이 도는 표적을 우리의 마공이라면 안달을 못 하는 집단이 놓칠 리가 없다. 그 탓에 생각보다 많은 인원이 함께 찾아오고 말았다. 파레스 형님한테 죄송한걸?

《문을 열려면 좌우의 수정에 【왕관】이 접촉해야 한다.》

아르부스의 말을 듣고 확인해 보니, 정말로 문의 좌우에 작은 마름모꼴의 수정이 박혀 있었다.

이건 【왕관】이 두 대가 있어야 열 수 있는 건가? 크롬 란셰스는 '흰색' 아르부스와 '검은색' 느와르를 데리고 앞쪽 세계로 왔으니……. 【왕관】이 열쇠 대신인가.

그러고 보니 '방주[아크]'도 【왕관】이 없으면 들어가지 못한다고 했던가? 보디가드 겸 열쇠 대신이라는 말이구나.

여기에는 '흰색', '은색', '금색' 【왕관】이 있었지만, 실버는 귀찮은 모양이라 아르부스와 골드에게 좌우의 수정에 접촉해 달라고 부탁했다.

삐걱, 하고 마찰음을 내며 무언가가 움직이는 소리가 나면서 금속제 문이 좌우로 천천히 열렸다.

"오오! 열렸다……?!"

제노아스 사람들이 기뻐하면서 의아해하는 목소리를 동시에 흘렸다.

왜냐하면 문 안에는 10㎡ 정도의 원형 공간이 있을 뿐, 그 이

외에는 아무것도 없었기 때문이었다.

"이게 연구 시설이야······?"

《아니다. 이것은 승강기다. 연구 시설은 지하에 있다.》

내 의문에 아르부스가 대답해 주었다. 그렇구나, 지하에!

만약의 사태에 대비해 제노아스의 호위 기사들을 절반 정도 지상에 남겨두고, 우리는 안으로 들어가 다시 문을 닫았다. 어두컴컴해질 줄 알았는데 벽면 전체가 흐릿하게 빛을 내뿜어 어둡지는 않았다.

아르부스가 측면에 있던 패널로 보이는 장치를 조작하자, 덜컹, 하고 작게 진동하더니 지구의 엘리베이터와 비슷한 감각이 나를 덮쳤다. 오오, 내려간다. 내려가고 있어.

우리는 익숙하지만 파레스 형님을 비롯한 제노아스 사람들은 처음 경험해 보는 일이라 몸이 잔뜩 굳었다. 처음이면 누구나 익숙지 않은 법이지.

시간으로 따지면 불과 수십 초 정도. 다시 덜컹, 하는 소리와 함께 엘리베이터가 멈췄다. 어? 도착했나?

천천히 문이 열린 곳 앞을 보니 엘리베이터 내부와 마찬가지로 흐릿한 빛이 방을 비추고 있었다.

상당히 넓은 공간에 잡다한 물건이 놓여 있었다. 책상, 의자, 뭘 하기 위한 것인지 모를 장치, 창백하게 빛나는 원통형 캡슐, 수많은 코드······. 연구실 같은 분위기가 풍기고는 있지만, 모래와 먼지 등이 여기저기에 수북이 쌓여 있어 뭐가 뭔지 판단하기 불분명한 광경이었다.

"이것 참 심각하구먼."

"정말로 여기가 크롬 란셰스의 연구소야? 꼭 폐허 같은데?"

교수와 에르카 기사가 그런 말을 할 만큼 너덜너덜한 상태였다.

바빌론 박사가 떨어져 있던 파편을 줍더니 손가락으로 가볍게 콰직, 하고 부쉈다.

"여기 물건들에는 보호 마법이 걸려 있지 않아. 건물 자체에는 걸려 있었던 듯하니, 일부러 걸지 않은 건지, 아니면 무언가로 제거했는지는 모르겠지만."

《이건 폭주한 나와 '검은색'의【왕관 능력】이 원인이다. 보호 마법을 걸기 전으로 시간이 거슬러 올라갔다.》

바빌론 박사의 말을 듣고 아르부스가 그렇게 대답했다.

시간이 거슬러 올라가? 시간이 뒤로 돌아갔다는 건가? 보호 마법을 걸기 전으로 시간이 돌아가 마법이 취소되었다는 말인가?

"그래서 무사한 물건과 부식된 물건이 뒤섞여 있는 거군요?"

쿤이 발로 책으로 보이는 물건을 툭툭 건드리자 그 물건은 순식간에 모래처럼 부스러졌다.

5000년 전의 '흰색'와 '검은색' 왕관의 폭주. 박사가 말하는 '모순의 광풍'인가.

시간 축이 뒤섞여 엉망진창이 되었다는 이야기다. 그 덕분에 프레이즈들은 차원의 틈새로 쫓겨나고, 그 당시 세계의 결계는 복원되어 이 세계는 평안을 얻었지만……

"그렇다고 전부 못 쓰게 되지는 않았나 봐. 이건 평범하게…… 읽을 수 없네. 어디 문자지, 이건? 혹시 뒤쪽 세계의 고대 문자인가?"

박사가 부서지지 않은 얇은 책을 모래 안에서 끄집어내 펼치더니, 읽을 수 없는 문자를 보고 미간을 찌푸렸다.

그렇겠지. 크롬 란셰스는 뒤쪽 세계의 사람이니까. 앞쪽 세계의 문자로 쓰는 것보다 편했을 테고, 기밀을 지키기에도 뒤쪽 세계의 문자로 써야 더 유리했으리라고 본다.

"어디 보자. 음……. 이건 고대 파르파 공학 문자인가? 군데군데 모르는 문자도 있지만, 이거라면 시간을 들이면 간신히……."

"자, 번역 안경."

박사한테서 책을 건네받고 고민하는 에르카 기사에게 내가 【스토리지】에서 번역 마법 【리딩】이 부여된 안경을 꺼내 쑥 내밀었다.

"우와, 굉장해! 전부 읽을 수 있잖아!"

"토야, 나도."

"나도, 나도 주게!"

"아버지, 저도요!"

개발진&쿤이 쓰고 싶다고 해서 여분으로 준비해 둔 안경을 건네주었다. 대체 왜 넷이서 똑같은 책 하나를 보고 있는 건지. 이거 말고도 몇 권인가 굴러다니고 있잖아.

"먼저 무사한 물건과 못 쓰는 물건을 분류해 두는 게 좋을까요?"

"그러네요."

파레스 형님의 제안에 나도 고개를 끄덕였다. 다행히 부식된 물건과 그렇지 않은 물건은 금방 구별할 수 있어서 크게 수고가 드는 작업은 아닐 듯했다.

그렇지만 쓸 만한 물건은 그다지 많아 보이지 않네. 일단 책…… 책이라기보다는 노트? 같은 물건은 확보해 둬야 하겠지?

"이건 분명 크롬 란셰스가 만든 고렘의 기초 구성이야. 이 노트는 어마어마한 가치를 지니고 있어."

"음. 하지만 아직 마법을 막 배운 참이라 마력 조정에 애를 먹고 있었나 봐."

"아니? 이곳에 에테르 라인이 반대편으로 돌아가 있는 듯하네만…… 왜 이런 것일까."

"교수님. 이 구동부에서 마력을 끌어오기 위해서가 아닐까요? 잉여 마력을 여기서 재이용해서……."

이봐요들, 네 사람. 도와야지.

"토야 오빠. 여기에도 다른 방이 있나 봐요."

유미나가 가리킨 곳을 보니 문이 몇 개 더 있었다.

여기의 문은 자동으로 열리는 문이 아니라 지극히 평범했다.

손잡이를 돌려 제일 앞에 있던 금속 문을 열어 보니, 안에는 맨 처음 방과 마찬가지로 모래와 너덜너덜하게 부식된 물건들이 군데군데 굴러다니고 있었다.

놓여 있는 책상으로 보이는 물건 위에도 모래와 부스러진 무언가가 가득 쌓여 있었다. 서류 같은 물건이 놓여 있었던 걸까?

"어?"

나는 부식된 물건들 안에서 사각형의 물건이 묻혀 있는 모습을 발견해, 모래를 털어내며 그 물건을 손에 들었다.

손바닥보다 조금 큰 판인데…… 아크릴판처럼 투명했다. 이게 뭐지?

《그건 마환등판. 마력을 흘리면 기록한 영상이 떠오른다.》

"그래~? 사진 같은 건가?"

아르부스의 설명에 따라 마력을 흘리자, 투명한 판에 영상이 흐릿하게 떠올랐다. 이건…….

화면에는 세 명의 사람이 비쳤다. 남성이 1명, 여성이 1명, 그리고 어린이가 1명. 이 사람들은…….

《크롬과 아내, 그리고 딸.》

역시 그렇구나. 아르부스의 말을 듣고 나는 다시 영상을 주의 깊이 바라보았다.

한가운데 있는 여자아이가 웃으며 부모님의 손을 잡고 있었다. 아하, 이건 가족사진이었어.

문자가 적혀 있네. 저편의 문자다. 에다. 륤리. 아내와 딸의 이름인가?

크롬 란세스도 이 가족사진을 보며 열심히 연구에 몰두했던 걸까? 하지만 란세스는 '검은색'과 '흰색'의 폭주 이후에 기억을 잃었다고 했었다.

단숨에 다 잃지는 않았다고 하지만, 조금씩 가족의 기억이 사라져 갔다면…… 무척 무서운 일이었으리라고 생각한다.

그렇지만 폭주가 벌어지지 않았다면, 크롬 란세스의 아내와 딸은 지배종인 기라 같은 놈들에게 살해당한 채로 남게 되었을 것이다.

시간이 역행해 그 목숨을 지켰다면 그것은 크롬 란세스가 바라는 일이었을지도 모른다.

"아버지. 잠깐 봐 주셨으면 하는 게 있어요."

"응? 뭐라도 발견했어?"

다른 방에서 조사하던 쿠온이 입구에서 나를 손짓하며 불렀다. 나는 마환등판을 【스토리지】에 넣고 쿠온이 안내하는 방안으로 들어갔다.

"이건……!"

넓은 그 방에는 몇 자루나 되는 검이 방 안에서 굴러다녔다. 모든 검이 파손되었거나, 부러져 있었다. 마치 검의 무덤 같았다.

다만 내가 놀란 이유는 그게 아니었다. 굴러다니는 검은 모두 같은 형태로, 심지어 그것과 '똑같은 검'을 내 아들이 지니고 있었다.

"실버. 여기가 당신이 있던 방인가요?"

《네…… 틀림없습니다. 전 여기서 만들어졌습니다.》

쿠온의 허리에 꽂혀 있는 '은색' 왕관, 인피니트 실버가 진지한 목소리로 말했다.

◇ ◇ ◇ ◇

바닥에 아무렇게나 내던져져 있는 검은 모두 부러지거나 파손되어 있었고, 방의 모퉁이에도 모래에 묻힌 검이 몇 자루 더 발견되었다. 그것들도 역시나 부러지거나 파손된 검이었다.

"이건 실버랑 똑같은 검이지?"

《그렇군요. 저의 형제라고 할까요? 이 방을 보니 많은 추억이 떠오르는군요. 원래 '은색' 왕관이란, 다른 '왕관'의 장비로 개발되었습죠.》

'왕관'의 장비? 그야 무기니까 누군가가 써준다면 그게 제일이겠지만, '계약자^{마 스 터}'가 아니라 '왕관'의 장비라고?

《크롬 그 자식은 '대가' 없이 '왕관'의 '왕관 능력^{크 라 운 스 킬}'을 쓸 수

없을까 연구했습니다. 그 결과 다다른 결론의 하나가 '대가'를 다른 존재가 대신하게 만드는 거였지요.》

대신하게 만들어? 설마 그건 원래 '계약자(마스터)'가 지불해야 할 '대가'를 다른 사람에게 전가하는 방식인가?!

"혹시 여기에 있는 검의 잔해는……."

《'대가'를 감당하지 못했던 녀석들입죠.》

'왕관'의 대가는 각 기체마다 다르다. 예를 들면 '빨간색'은 혈액, '녹색'은 기아, '파란색'은 졸음 등으로 약간의 대가라면 간신히 지불할 수 있다. 그러나 지불해야 할 대가가 커지면 목숨이 위험해진다.

'빨간색'은 실혈사, '녹색'은 아사, '파란색'은 혼수상태가 되어 버린다.

그 대가를 전부 '은색' 왕관에게 뒤집어씌워 '계약자(마스터)'는 아무런 대가를 치르지 않고 '왕관 능력(크라운스킬)'을 끌어내려고 했다는 건가.

《당연하지만, 고렘은 피도 없고 배도 고프지 않습니다. 이른바 인간의 욕구란 요소가 웬만해선 존재하지 않지요. 그러니 지불할 만한 대가가 없는 우리로는 당연히 '왕관 능력(크라운스킬)'을 발동할 수 없습니다. 그러나 만약 그러한 '욕구'가 있는 고렘이 만들어지면……. 크롬 그 자식은 그런 생각을 했던 것입죠.》

"그렇구나. 그래서 마법 생명체와의 융합을 생각했던 거였어."

실버의 설명을 듣고 어느새 옆에 와 있던 바빌론 박사가 손가락을 딱 하고 튕겼다.

마법 생명체. 예를 들자면, 슬라임은 살기 위해 다른 동물을 포식한다. 적어도 생존 본능과 식욕은 있는 셈이다. 그걸 이용하려고 했던 건가.

《그렇지만 그건 말처럼 쉬운 일이 아닙니다. 인간의 '살고 싶다', '먹고 싶다', '자고 싶다' 같은 '욕구'는 마법 생명체에게도 너무 큰 부하가 걸리는 일이니까요. 그런 힘을 견딜 수 없는 자는…….》

"이렇게 된다는 말이구나."

나는 굴러다니는 검을 하나 들고 가만히 바라보았다. 분명 손상된 모습을 보니 외부의 충격이라기보다는 내부에서 파열된 듯한 상태였다.

힘을 버티지 못하고 스스로 무너졌다고 보면 되나.

"그렇다면 실버는 성공작이라는 건가요? 왕관의 '왕관 능력^{크라운스킬}'을 대가 없이 사용할 수 있어요?"

《일단은 그렇습니다만……. 한계는 있습니다. 만약 아르부스가 '리셋'을 쓰는 날에는, 저의 정신 회로도 새하얘져서 단번에 끝장이 나겠지요.》

쓸 수는 있지만, 한 번뿐이란 말인가? 그 말은…….

"오호라. 일회용이란 말이군. 너희 '은색' 왕관은 제물이나 마찬가지라는 거군. '왕관 능력^{크라운스킬}'을 쓰기 위한 제물."

박사가 내가 생각했던 내용을 거침없이 대신 말해 주었다. 일회용. 그 말대로다.

식사 시간에 사용되면 바로 버려질 뿐인 나무젓가락. 손을 더럽히지 않기 위해 사용되는 비닐장갑. 그러한 물건과 같은 취급이었다는 거구나.

참 값비싼 일회용이다. 그래도 '왕관 능력'을 사용하는 '대가' 대신이라고 본다면 오히려 값싼 물건인지도 모른다.

《그래 봐야 일회용 수준이라도 완성된 물건은 저 하나뿐이지만요. 이런 저도 크롬에게는 전혀 만족스러운 물건이 아니었습죠. 그래서 저 '은색'은 개발 중지가 되었습니다.》

단념이 빠르다고 할지, 집착이 없다고 할지······. 크롬 란셰스는 '은색' 왕관을 이래저래 사용하며 시행착오를 거치기보다는, 완전히 다른 물건을 처음부터 만들기로 방향을 틀었다고 한다.

그게 천재가 천재인 이유인 걸까. 하나의 개념에 사로잡히지 않는다. 새로운 방법을 찾으면 바로 전환한다.

하나에 집중해서 그것을 최고로 만드는 능력도 재능이라고 보지만······.

"그래서? '은색' 왕관의 개발을 중지한 크롬은 '금색' 개발을 시작했어?"

《그런가 보더군요. 저는 여기에 고정되어 있었으니, '금색'이 어떤 콘셉트에 따라 만들어졌는지는 전혀 모릅니다

만……. 가끔 크롬이 하는 혼잣말이 방 너머에서 들려온 정도이지요.》

이렇게 말하긴 뭐하지만, 크롬에게 '은색' 왕관은 실패작이었던 거겠지.

크롬의 목적은 '흰색'과 '검은색' 왕관의 '왕관 능력'을 대가 없이 사용해, 프레이즈의 침략을 받는 이 세계에서 도망치는 것이었다.

결국 그 뜻은 이루지 못하고, '흰색'과 '검은색'의 폭주로 그는 대가를 치르게 되었지만…….

어? 잠깐. 그렇다면 '금색' 왕관은 미완성인가?

분명 골드는 자신에게 '왕관 능력'이 없다고 말했었다.

하지만 '금색' 왕관 자체가 오로지 다른 왕관의 '왕관 능력'을 대가 없이 사용하기 위한 기체였다고 한다면, '왕관 능력'이 없는 건 당연한 일일 텐데……. 음, 뭐가 뭔지 머리가 뒤죽박죽이야.

"그렇다면 '금색'도 여기서 만들어진 건가요? 골드, 뭔가 기억나나요?"

《내 기억에는 아무것도 없다.》

쿠온의 질문에 골드가 이전과 똑같은 대답을 했다. 역시 초기화할 때 다 사라져 버렸나 보다. 자신의 스펙은 아는데, 당시의 기억은 완벽히 지워져 버린 모양이다.

"고렘의 기억은 Q크리스탈에 각인된 기억과 서랍에 넣어

둔 기억으로 나뉘니까. 각인된 기억, 다시 말해 자신이 누구인가, 계약자를 따라야 하는가, 같은 고렘의 기본적인 사항은 사라지지 않지만 단순한 일상의 기억은 초기화하면 사라지고 말아."

에르카 기사가 주운 '은색' 왕관의 잔해를 조사하면서 알려 주었다.

"전부 각인시키면 사라지지 않을 텐데."

"그렇게 하면 명령 계통이 마구 뒤섞여서, 잘 기능하기가 어려워져. '나무를 베어 쓰러뜨리지 마라'라는 명령이 각인되면, '나무를 베어라'라는 명령에는 따르지 못하잖아."

그렇구나. 지우개로 지울 수 있는 연필로 쓰는가, 지울 수 없는 유성 매직으로 쓰는가의 차이인가?

정말로 중요하고 필요한 명령이라면 매직으로 써도 문제없지만, 취소할 가능성이 있는 명령을 매직으로 써선 문제가 생긴다.

무언가 참고가 될지도 모른다는 박사의 부탁을 받아서, 나는 일단 '은색' 왕관의 잔해를 【스토리지】에 수납해 두었다.

이 방을 나서 다른 방을 열어 보니, 조금 널찍한 방이 나왔다.

이곳 역시 딱 봐도 연구실 같은 분위기로, 중앙의 커다란 탁자에는 뭐가 뭔지 알 수 없는 기계류가 놓여 있었다.

다른 방과 마찬가지로 모래와 먼지로 변한 무언가가 쌓여 있어 쓸 만한 물건이 있는지 없는지를 찾는 것만 해도 큰 고생이었다.

　나도 근처에 있던 책상의 서랍을 열어 보았지만, 안에는 모래처럼 부식된 무언가가 들어가 있을 뿐이었다.

　"아버지, 이걸 보세요."

　"응?"

　상자에 쌓여 있던 모래 속에서 무언가를 주운 쿠온이 나에게 내민 물건은 황금으로 빛나는 동그란 부품이었다. 어? 이건…….

　"골드. 잠깐만 이리 와봐."

　스테프의 호위처럼 따라다니며 수행하는 골드를 불러 그 어깨에 쿠온이 준 부품을 한번 대봤다.

　"딱 맞네요."

　쿠온의 말에 나도 고개를 작게 끄덕였다. 이건 완벽히 동일한 부품이지? 즉, 이건 골드의 본체에 사용된 장갑과 같은 물건이다. 여분으로 만들어 둔 것인지, 불량품인지는 모르겠지만.

　아니면…… '금색' 왕관은 역시나 여러 대가 만들어졌고, 이건 그 여분의 부품 중 하나인가?

　"여기서 골드…… '금색' 왕관이 만들어졌다?"

　《불명. 나에게 그런 기억^{메모리}은 없다.》

　조금 전과 비슷한 대답이 돌아왔다. 역시 골드에게는 기억이 없나 보다.

　하지만 골드는 여기서 만들어졌을 가능성이 컸다. 그러니 여기서 눈에 띄는 물건은 없는지 한번 찾아보기로 했다.

몇몇 노트로 보이는 물건과 무슨 용도인지 알 수 없지만 코드가 달린 고리, 무언가를 배양하려고 한 듯한 커다란 캡슐 등을 모조리 【스토리지】에 수납했다.

일단 이것들은 제노아스와 공동으로 관리하는 물건으로, 이걸 조사해 밝혀진 내용은 모두 제노아스에게도 전달하기로 약속했다. 독점할 생각은 처음부터 없었거든요?

"……?"

문득 기묘한 감각에 휩싸였다. 미약하지만 마력의 흐름이 느껴졌다. 건물에서 더욱 발아래의 지하로 조용히 흐르는 마력이다. 조금 전까지는 느끼지 못했는데……. 뭘까?

"토야? 무슨 일이라도 있어?"

"아니. 왠지 마력의 흐름이 느껴져서. 지하의 일부분에 조금씩 모여드는 듯한……."

"일부분에 모여들어? 윽?! 큰일이다! 토야, 당장 탈출하자! 이 연구소는 자폭할 거야!"

"뭐?!"

박사가 당황해서 소리쳤다. 자폭?!

"타, 타깃 지정! 이 지하 연구소와 그 주변에 있는 사람 모두! 앗, 고렘도 추가!"

《타깃 지정……. 완료하였습니다.》

"【게이트】!"

훅, 하고 발밑의 바닥이 사라지며 쑥하고 몸이 아래로 떨어졌다. 곧장 밖의 황야로 내던져진 우리의 귀에 멀리서, 퍼어어엉……! 하고 배까지 울리는 폭발음이 들려왔다.

"다들 무사해?!"

나는 갑작스럽게 땅바닥에 떨어진 사람들의 안부를 확인했다. 우리 나라 사람들은 모두 무사하다. 제노아스의 멤버도 파레스 왕자를 포함해, 연구소의 엘리베이터 밖에 있던 호위들도 모두 무사한 듯했다.

파레스 왕자에게 확인을 부탁해, 한 명도 빠짐없이 무사하다는 사실을 확인하고서야 나는 겨우 안도의 한숨을 내쉬었다.

"위험했어……! 자폭 장치라니, 머리가 어떻게 된 거 아냐? 크롬 란셰스란 그 사람……!"

"무슨 소리야? 자신의 연구 시설에 자폭 장치를 설치하는 거야 당연한 일이잖아? 그것조차 깨닫지 못하다니, 나도 참 많이 들떠 있었던 모양이야."

박사가 별일도 아니라는 듯이 그렇게 말했다. 에르카 기사도 교수도, 심지어 쿤까지 맞는 말이라는 듯 고개를 끄덕였다.

> 프로페서

뭐야. 원래 연구 시설과 자폭 장치는 하나의 세트 같은 건가? 아휴, 정말 이상해. 어?

"잠깐, 설마……. '바빌론'에도 자폭 장치가 설치된 건 아니겠지?"

"당연히 있지. 어? 말 안 했던가? 아홉 군데에 전부, 아, 앗! 아파, 아파, 아프다니까!"

위험한 소리를 태연하게 하는 박사의 관자놀이를 나는 두 주먹으로 빙글빙글빙글빙글빙글 돌려서 압박했다.

그런 위험한 물건을 나라의 상공에 놔두고 있었단 말이야?! 너는!!

"돌아가면 당장 제거해……!"

"그건 안 될 말이지. 만약 '바빌론' 이 나쁜 누군가의 손에 넘어가면 어쩌려고?"

" '바빌론' 은 관리자랑 적합자 외엔 다루지 못하잖아? 그럼 제거한다고 해서 문제가 생기진 않을 것 같은데?"

"시설 자체는 그렇지만, 그곳에 놔둔 물건 자체는 달라. '격납고' 의 프레임 기어나, '연금동' 의 만능약은 도둑맞을 가능성이 없지 않아."

그런 상공까지 어떻게 몰래 들어가겠냐고 말하고 싶지만, 그 말대로 가능성 자체는 제로라 할 수 없었다.

그런데 도둑맞았다고 자폭은 역시 좀 아니지.

"그건 '자신의 연구 성과를 도둑맞을 정도라면 아예…….' 같은 개발자의 마음가짐이야. 크롬 란셰스도 마찬가지 생각이었겠지. 마공학자의 소양 같은 거야."

정말로……? 무슨 말을 하고 싶은지 모르진 않겠지만, 아무리 그래도 자폭은 너무 지나치다는 생각도 든다.

모든 사람의 무사를 확인한 뒤, 【게이트】를 이용해 다시 연구소 장소로 돌아가 보니, 문이 있던 바위산은 가루가 되어 날아가 주변에는 수많은 잔해가 굴러다녔다.

보기 좋게 날아가 버렸구나.

"완벽히 묻히고 말았네요……."

파레스 왕자가 문이 있었던 지면을 발로 툭툭 발로 차면서 확인했다.

"어떻게 할까요?"

"파내려고 한다면 못 파낼 것도 없지만…… 엄청난 시간과 노동력, 비용이 들겠군요. 모든 방을 대략 확인은 해봤으니, 가지고 나온 물건으로 만족할 수밖에 없겠군요."

왕자가 아쉽다는 듯이 대답했다.

혹시나 숨겨둔 방도 있었을지 모르지만, 단지 그걸 확인하기 위해 땅을 파고 들어갈 수도 없는 거니까.

그리고 보존 마법이 걸려 있었다 해도, 그건 더러움과 부식을 방지하기 위해서일 테니, 그만큼 거대한 폭발이 일어나서야 물건들이 무사할 리도 없었다.

보호 마법이 걸려 있던 노트도 손상입히고 불태울 수 있다. 아무도 손을 대지 않는다면 몇천 년이나 그 모습을 유지할 수 있겠지만, 그렇다고 무적의 방어막이 펼쳐져 있었던 것도 아니다.

"이것으로 '금색' 왕관에 관해 무언가 알게 되면 좋을 텐데.

상대편 '금색' 왕관의 대비도 필요하고 말이야."

아, 그게 있었구나. 박사의 말을 듣고 나는 상대편에게도 '금색' 왕관이 있다는 사실을 새삼 깨달았다.

연구소에 굴러다녔던 부품……. 역시 '금색' 왕관은 여러 대가 만들어졌을까? 세 번째 '금색' 왕관이 등장한다거나 그러진 않겠지?

"내가 염려하는 점이 있다면, 상대 '금색' 왕관은 스테프가 초기화한 기억^{메모리}을 가지고 있을지도 모른다는 거야. 놈들은 '방주^{아크}'를 간단히 탈취해 버렸잖아. 그건 미리 정보를 가지고 있어서가 아닐까? 나는 크롬 란세스가 지금까지 거뒀던 연구의 성과를 상대의 '금색' 왕관이 보유하고 있을 가능성이 크다고 봐."

그렇구나. 정말 그러네. 그게 사실이면 놈들은 이곳의 연구소도 알고 있었을 가능성이 있다.

그런데 '방주^{아크}'처럼 차지하지 못한 걸 보면, 이젠 필요 없는 곳이라고 판단했기 때문일까? 필요 없으니 방치했다? 힘들게 입수했지만 도움이 되는 물건은 없을지도 모르겠네.

그래도 크롬 란세스가 무슨 생각을 했는지 알아낸다면, 그건 의미가 없지 않다고 본다.

거기다 우리나라 공학 스태프들이 흥미진진한 표정이기도 하고……. 또 당분간은 틀어박혀 지내게 될 것 같아.

만약 상대편의 '금색' 왕관이 크롬 란세스에 관한 연구 정보를 가지고 있다고 한다면, 그 키클롭스 개발에도 그 정보를 활용했을지 모른다.

에르카 기사와 교수는 자신들과 같은 5대 고렘 마이스터의 한 명인 '지휘자'^(마에스트로)의 관여를 의심했는데, 그 사람에 이어 크롬 란셰스의 기술까지 더해진다면 언젠가 엄청난 물건을 만들 수도 있으니 좀 불안하다……

물론 어떤 물건이 만들어지든 전부 물리칠 거지만.

그렇듯 새롭게 결의를 다진 내 가슴에서, 품에 넣어둔 스마트폰이 진동하며 연락이 왔음을 알렸다.

응? 사쿠라한테서?

"네. 여보세요?"

《임금님. 바로 돌아와. 하늘에 구멍이 뚫렸어.》

엥? 하늘에 구멍? 무슨 소릴 하는지……. 잠깐. 혹시 시공의 일그러짐인가?! 브륀힐드에?!

제노아스 사람들을 【게이트】로 본국으로 보내고, 곧장 우리도 브륀힐드로 돌아갔다.

이미 성에서는 기사단이 출동해 하늘에 뚫린 구멍을 경계하고 있었다. 프레임 기어도 몇 기 정도가 출동한 상태다.

브륀힐드 마을에서 불과 3킬로미터 떨어진 곳. 그 상공에 지름 3미터 정도의 검은 구멍이 떠올라 있었다.

주변이 일그러져 있어, 마치 천천히 회전하는 모습처럼 보였다. 파직파직, 하고 작은 방전 현상도 일어나고 있는 듯했다.

구멍의 중심은 새카만 공간이라 아무것도 보이지 않았다. 꼭 블랙홀 같아. 빨아들이는 구멍이 아니라 방출하는 구멍이지만.

"저게 시공의 일그러짐인가요……?"

"응. 시간과 공간을 뛰어넘어 이곳이 아닌 어딘가와 연결된 구멍이야."

하늘에 떠 있는 일그러진 구멍을 올려다보는 린제에게 내가 설명해 주었다. 이것도 토키에 할머니가 알려준 걸 그대로 말하고 있을 뿐이지만.

현재, 전 세계에서는 종종 이런 구멍이 생겨 소동이 벌어지고 있었다.

대부분은 그 구멍에서 튀어나온 마수에 의한 집단 폭주^{스탬피드} 때문이다. 하지만 츠바키 씨의 보고 중에는, 갑자기 대량의 물이 밀려나와 마을이 휩쓸렸다는 정보도 있었다.

그건 과거 세계의 바다나 호수가 연결된 탓이겠지.

"저건 없앨 수 있나요?"

"토키에 할머니라면 순식간에 없앨 수 있지만…… 저 정도 크기라면 아무것도 안 해도 세계의 복원력으로 곧 사라진다나 봐. 그 이전에 무언가가 튀어나오지 않는다면 문제없지 않을까?"

린제의 의문에 대답하면서, 나는 드디어 우리 나라에도 나타났다는 생각에 조금 초조함을 느꼈다.

확인되지 않았을 뿐, 이런 일그러짐으로 인한 구멍은 전 세계에서 꽤 많이 생겼으리라 추측된다. 아무런 현상도 없이 자연히 소멸되었을 뿐.

이 구멍도 그렇게 된다면 좋겠는데……. 그런데 사라진다면 얼마 후에 사라지지? 하루? 사흘? 계속 이곳에 기사단이 머무는 것도 좀…….

"달링. 저 구멍 주변에 미리【프리즌】을 펼쳐 두는 건 어떨까? 뭔가가 튀어나와도 피해를 막을 수 있지 않을까?"

"아, 그러네. 그런 수가 있었구나."

린의 제안에 나는 주먹으로 손바닥을 툭 하고 두드렸다. 그래. 맞아. 미리【프리즌】결계를 펼쳐 두면 아무 일도…….

"……그런데 늦었나 보네."

"뭐?"

【프리즌】을 펼치려고 하는데, 차원의 구멍이 흐물거리며 일그러지더니 그 안에서 낯익은 뭔가가 공중에서 잇달아 튀쳐나왔다.

'그것'은 반짝반짝 빛을 반사하면서 우리의 머리 위를 선회했다.

"아니……! 저건?!!"

"프레이즈!!!"

태양빛을 받아 반짝이는 저 수정 몸체를 잘못 볼 리가 없다. 상어 모양을 한 프레이즈가 수십 마리, 공중을 천천히 헤엄치고 있었다.

◇ ◇ ◇

 빛을 받아 반짝이는 수정 몸체. 그리고 그 안에 비쳐 보이는 붉고 둥근 핵.

 잘못 볼 리가 없는 프레이즈가 우리의 머리 위를 천천히 선회했다.

 형태는 상어. 숫자는 네 마리. 버스 정도의 크기니까 중급종인가?

 "어째서 프레이즈가?! 프레이즈는 사신이 전부 변이종으로 바꿔 버렸던 거 아니었나요?"

 "아니. 그건 이 세계에 와 있던 일부분에 지나지 않아. 프레이즈의 세계……'결정계'에는 아직 프레이즈가 멀쩡히 남아 있을 거야."

 놀라는 린제와는 달리 린은 냉정한 목소리로 그렇게 말했다.

 린의 말대로 이 세계에 온 프레이즈는 '결정계'에 있는 프레이즈에 비하면 극히 일부라 보면 된다. 프레이즈라는 종족 전부가 변이종이 되지는 않았다. 딱히 멸종된 것은 아니다.

 "하지만 저 프레이즈는 차원의 틈새에서 세계의 결계를 깨고 이 세계에 온 게 아니라, 시공의 일그러짐에서 나온 개체야. 지금까지의 절멸종과 마찬가지로 과거 세계에서 이 시대로 오게 된 개체가 아닐까?"

그렇구나. 즉, 5000년 전의 프레이즈 대침공 시대에서 이 시대로 끌려왔다는 말인가. 뭐야, 대체. 그렇게 딱 맞춰서 이 시대랑 연결되는 이유가 뭐냐고?!

아, 아닌가? 예전에 우리랑 싸웠던 시간일 가능성도 있구나.

"토야 오빠. 저 프레이즈, 뭔가 이상하지 않나요?"

"응?"

유미나의 말을 듣고 다시 하늘을 선회하는 상어 프레이즈를 올려다보았다. 특별히 별달라 보이진 않는데……. 변이종으로 변한 모습도 아닌 것 같고…….

"우리가 눈앞에 있는데도 공격을 시도하지 않고 있어."

"아."

듣고 보니 그렇다. 프레이즈는 무작정 인류를 습격했었는데.

원래 프레이즈의 목적은……. 아.

"괜찮아요. 저들이 이곳을 공격하는 일은 벌어지지 않을 거예요."

머리에 떠오른 인물의 목소리가 들려 돌아보니, 그곳에는 네이, 리세, 리이르와 함께 온 아리스 그리고 프레이즈의 '왕', 메르가 있었다.

자세히 보니 저 멀리 나무 그늘에는 엔데도 있네. 리이르가 있어서 다가오지 못하는 모양이다. 리이르 안에 잠든 메르의 남동생, '하르'의 의식이 겉으로 나오면 엔데를 눈엣가시처럼 여기니까…….

"메르가 막았어?"

메르는 프레이즈의 '왕'이었던 지배종이다. 당연히 그 지배 하에 있던 중급종이 거역할 수 있을 리가 없다.

"아니요. 저와 네이, 리세의 '향명음'은 토야 씨의 【프리즌】으로 봉인되어 있으니까요. 저들은 아리스의 향명음에 반응하고 있는 것으로 보여요."

아리스의 향명음? 메르의 말대로 아리스의 향명음은 봉인되어 있지 않지만…….

그러고 보니 나한테는 들리지 않지만, 아리스의 향명음은 메르의 향명음과 많이 닮았다고 엔데가 그랬었다.

"그러면 뭐야? 쟤네들은 아리스가 프레이즈의 '왕'인가 아닌가 몰라서 갈피를 잡지 못하고 있다는 거야?"

"네. 간단히 말하면 그렇겠군요."

하늘을 올려다보니 정말로 상어형 프레이즈는 어디로 가지도 않고 그 주변을 빙빙 맴돌기만 했다. 마치 주인을 잃고 헤매는 강아지 같다.

"아리스, 불러보면 어떨까요?"

"으~음. 어쩌면 좋을지 잘 모르겠지만……. 얘들아~. 이리로 와~!"

쿠온의 제안에 따라 아리스가 외치자, 네 마리 모두 스르르 공중을 헤엄치듯이 아리스한테로 모여들었다.

정말 괜찮나? 지금까지 겪었던 일들이 있으니, 아무래도 경계를 할 수밖에 없었다.

하지만 상어형 프레이즈는 공격할 낌새도 보이지 않은 채, 천천히 아리스가 있는 상공을 선회하기만 했다. 착각인지는 몰라도 조금 전에 어슬렁거리던 때보다도 헤엄치는 속도가 빨라, 마치 기뻐하는 모습처럼도 보였다.

옆에 있던 네이가 아리스에게 뭔가 바람을 불어넣고 있는 듯했다.

"정렬!"

아리스가 외치자, 척, 척, 척 척, 하고 상어형 프레이즈가 공중에서 횡렬로 딱 정렬했다.

"위로!"

슈웅! 하고 엄청난 속도로 프레이즈들이 상승했다.

"아래로!"

이번엔 쌔앵! 하고 하강.

"빙글 돌아 직립!"

상어형 프레이즈는 지상에 닿을 듯 말 듯 빙글 1회전 하더니, 척! 하고 아리스의 명령대로 꼬리지느러미를 아래로 내리며 직립했다.

무심코 오오…… 하고 감탄하며 주변의 구경꾼들이 박수를 보냈다. 뭐지? 꼭 수족관의 돌고래쇼 같잖아.

"음. 틀림없이 아리스를 '왕'으로 인식하고 있군. 이제 괜찮다. 이자들은 아리스의 명령 없이 사람을 습격하는 짓은 하지 않아."

네이의 말을 듣고 우리는 맥이 빠진 듯 긴장이 확 풀렸다. 프레이즈를 지배하는 지배종이 하는 말이니 정말 괜찮은 거겠지.

아리스는 다가온 상어형 프레이즈를 웃으며 쓰다듬어 주었다. 정말로 애완동물 같네······.

"리이르도 한번 만져 봐! 귀여워!"

"어······? 으, 응······."

귀여워? 반짝거리는 예쁘다고 하면 이해되지만, 어딜 봐야 귀엽다는 말이 나오는 건지······.

아리스의 제안에 리이르도 상어형 프레이즈에 손을 대보았다. 날뛰는 일 없이 쓰다듬는 대로 가만히 있는 프레이즈의 모습은 어쩐지 굉장히 어색했다.

그러고 보니 리이르는 메르의 남동생이자, 현재의 '왕'인 하르와 같은 향명음을 지녔었지? 그러면 잘 따른다고 해도 이상할 일은 없나?

프레이즈의 '왕'과 인연이 있는 두 사람은 괜찮겠지만, 일반인은 어떨까? 그런 의문을 품었는데, 쿠온와 스테프가 이미 아리스, 리이르와 함께 아무렇지 않다는 듯 프레이즈를 쓰다듬고 있었다.

우리 아이들은 경계심이 너무 없어 문제야. 어차피 중급종 정도가 뭘 어쩌든 저 두 사람한테는 당해내지 못하겠지만.

"토야 씨, 구멍이……!"

"어?"

린제의 말을 듣고 상공을 올려다보니, 시공의 일그러짐으로 인해 열려 있던 구멍이 서서히 작아지는 중이었다.

회전하면서 작아졌던 구멍은 이윽고, 파직, 하고 작은 불꽃을 남기며 완벽히 사라져 버렸다.

후우. 다행히 큰 소동이 벌어지지 않고 끝났다.

만약 이게 다른 마을에서 열렸다면, 그 마을 사람들은 프레이즈에게 습격을 받았을지도……. 어쩌면 세계의 어디에 나타나더라도 아리스나 리이르의 향명음에 이끌려 곧장 우리나라로 왔을지도 모른다.

그런 점을 본다면, 차원의 일그러짐이 이곳에 나타난 것도 과연 우연일지 어떨지 과연……. 출현 장소가 시간의 흐름에 말려든 자들의 의지에 따라 좌우되는 일도 있을까?

"그런데…… 저거 어쩔 거야?"

"음……. 어쩌면 좋지?"

린이 아이들과 노는(?) 프레이즈를 보면서 물었다.

이 세계에서 프레이즈가 날뛰었던 기억은 아직 그리 오래되지 않았다. 그런 프레이즈를 데리고 다니면 마을 사람들이 공포에 휩싸이는 건 아닐지…….

그런 염려를 메르에게 전달하자.

"아, 그거라면 괜찮아요. 우리 지배종은 부하 프레이즈를 별개의 공간에서 기를 수 있으니까요."

……라는 대답이 돌아왔다. 저기요, 키운다니 그건 좀.

"이렇게 말하면 오해를 부를 수 있을지 모른다만, 우리 지배종에게 지배종 미만의 프레이즈들은 지배하는 종, 더 심하게 말하면 도구에 지나지 않아. 이 세계의 애완동물이나 가축과 다름없지."

네이가 그렇게 설명했지만, 애완동물은 가축도 도구가 아니거든?

그러고 보니 기라가 별개의 공간에서 하급종을 불러냈었던가? 지배종이 다른 프레이즈를 수납하거나 도구처럼 다룬다는 말은 정말인 듯했다.

아리스를 보고 있으면 전혀 그런 느낌이 들지 않지만.

물론 아리스는 여러 가지로 진짜 지배종과는 조금 다르긴 하다.

"엄마. 얘네들, 타보고 싶은데 타봐도 돼?"

"괜찮지만, 마을 위를 날아다니지는 말렴."

메르가 허가하자마자, 아리스가 상어형 프레이즈 위에 올라탔다. 리이르도 쿠온도 끌어올려 주고 있다. 스테프는 스스로 올라탔네. 제발 경계 좀 하라니까…….

"스테프, 혹시 모르니 【프리즌】을 주변에 전개해 둬."

"알았어!"

내 조언에 따라 아이들이 탄 프레이즈에 【프리즌】을 펼쳐 두었다. 저렇게 해 두면 프레이즈의 등에서 떨어져도 【프리즌】이 있으니 지상에 떨어지는 일을 방지할 수 있다. 투명한 상자가 통째로 하늘을 날고 있다 보면 된다.

"다녀오겠습니다~!"

힘찬 목소리를 남기고 아리스와 아이들이 하늘로 날아올랐다. 프레이즈를 타는 놀이기구 취급인가. 롤러코스터 같은 어트랙션쯤으로 생각하는지도 모른다.

"어떻게 보면 중급종이라 다행인지도 몰라. 만약 5000년 전 세계에서 지배종이 이 시대로 왔다면 처리하기가 힘들었을 거야."

하늘을 올려다보면서 중얼거리는 린의 말을 듣고, 나는 분명 그렇게 됐다면 귀찮았을 거란 생각을 했다.

"5000년 전에 사라진 지배종은 없지……?"

나는 네이에게 확인하듯이 물어보았다.

"아니. 몇 명인가 사라졌다. 갑자기 향명음이 들리지 않아서 죽었다고 생각했는데……. 그런가, 이 세계로 왔을 가능성도 있나."

잠깐. 정말 그럴 가능성이 있다고?!

"아니. 지배종 중 몇 명인가는 고대 마법 왕국 시대의 영웅과 싸우다 동시에 서로 큰 타격을 받았었으니, 죽었다고 해도 꼭 틀린 말은 아닐 거야."

네이의 말을 듣고 미간을 찌푸리는데 박사가 그 말을 부정하며 말했다.

얘기를 들어 보니, 그 당시 나라의 영웅은 거의 자폭 수준의 공격으로 지배종과 무승부를 끌어냈다고 한다. 그래서 지금의 유론 지방의 일부 해안선이 통째로 파였다는 모양이다. 대체 어떤 자폭 마법을 썼길래…….

그보다도 그렇게까지 하지 않아선 지배종을 해치울 수 없었다는 건가.

프레이즈, 더 나아가서 지배종에게는 마법이 통하지 않는다. 그러니까 고대 마법 왕국은 손쓸 방법이 없었던 거겠지만.

그래서 마법이 아닌 다른 방법을 사용했던 걸까?

"그때 죽은 지배종은 몇 명인데?"

"세 명이군. 모두 젊고 건방진 자들이었다."

내 질문에 네이가 내뱉듯이 대답했다. 그다지 좋은 감정은 없나 보네.

얘네들은 동료 의식으로 연결되어 있지 않았으니까. 네이하고는 마음이 안 맞는 자들이었겠지. 네이야 뭐, 리세 이외에는 모든 사람과 마음이 안 맞았던 모양이지만.

그렇다면…… 5000년 전에 이 세계를 습격한 지배종은 유라, 기라, 네이, 리세, 레트와 루트 +3명인가?

"내가 듣기로 해치운 건 두 명이었어. 숫자가 맞지 않는군."

"어어? 그 말은……."

"아니. 그 당시는 정말 난리도 아니었으니까. 다른 나라와 전혀 연락이 안 되는 상태였지. 거의 모든 나라가 괴멸됐으니……. 그러니까 내가 모르는 곳에서 해치웠다 해도 이상하지 않아."

세계가 멸망하기 직전까지 갔었다. 정보가 들어오지 않는다 해도 이상하지 않아. 과연 세 번째 사람은 정말로 격퇴됐을지, 아니면…….

"흥. 그자들 중 누가 오든 우리한테는 당해내지 못해. 따른다면 받아들이지만, 따르지 않는다면 박살을 내주면 그만이다."

"메르한테 따를 가능성은?"

"따를 가능성은 없을 거야. 항상 기라랑 어울려 다녔으니까."

네이의 말을 듣고 약간의 광명을 느꼈던 것도 잠시, 리세의 말을 듣고 나는 어깨를 축 늘어뜨렸다.

기라랑 어울려 다녔다니. 그래선 가망이 없잖아. 왠지 말이 통할 만한 상대가 아닐 것 같아.

내가 그런 염려를 하는지 모르는지, 공중의 저편에서는 상어형 프레이즈가 빙글 공중제비를 넘고 있었다.

아리스 쟤도 참. 곡예 같은 움직임을……. 스테프는 즐거워 보이지만, 쿠온이랑 리이르는 어울려 줘야 하니 힘들겠어.

　그래도 이번 일로 어떻게 과거에서 마수들이 오게 되는지 잘 알게 됐다. 이게 전 세계에서 다발하고 있다면, 일이 아주 귀찮아졌는걸?

　시공의 일그러짐에서 아무것도 나오지 않는 일도 있겠지만, 토키에 할머니의 이야기에 따르면 움직이는 물건 근처에 열리는 경우가 많다고 하니까.

　그게 작은 동물이거나 벌레라면 문제없겠지만…….

　큰 일그러짐이나 타임 터널이 될 법한 구멍은 토키에 할머니가 막아 주니, 작은 구멍을 최대한 대처하려고 한다.

　"토키에 할머니가 이 시공의 일그러짐은 차원진의 영향이 아니라, 사신의 사도가 의도적으로 일으키고 있다고 했는데……."

　그렇다면 시공에 간섭할 수 있는 능력, 또는 그러한 능력을 가진 도구가 상대편한테는 있다는 말이겠지?

　혹시 그건가? 상대편이 소유한 '금색' 왕관의 지식으로 '검은색' 왕관의 왕관 능력_{크라운스킬} 같은 걸 쓸 수 있는 도구를 만들었다든가?

　시공을 조종하는 '검은색'의 왕관 능력_{크라운스킬}을 사용하면, 이론상으로는 세계를 뛰어넘거나 시간을 이동하는 일도 가능하다고 한다.

　단, 그러기 위해서는 어마어마한 대가를 치러야 해서, 크롬 란세스가 세계를 넘어왔을 때는 노인에서 소년이 될 정도로 젊어졌다고 한다.

만약 그걸 장수종, 이를테면 엘프나 요정족이 사용하면 어떻게 되는 걸까? 마음껏 쓸 수는 없겠지만, 몇 번 정도는 시간 이동도 가능하고 그럴까?

아니면 평생의 몇 퍼센트 비율이 적용되는 것처럼, 엘프라도 확 젊어지고 그러는 걸까? 당연히 그걸 넘어서면 아무리 엘프라도 태아 이전까지 젊어져 죽을지도 모르지만.

시간에 간섭하는 마법은 고도의 마법이라, 쉽게 자유자재로 사용할 수는 없지만, 한정적으로 사용하는 정도라면 가능할지도 모르니……. 내가 【액셀】을 쓸 수 있는 것처럼.

【액셀】 사용에 익숙해지면, 주위의 시간의 움직임이 느리게 느껴진다. 그와 동시에 사고의 스피드도 빨라진다. 이건 '시간'을 약간이나마 조작하고 있다고도 할 수 있다. 물론, 이건 나만의 시간에만 적용되는 거지만.

앗, 그리고 【이공간 전이】가 있었구나. 그건 세계를 뛰어넘을 수 있을 뿐만 아니라, 숙련되면 시간도 얼마간은 자유롭게 넘어갈 수 있다고 한다.

지금의 나는 아직 쓰기 어렵지만…….

조금 하고 싶은 일이 있는데, 아이들이 미래로 돌아가게 되면, 그 이전에 【이공간 전이】를 사용해 지구에 있는 우리 아빠, 엄마와 아이들을 만나게 해주고 싶었다. 손주들의 얼굴을 볼 수 있도록.

벌써 손주가 생겼냐며 놀랄지도 모르지만……. 이것도 일종의 효도가 아닐까 해서.

내 여동생 후유카는 많이 컸을까? 아직 1년도 안 지났으니 크게 변하지는 않았으려나? 하지만 아기의 성장은 빠르다고 하니까……. 엉금엉금 기어 다닐 수는 있게 됐을까?

여동생의 성장을 확인하기 위해서도, 얼른 사신의 사도를 해치워야겠어. 아이들과 헤어진다고 생각하니 섭섭하지만…….

"다녀오겠습니다~!"

상어형 프레이즈의 등에 타고 쿠온과 아리스, 리이르, 스테프, 린네, 프레이가 성의 안뜰에서 하늘 높이 날아올랐다.

어느덧 상어형 프레이즈는 아리스와 친구들의 자동차 취급을 받고 있었다. 아니지, 기계가 아니니까 말 취급이라 해야 하나?

메르에게 마을 상공을 날아선 안 된다는 말을 들은 아리스는 마을 사람들에게 '위험하지 않아요' 라는 사실을 주지시키기 위해, 상어형 프레이즈를 옆에 데리고 마을을 걸어 다녔다.

처음에는 겁을 먹었던 사람들도 조금씩 익숙해져, 지금은 신경을 쓰지 않는 정도를 넘어서 아이들이 '태워줘~!' 하고 말할 만큼 나름의 인기까지 얻게 됐다.

전혀 위험하지 않다곤 할 수 없으니, 아이들을 태울 때는 초저공 비행(50센티미터 정도)만 하라고 일러두었다.

어느새 쿤이【모델링】으로 상어형 프레이즈의 등에 좌석 같은 것까지 만들어 장착해 뒀는데…… 장착해 둬도 되나?

이름도 지었는지, 진, 테킬라, 럼, 보드카……라고 한다. 이건 누가 봐도 술에 취한 술의 신이 일러 준 이름이잖아.

세계 4대 스피리츠였나? 꼭 무슨 암살자 같은 이름인데…… 어차피 상어도 프레이즈도 큰 차이 없다고 볼 수 있을까?

그러는 중에 박사가 나를 호출했다. 크롬 란셰스의 연구소에서 발견된 물건을 조사하다 새로운 사실을 알게 되었다면서.

'연구소'에 들어가 보니, 바빌론 박사, 에르카 기사, 교수^{프로페서}가 날 기다리는 중이었다.

커다란 테이블 위에는 원통형 유리 용기가 놓여 있었다. 폴리에틸렌 양동이 정도 크기로, 안에는 멜론소다 같은 녹색 액체가 가득했다.

그리고 그 액체 안에는 황금 부품 하나가 둥실 떠 있었다.

"이건 그거지? 우리가 주웠던 여분의 골드 부품."

"여분의 부품인지는 모르겠지만, 동일한 소재로 만든 부품이긴 하겠지. 꽤 오래전부터 혹시나 하고 생각했는데, 역시나 이건 마법 생물인가 봐."

마법 생물? 이 금색 금속이? 가고일이나 메탈골렘처럼 돌이나 금속 물질로 된 마법 생물도 있으니 말이 안 되진 않지만…….

"골드의 장갑은 오레이칼코스의 특성을 띤 슬라임과 비슷하다고 할 수 있어. 어떤 형태로도 변화할 수 있고 튼튼하고, 그러면서도 탄성이 있지."

"슬라임? 전에 말했던 오레이칼코스 슬라임 말이야?"

슬라임은 고대의 마법 생물로 다양한 특성이 있다. 세계에는 다종다양한 슬라임이 있는데, 아주 짧은 기간에 진화하기 때문이다.

용암 지대에 있는 마그마 슬라임, 해안부에 사는 마린 슬라임처럼 환경에 따라 진화하기도 하고, 슬러지 슬라임이나 메탈 슬라임처럼 무엇을 섭취하는가에 따라 진화도 달라진다.

또한 다루기 쉬워 마법사나 연금술사가 새로운 슬라임을 만들어 내는 경우도 많다. 그런 슬라임은 보통 어떤 문제를 일으키는 원인이 되곤 하지만.

우리도 그러한 슬라임에 피해를 보았던 경험이 있다. 여성의 가슴에 들러붙는 바스트 슬라임이라든가, 인간의 머리에 떨어지길 좋아하는 놋대야 슬라임이라든가…….

"슬라임이긴 해도 이건 자유의지가 없어. '이 형태로 머물러라'라는 윗선의 명령을 계속 따르고 있을 뿐이지."

"그게 무슨 소리야? 그래선 노예나 도구 같잖아."

"마법 생물이란 원래 그런 거야. 주인을 섬기도록 만들어진 존재. 골렘이나 가고일을 보면 알잖아?"

으. 박사의 말대로, 마법 생물이란 원래 그렇다. 그런데 슬라임은 비교적 자유롭게 움직이니 마수랑 비슷하다고 착각하게 된다.

"실버의 말로는, 크롬 란셰스는 '왕관'의 대가를 마법 생물이 대신하는 실험을 했다더군. 다만, 마법 생물에는 대가를 받아들일 만한 그릇이 없다는 걸 깨닫게 됐어. 그럼 어떻게 할 것인가? 토야, 양동이에 가득 들어간 물을 작은 컵으로 다 받아내려면 어떻게 해야 할까?"

"뭐? 음……. 몇 번인가 나눠서 받는다? 아, 컵을 많이 준비해서 받는다?"

"맞아. 즉, 그런 거야."

참 나, 뭐가 즉 그런 건데?!

이런 경우, 양동이의 물이 '왕관'의 대가고, 컵이 마법 생물인가? 컵에 따르는 물을 몇 번인가 나누는 건 매번 컵에 들어간 물을 활용하든 처리하든 해야 하니 아니겠구나.

컵을 많이 준비해서 하나씩 따라 받아낸다……. 컵을 많이?!

"여러 마법 생물로 대가를 치르게 한다는 말이야?"

"그래. 원래 고렘의 계약자^{마스터}는 한 명이야. 여러 인간이 대가를 분산해 받을 수는 없지. 그렇지만 주종 계약을 맺은 마법 생물이 대가를 치르게 하는 시도는 실버로 성공했어. 그렇다면 여러 마법 생물, 그것도 숫자가 매우 많은 마법 생물을 이용한다면 어떨까? 그 대답이 이 슬라임이야.”

뭐야, 그러면 여러 슬라임한테 ‘왕관 능력’^{고렘 스킬}의 대가를 치르게 했다는 말이야?

골드의 기체를 만드는 장갑 하나하나가 오레이칼코스 슬라임이라고?

“빅슬라임이라는 종은 알고 있지? 빅슬라임은 얼핏 보면 거대한 하나의 슬라임이지만, 사실은 몇십 마리나 되는 슬라임이 융합한 군체 슬라임이지. 그리고 이 오레이칼코스 슬라임도 그런 군체야.”

“정말?! 이 부품이 몇 마리나 되는 슬라임이 모여 있는 거라고?!”

나는 녹색 액체에 떠 있는 황금색 어깨 부품을 바라보았다. 이렇게 작은 부품인데, 몇 마리나 모여 형성되어 있다고……? 난 그냥 이게 한 마리인 줄 알았는데. 작은 슬라임이라면 불가능하지 않은 걸까?

“이거 하나에 슬라임 몇 마리야?”

“슬라임의 핵은 한 마리에 하나. 이 부품에도 핵이 있지. 분석 결과, 이 부품만으로도 3억 개 정도의 핵이 포함되어 있었어.”

“사, 삼……!!!”

그 엄청난 숫자에 말문이 막혔다. 이 어깨의 부품만으로도 3억 마리나 되는 슬라임이 모여 있다고?!

그 정도라면 이미 세포라 불러도 괜찮지 않을까?

마법 생물의 군체 금속. 크롬 란셰스가 다다른 그 대답이, 녹색의 액체 안에서 수상한 빛을 발하고 있었다.

◇ ◇ ◇

이 작은 부품이 3억 마리나 되는 슬라임으로 이루어졌다니 도저히 믿을 수 없었다.

아무리 봐도 금속이고, 슬라임 같은 느낌이 전혀 들지 않는다. 그렇지만 메탈 슬라임 계열의 슬라임이라면 금속 같은 경도여도 이상하지 않고, 무언가로 의태하는 슬라임도 꽤 많이 존재한다.

박사의 말대로 빅슬라임 같은 군체 슬라임에 오레아칼코스의 특성을 지니게 만들면, 이런 부품으로 의태하는 것도 가능할지 모른다.

"이건 흩어져서 작은 슬라임으로 돌아가기도 해?"

"아니. 이미 그것 하나로 결합하였으니 원래 개체로 돌아갈 수는 없어. 단지 살아 있을 뿐인 마법 생물이지."

살아 있다고? 이게? 움직이지도 않고, 자신의 의지를 나타내지도 못하는 상태인데. 나는 형용할 수 없는 두려움을 느꼈다.

옛날에 봤던 SF영화에서 비슷한 느낌을 받은 적이 있다.

그 영화 속에서 인간들은 그 세계를 지배하는 기계에게 전력을 공급하기 위해서 살아 있었다.

인간들은 가상 공간 안에서 현실 세계를 살아간다고 인식하고 있고 평생 진실을 깨닫지 못하고 생을 마감한다.

과연 그게 행복한 일일까? 이 부품이 되어 버린 슬라임들은 어떻게 생각하고 있을까.

"물론 살아 있으니 원시적인 삶의 욕구는 있어. 살아가기 위한 먹이…… 이 경우에는 마력인데, 공기 중의 마소를 흡수해 살아가고 있지. 그러니까 완전히 마소를 차단할 수 있는 곳, 이를테면 토야의【프리즌】에 봉인하면 몇 년 안에 붕괴해 버릴 거야."

잡다한 생각을 하던 나에게, 박사가 설명해 주었다. 그렇구나. 살아 있으니, 음식을 끊으면 죽는다. 당연한 일이야.

"그런데 5000년이나 살다니 대단하네."

"그거야 마법 생물이니까. 셰스카랑 비슷하다고 할 수 있지."

'정원'의 관리자인 셰스카는 몇 번인가 동면 상태가 됐다던데, 그것과 비슷하다라……

박사도 사실 몸은 마법 생물이었지? 뇌는 그대로라고 하니까 셰스카 같은 아이들보다는 단명하겠지만, 그래도 몇천 년

단위로 살 수 있다고 한다.

아휴. 얘랑 몇천 년이랑 어울려야 하는 건가.

"왜 그러지? 날 빤히 쳐다보고……. 드디어 바람을 피울 생각이 들었어? 나는 언제든 준비가 되어 있지만, 조금쯤은 무드를 생각해서……."

"그래서 이 오레이칼코스 슬라임? 이 슬라임은 왕관의 '대가'를 대신할 수 있어?"

부끄러운 듯이 몸을 비비 꼬며 한심한 소릴 꺼낸 박사를 무시하고, 나는 에르카 기사에게 설명을 요구했다.

"가능해 보여. 온몸을 다 따지면, 몇십, 몇백억이나 되는 생명체의 응집체니까. 충분히 대가를 지불할 수 있을 것 같아. 하지만 대가를 지불하면 그 슬라임들은 빈사 상태에 빠지거나 죽을 수도 있어. 계약자가 무사해도 '금색' 왕관은 무사하지 못할지도 몰라."

계약자가 지불해야 할 '대가'를 고렘이 대신한다는 말인가. 콘셉트는 '은색' 왕관 때와 같구나.

"자신의 이익을 위해 고렘을 희생하다니. 나는 그다지 좋아하지 않는 방식일세. 크롬 란셰스는 그렇게까지 해서라도 세계의 벽을 넘고 싶었던 거겠지만……."

교수가 골똘하게 생각을 하듯이 희고 긴 턱수염을 쓰다듬었다.

크롬 란셰스는 프레이즈의 습격을 받아 당장에 멸망할지도 모르는 세계에서 자신이 태어난 세계로 도망치려고 했다.

추측건대 그건 아내와 아이, 가족을 죽지 않게 할 수단이었 겠지만…….

나도 만약 세계가 멸망한다면 가족만이라도 지구로 이주시 키려고 하겠지. 그게 가능한 수단이 있다면, 어떻게 해서라도 성공시키려고 하는 태도는 크게 이상하다고는 할 수 없다.

"하나 신경 쓰이는 점이 있어. 토야. 바르 아르부스의 소형 탐사기가 '방주^{아크}'에 잠입했을 때 봤던 그 슬라임…… 글러트 니 슬라임을 기억해?"

"글러트니 슬라임? 아, 그 빨간 액체 상태였던 그거……?"

잠깐만. 글러트니 슬라임? 여기서 또 슬라임이 등장해? 이 게 과연 우연일까?

"글러트니 슬라임은 원래 폐기 처리용 슬라임이었어. 하지 만 지나치게 왕성한 식욕 탓에 일단 폭주하면 뭐든 먹고 흡수 해서 소국 하나를 통째로 집어삼킬 정도의 슬라임으로 진화 하지. 마법 생물로서 생에 대한 집착은 다른 슬라임을 훌쩍 능 가해. 이건 예상일 뿐이지만……."

"글러트니 슬라임을 오레이칼코스처럼 만들어 뭔가를 만들 려고 한다는 말이야?"

나라 하나를 집어삼킬 정도의 슬라임이다. 그 식욕은 상상 을 초월하겠지. 그런 슬라임이라면 '대가'를 지불하는 것도 가능할지 모른다.

"'금색' 왕관의 추가 장비를 만들려는 걸까? 왕관 능력을 ^{크라운스킬} 많이 쓸 수 있는 장비를."

"그럴 수도 있지. 글러트니 슬라임은 왕관 능력을 사용하기 ^{크라운스킬} 위한 마나 탱크 역할도 가능해 보여."

"흠. 정말 평범한 슬라임을 오레이칼코스로 만드는 것보다, 그 글러트니 슬라임을 사용해야 훨씬 질이 좋겠구먼. 그런데 그런 경우에는……."

서로 논의를 시작한 천재들 옆에서 황금 어깨 부품을 바라보니, 시간을 넘었던 크롬 란셰스의 집념이 고스란히 나에게 전달되는 듯했다.

안뜰에서 스테프와 노는 골드를 멀찍이서 바라보며 나는 뭐라 형용하기 힘든 기분을 맛보았다.

저게 슬라임 덩어리구나…….

당연히 몸 전체가 죄다 슬라임은 아니겠지만.

저 금속 장갑 부분만 슬라임이고, 내부 프레임은 평범한 소재일 것이다.

수많은 생명체가 깃들어 있는, 오레이칼코스의 특성을 지닌 장갑. 그건 계약자가 '왕관^{마 스 터}'의 대가를 치르지 않게 만드는 방패 기능을 한다.

즉, 스테프도 왕관^{크 라 운 스 킬} 능력을 쓸 수 있다는 말이었다.

다만 그때는 골드가 희생되는 거지만.

그런데 '금색' 왕관 자체에는 왕관^{크 라 운 스 킬} 능력이 없다고 골드는 말했다.

그렇다면 왕관^{크 라 운 스 킬} 능력을 발동하는 '별개의 무언가'가 필요할 텐데.

최근 벌어지고 있는 시공의 일그러짐…… 이건 역시 적의 수중에 있는 또 하나의 '금색' 왕관이 시공에 간섭하는 왕관^{크 라 운 스 킬} 능력을 사용하고 있기 때문이 아닐까……?

"심각한 표정을 짓고, 왜 그러는 겐가?"

내가 인상을 쓰고 낑낑거리며 고민하는데, 어느새 내 앞자리에 스우가 앉아 있었다.

"아니. 스테프랑 아이들을 무사히 미래로 보내주고 싶어서."

쿠온과 아리스, 리아르와 노는 스테프를 바라보면서, 나는 스우에게 그렇게 대답했다. 그러기 위해서는 사신의 사도를 어떻게 처리하는 수밖에 없다.

조금씩 놈들을 막는 포위망은 완성되고 있다. 중요한 고비 때 도망치지 못하도록, 이제부터는 더욱 신중하게 일을 진행해야 한다.

"나는 조금 불만이네. 스테프는 제일 마지막에 오지 않았는

가. 나도 모두와 마찬가지로 더 함께 있고 싶었으이."

그렇긴 하지만, 그것만큼은 어쩔 수 없다. 스테프가 스마트폰을 떨어뜨리지 않았다면 바로 데리러 갈 수 있었겠지만.

"미래로 돌려보내면 다음에는 언제 만날 수 있을지……. 태어나도 이곳에서 있었던 이야기를 하려면 또 5년을 더 기다려야 하지 않는가."

스우의 시선이 쿠온과 노는 스테프를 향했다.

제일 나이가 많은 야쿠모가 열한 살이다. 스테프는 다섯 살. 아무리 짧게 잡아도 스테프가 과거로 갔다가 미래로 돌아가는 시기는 10년 이상의 미래다.

그렇지만 미래의 우리는 바로 그 10년 이상의 시간을 기다렸다. 잘 돌려보내야만 한다.

"그때 많은 이야기를 나눌 수 있게끔, 지금 더 많은 추억을 만들어 둬야겠는걸?"

"바로 그걸세! 나도 더 스테프와 놀겠네! 그리고 어른이 되어 스테프가 과거에서 돌아왔을 때, 잔뜩, 잔뜩 즐거운 이야기를 할 걸세!"

그렇게 말을 하고는 스우가 벌떡 일어서 스테프가 있는 곳으로 달려갔다. 두 사람은 나이 차이가 열 살도 나지 않으니, 정말 모녀라기보다는 나이 차이가 나는 자매처럼 보인다.

"'무장^{이 쿱}'!"

헉?!

스테프와 이야기하던 스우가 자신의 스마트폰을 하늘로 치켜들고는 빛에 휩싸이며 노란색 전투복 차림으로 변신했다.

"우와아~! 역시 멋있어!"

"그러냐. 역시 멋있지?"

반짝반짝 눈부신 미소를 보내는 딸을 보고, 허리에 손을 대며 당당하게 서서 가슴을 내미는 어머니. 정말 그래도 되겠어……?

뒤에 있는 쿠온이 곤란하다는 듯이 미소를 짓고 있는데. 어? 아리스랑 리이르는 스테프처럼 눈을 반짝반짝 빛내고 있잖아.

저 또래의 아이들은 원래 변신하는 모습을 동경해도 이상할 게 없나……?

이렇게 말하는 나도 어렸을 적에는 변신 벨트를 가지고 놀았던 기억이 있다.

남자아이는 특촬 히어로, 여자아이는 마법 소녀를 동경하는 건 아주 일반적인 일인가? 그런데 저 아이들은 TV를 보지도 않았을 텐데……. 아니지. 미래에서 그런 방송이나 영화를 내가 보여줬나?

우리 딸들은 사실 지금도 모두 마법 소녀인데……. 변신은 하지 않지만.

"변신하고자 하는 갈망은 누구나 지니고 있어요."

"우와앗?! 깜짝이야!"

어느새 내 옆에 린제가 서 있었다. 하느님 패밀리에게는 자주

당하는 일이지만, 설마 린제한테 이런 일을 당하게 될 줄이야.

우리 아내들은 모두 아무렇지 않게 기척을 차단할 수 있으니 무섭다. 그보다 방금 내 마음 읽지 않았어?

"평소와 다른 자신이 되고 싶다, 동경하는 저 사람과 같은 차림을 하고 싶다……. 그런 갈망을 지니는 건 전혀 이상한 일이 아니에요. 겉모습을 바꾸고 화장을 해서 성격과 마음을 긍정적으로, 더 나아가서는 인생을 긍정적으로 만들 수도 있어요."

"혹시……. 코스프레 잡지라도 읽었어?"

열변을 토하는 린제를 보고, 전에 지구에서 가져온 책 중에 그런 종류의 책이 있었다는 사실이 기억났다.

여러 의상을 만드는 린제지만, 요즘에는 애니메이션이나 만화에 등장하는 의상을 만드는 일도 늘어났다.

이 세계 자체가 원래 판타지라 그런지 보통은 그런 의상을 별 위화감 없이 받아들였다.

애니메이션이나 게임 캐릭터의 의상보다도, 여기서는 오히려 여성 경찰관이나 회사원의 유니폼이 더 코스프레처럼 보일 정도다. 그런 사람은 나뿐이겠지만.

"아이들이 그런 긍정적인 마음을 가졌으면 좋겠어요. 그래서 말인데요. 이걸 보세요."

"와아! 대단해!! 잘 그렸어!!"

린제가 내민 스케치북에는 아이들의 의상 디자인이 그려져 있었다.

정말 깜짝 놀랄 만큼 그림을 잘 그린다. 린제, 이렇게 그림을 잘 그렸었나?!

이런 말을 하면 풀이 죽겠지만, 만화가인 우리 아빠보다 더 잘 그리는 것 같았다.

이 세계의 그림은 실사화에 가까운 게 많은데, 린제의 그림체는 만화나 일러스트에 가까웠다. 이건 분명 지구의, 정확히는 일본의? 만화나 일러스트의 영향을 받은 듯했다.

나와 만나기 전까지 린제는 그림을 그려본 적이 없다고 했으니, 불과 몇 년 만에 이만큼 그림을 그리게 됐다는 말이잖아? 천재 아닌가?

스케치북에는 이른바 마법 소녀 같은 일러스트가 몇 가지 패턴에 따라 그려져 있었다. 정말 대단해…….

"바빌론 박사가 만든 시스템을 사용하면, 정말로 변신할 수 있어요. 미래로 돌아가는 아이들에게 이걸 만들어 주고 싶어서요."

그야, 너희의 전투복처럼 변신은 할 수 있겠지만…….

굳이 이 옷을 입어야 할 이유는? 강화복도 아니잖아? 그렇다고 정체를 숨기기 위한 옷도 아니고. 그리고 꼭 변신 시스템이 필요해? 그냥 옷을 갈아입으면 되지 않아?

"이 옷을 입은 아이들을 보고 싶지 않으세요?"

"보고 싶습니다."

린제의 말에 즉시 대답하는 나. 그런 모습을 보고 싶지 않을

리가 없잖아. 스케치에 등장하는 옷은 모두 귀여웠다. 우리 아이들한테 무척 잘 어울리리라 생각한다.

린제가 스케치북에 그린 옷 중에 하나를 가리켰다.

"먼저 이 디자인으로 아홉 명의 의상을 만들게요. 세부적인 디자인은 조금 더 수정해야 하지만요."

"어? 잠깐만. 아홉 명?"

아홉 명이면 쿠온도? 이거, 마법 소녀 코스튬이잖아.

"괜찮아요. 쿠온이라면 가능해요."

"아니아니아니! 그건 좀 봐주자!"

쿠온은 물론 어머니인 유미나를 닮아서 여자아이 같은 얼굴이긴 하지만!

어리다곤 해도 남자아이. 여자아이의 옷을 입기는 부끄럽다고 생각하겠지. 이 아빠는 다 알아.

"제일 중요한 점은 '어울리는가, 아닌가' 예요. 남자아이인가 여자아이인가…… 그건 사소한 문제일 뿐이고요. 지구의 책에도 '낭자애' 라고 있잖아요."

으, 어쩐다. 린제의 눈은 진심이다. 여기서 내가 버티지 않는다면 쿠온이 여자아이 옷을 입게 된다. 아들의 유소년기에 이상한 트라우마를 심어 줄 수는……!

아니지? 쿠온이 바란다면 괜찮을까? 여장 취미……까지는 아니어도, 남자아이가 귀여운 옷을 입고 싶다고 해도 그것 자체는 이상한 일이 아니다.

만약 그렇다면 이해심 있는 부모가 되어야만 한다. 본인에게 확인한 다음에 판단하자.

스테프와 놀고 있던 쿠온을 불렀다.

"이런 옷인데, 쿠온은 입어 보고 싶어?"

"입고 싶지 않아요."

오우. 단칼에.

언짢은 표정을 지으며 대답한 쿠온이었지만, 린제는 설득을 시도했다.

"이 옷을 입은 쿠온은 아주 귀여울 거예요!"

"옷은 귀엽지만, 전 입고 싶지 않습니다."

"유미나 씨도 기뻐할걸요? 이것도 효도라 생각하고……!"

"어머니라면 틀림없이 기뻐하시겠지만, 저는 입고 싶지 않아요."

린제의 필사적인 설득에도 쿠온은 자신의 특기인 미소 공격으로 반격했다. 설득은 무용지물이란 것인가. 그 마음은 잘 알지만.

린제도 곧 포기했는지 아쉽다는 듯 한숨을 내쉬었다.

"기껏 아홉 명에 다 맞춰 만들었는데……."

"그러면 제 옷은 아리스한테…… 아, 그러면 리이르의 옷도 필요한가요. 린제 어머니라면 한 벌 더 만드실 수 있으시죠?"

"만들 수 있고 말고요!"

쿠온은 놓쳤지만, 이건 이거대로 괜찮다! 라고 말하듯 의욕이 가득한 린제. 만들 수만 있다면 뭐든 좋았던 거였구나?

　나도 이 의상을 입은 딸들의 모습을 보고 싶다. 아이들에게 코스프레 의상을 입히는 부모 마음을 조금은 알 듯했다.

　쇠뿔은 단김에 빼라고, 린제가 아리스와 리이르를 끌고 오더니, 어디에선가 꺼낸 줄자로 몸의 치수를 재기 시작했다. 이젠 너무나 익숙한 손놀림이야.

　"변신 아이템은 뭐가 좋을까요? 역시 마법의 지팡이? 아니면, 여자아이답게 콤팩트? 좀 변화를 준다면 향수병도……."

　중얼중얼 혼자만의 세계에 빠져 버린 린제를 보고, 아무래도 길어질 것 같다며 나는 하늘을 올려다보았다.

"아무 일도 없어서 다행이에요."

"이것 참 면목 없군. 세월의 흐름은 이길 수가 없구나."

침대 위에서 상반신을 일으킨 레굴루스 황제 폐하는 조금 여위 듯했지만 안색은 좋았고, 겉보기에는 큰 문제가 없어 보였다.

"갑자기 쓰러지셨다고 전화가 와서 깜짝 놀랐어요. 그런데 단지 과식이었다니! 조금 더 건강에 신경을 쓰셔야죠!"

"그, 그래. 무심코 너무 많이 먹다 보니……. 너무 화내지 말 거라."

발끈발끈 화내는 딸 루에게 황제 폐하가 쩔쩔맸다.

처음 먹어 보는 요리가 맛있어서 많이 먹다 보니 배탈이 났다고 한다. 의사의 견해로는 아무래도 체질과 음식이 맞지 않았던 모양이다. 음식 알레르기일지도 모른다. 음식 알레르기는 사람마다 증상이 다 달라서 뭐라고 확언할 수는 없지만 증상이 가벼워 다행이다.

"할아버지, 어서 기운 차리세요."

"그래그래. 아시아가 그렇게 말하니, 어서 기운을 차려야겠구나."

손녀가 귀여워 어쩔 줄을 모르는 황제 폐하의 표정을 보고 루는 어이가 없다는 듯이 이마를 누르고 한숨을 내쉬었다. 완벽히 손녀 바보가 되어 버렸어……

그런데 아시아가 왔던 미래에서는 황제 폐하가 아직 살아 계셨었지? 제위는 양위한 듯하지만. 그렇다면 꽤 장수하시는 거 아닌가?

"할아버지. 오늘 점심은 제가 만들게요. 좋은 음식과 보약은 근원이 같다잖아요. 할아버지의 건강은 제가 지키겠어요!"

"또 생각도 안 하고 그런 소릴. 아시아, 성의 요리사들한테 피해가 되잖아요?"

"아니, 문제없다. 손녀의 요리니 기꺼이 먹어 주마."

배탈이 나서 누워 있는 분이 정말 괜찮을까 몰라.

아시아도 뭐, 그거야 잘 알고 있으니 소화가 잘되는 음식을 만들어 주겠지만.

일단 황제 폐하의 방에서 나와 성의 주방으로 갔다.

레굴루스 제국의 성에서 일하는 요리장은 루가 배포하는 요리 레시피의 왕팬으로, 불쾌한 표정 하나 짓지 않고 얼마든지 주방을 사용하라며 허가해 주었다. 유명인이구나. 아니네. 원래 이 성의 공주님이었어.

"그래서요? 뭘 만들 셈인가요?"

"물론 소화가 잘되는 음식이에요. '뉴멘'을 만들겠어요."

"아하. 뉴멘."

"뉴멘이 뭔가요?"

나는 아시아의 말을 듣고 바로 이해했지만, 루는 어리둥절한 표정을 지었다. 어? 뉴멘, 가르쳐 준 적 없나?

아시아가 알고 있는 걸 보면, 앞으로 루가 배우게 될 요리였나. 그걸 루가 아시아한테 알려주고, 그 아시아가 과거로 와서 루한테 알려준다……? 어라? 또 타임 패러독스?!

아무럼 어떻겠어. 토키에 할머니 아래에서 일하는 시간의 정령들이 알아서 처리해 주겠지.

"뉴멘이란 알기 쉽게 말하면, 따뜻한 육수에 소면을 삶은 거예요. 소화가 잘되고, 가볍게 먹을 수 있어서 위의 부담도 적어요."

"그렇군요. 소면인가요? 정말 위에 부담이 없겠어요."

뉴멘의 한자 표기는 분명 '煮麵(삶을 자, 면 면)'이었을 것이다. 소면을 삶아 부드러운 면은 소화에도 좋으리라.

"이번에는 고명은 최대한 줄여서 간단하게 만들려고요. 어머니, 면을 삶아 주실 수 있을까요?"

"알겠어요."

루가 냄비에 물을 가득 끓이고, 스마트폰의 【스토리지】에서 꺼낸 소면을 넣었다.

그 옆에서 아시아는 카마보코(어묵), 표고버섯, 파드득나

물, 시금치를 채 썰고 주방에 있던 육수로 국물을 만들었다.

다 삶은 면을 나무 그릇에 넣고, 그 위에 고명을 얹고, 국물을 붓고, 마지막에는 유자 잎을 잘라 후두둑 뿌리면……

우리의 식사까지 총 네 그릇의 뉴멘을 만든 아시아가 그걸 왜건에 올리고는 다시 황제 폐하의 침실로 돌아갔다.

"호오, 면류구나. 이건 소면이니?"

"맞아요. 소면을 끓인 요리로, 뉴멘이라고 해요."

"차가운 소면은 브륀힐드에서 먹어 본 적이 있다만, 따뜻한 소면은 처음이구나."

황제 폐하는 침대에 걸터앉은 채 사이드테이블에 쟁반과 함께 놓여 있는 뉴멘의 그릇을 집어 들었다.

그리고 나무 포크를 들고 뉴멘을 후후 불어 식힌 뒤, 후루룹 입안으로 빨아들였다.

"음……. 편안해지는 맛이야. 부드러운 면이 스르르 안으로 들어오는구나. 국물도 맛있어. 이 은은한 향도 좋고."

"유자향이에요."

황제 폐하에게 미소 짓는 아시아를 보면서 나도 뉴멘을 한 입 맛보았다.

음, 맛있어. 이거라면 식욕이 없어도 먹을 수 있고, 소화도 잘될 것 같아. 국물도 맛이 진하고.

나와 마찬가지로 옆에서 우물우물 뉴멘을 먹던 루가 가만히 중얼거렸다.

"닭고기를 넣으면 더 맛있겠어요."

"이, 이번에는 할아버지의 몸을 생각해서 넣지 않았을 뿐이에요!"

"알고 있어요. 그렇다고 우리만 넣으면 아버지가 삐칠까 봐 여기에도 넣지 않은 거죠?"

"짐은 그렇게까지 심술궂은 사람이 아니다만……?"

딸과 손녀의 대화를 뭐라 형용하기 힘든 표정으로 바라보며 뉴멘을 후루룩 먹는 황제 폐하. 정말 여기에 닭고기가 들어가 있으면 더 맛있었을 거야. 없어도 충분하고도 남을 만큼 맛있지만.

편안한 맛이 나는 뉴멘을 만끽한 우리는 그만 레굴루스 성을 떠나 집으로 돌아가기로 했다. 많이 좋아졌다고는 해도 황제 폐하도 푹 쉬시는 게 좋을 테니까.

뉴멘의 레시피는 요리장에게 건네주었으니, 앞으로도 얼마든지 드실 수 있다.

"아, 어서 와. 황제 폐하. 괜찮으셨어?"

"괜찮으셨어요. 배탈이 좀 났을 뿐이에요."

레굴루스에서 돌아와 보니, 성의 거실에는 에르제와 에르나 모녀와 린제와 린네 모녀가 있었다.

린네는 소파에 앉아 있는 에르제의 무릎을 베고 자는 중이었지만.

에르나는 린제와 함께 뜨개질하는 중인 듯했다. 뜨개실이

맞나……? 뭔가 인형 같은 형태인데…….

"저는 이제 저녁을 준비하겠어요. 점심은 클레아 씨한테만 다 맡겨뒀었으니까요."

루가 곧장 주방으로 가려 했다. 우리 성의 주방장은 클레아 씨야. 루는 왕비님이라 원래 주방에는 들어갈 필요 없는데…….

그래도 요리는 루의 취미이기도 하고, 클레아 씨도 많은 도움이 된다니 굳이 참견은 하지 않겠지만.

"어머니, 저도 도울게요! 마침 좋은 아이디어가 떠올랐거든요."

루와 아시아가 함께 거실 밖으로 나갔다. 아이디어라고 했는데 뉴멘을 말하는 걸까? 점심 저녁을 연속으로 뉴멘을 먹어선 좀 심심한데…….

"완성했다!"

"응. 아주 잘했어. 귀여워."

에르나가 완성된 작품을 양손으로 들어 올렸고, 그 작품을 옆에 있던 린제가 칭찬했다. 그건 토끼 모양을 한 봉제 인형이었다.

"봉제 인형을 만든 거야?"

"손뜨개 인형이라고 해요. 천을 쓰지 않고 바깥은 털실만으로 만들고, 면을 넣어 만드는 인형이에요. 봉제 인형보다 간단하고, 여러 가지 변화를 시도하기도 쉬워요."

린제가 그런 말을 하며 자신이 만든 손뜨개 인형(?)을 나에게 보여 주었다. 마찬가지로 토끼이기는 한데, 무척 하드보일드한 토끼네. 왜 검은 양복에 흰 머플러를 하고 있을까? 토끼 마피아의 보스냐.

그에 반해 에르나가 만든 토끼는 파란 셔츠를 입은 귀여운 토끼였다. 무심코 피터라고 이름을 붙이고 싶어지는 모습이다.

"자, 엄마! 선물이야!"

"어? 나한테? 와, 고마워. 에르나!"

에르제는 에르나가 준 토끼를 헤벌죽 미소를 지으며 건네받았다.

감격에 겨워 에르나를 껴안으려고 했던 에르제였지만, 무릎을 베고 자는 린네가 있다는 걸 깨닫고 애가 타듯이 손을 버둥거렸다. 아~아. 어쩔 수 없네.

"【레비테이션】."

"음냐……."

린네의 몸이 둥실 소파에서 떠올라 내가 있는 곳을 향해 날아왔다. 린네의 무릎베개에서 해방된 에르제가 에르나를 꼬옥 껴안았다.

사실은 귀여운 걸 좋아하는 에르제가 귀여운 딸한테서 귀여운 선물을 받았으니 당연히 좋아할 수밖에 없다.

나는 잠을 자는 린네를 반대편 소파로 이동시키고, 쿠션을 베개처럼 베도록 마련해 주었다.

그리고 아직도 꼭꼭 포옹을 계속하는 에르제를 에르나한테서 떼어냈다.

"에르나가 괴로워하니까, 여기까지만 하자."

"으앙~!"

아쉽다는 듯이 손을 버둥거리는 에르제와 살았다는 듯이 가슴을 쓸어내리는 에르나.

이 엄마는 스킨십이 너무 힘이 넘쳐서 탈이다.

"너무 그렇게 들러붙으면 에르나가 싫어할걸?"

에르제한테만 들리도록 등 뒤에서 소곤소곤 말하자 에르제의 버둥대던 손이 우뚝 멈췄다.

"에, 에르나. 미안해. 엄마가 너무 기쁘다 보니……."

"아니야. 많이 좋아해 줘서 나도 기뻐."

"~~~~~으으! 에르…… 윽?!"

또 딸을 껴안으려고 하는 에르제를 내가 목덜미를 잡으며 말렸다. 뭐라고 할까. 아이들보다 엄마들이 더 문제네.

우리 모습을 쓴웃음을 지으며 바라보던 린제가 문득 스커트의 주머니에서 울리는 스마트폰을 꺼내 누군가와 대화를 나누었다. 전화인가? 누구지?

"네. 여보세요. 어? 완성됐나요?! 네……. 네, 알겠습니다. 지금 가지러 갈게요!"

갑자기 미소를 지으며 얼굴이 밝아진 린제를 보고 나와 에르제가 서로 얼굴을 마주 보았다. 무슨 일인데 그럴까?

삑. 린제가 들썩거리며 전화를 끊고 우리를 돌아보았다.

"바빌론 박사예요. 부탁했던 아이들의 변신 아이템이 완성 됐대요! 토야 씨, 바빌론까지 데리고 가주실 수 있을까요?"

어? 변신 아이템이라니. 전에 말했던 마법 소녀 말이야? 헉? 그거, 진심이었어?!

"자자자자, 가요! 어서!"

"어? 잠깐만!! 앗, 너무 세게 그러지 마! 알았으니까! 잡아당 기지 마!!"

흥분해서 쭉쭉 팔을 잡아당기는 린제에게 나는 저항할 수 없 었다. 진심이야. 이 사람 진심으로 흥분했어!

나는 반쯤 강제로 【게이트】를 열어 곧장 바빌론으로 전이했 다.

"이게 그 팔찌야?"

"그래. 콤팩트나 향수병 같은 제안도 있었지만, 결국 이걸 선택했지. 그 아이들은 쉽게 잃어버릴 듯하니까."

박사의 말대로라서 나는 반론할 수 없었다. 이곳에 올 때 스 마트폰을 잃어버린 아이들이 꽤 많으니까.

"사용법은?"

"마력을 담아 키워드를 말하면, 미리 수납해 둔 옷과 입고 있는 옷이 뒤바뀌도록 만들었어. 요청을 받았던 이펙트도 발동하도록 만들어 뒀고."

사용법을 린제에게 설명하는 박사. 이펙트라니 뭔데? 정말 이건 변신 아이템이구나. 어떻게 보면 꿈의 도구라고도 할 수 있었다.

잠옷, 사복, 공식 의복을 넣어두면 꽤 편리하지 않을까?

"이런 걸 만들다니 대단해……."

"원래 옷을 빨리 갈아입게 만들어 주는 마도구는 '창고'^{아티팩트}에 있었으니까. 그걸 조금 개량했을 뿐, 린제의 슈트와 시스템은 같아."

바탕이 되는 물건이 있다면 그렇게까지 어렵지는 않은가? '공방'에서 복사하면 간단히 복제할 수 있으니까.

"그런데, 변신 키워드는 뭘로 할까요?"

린제가 팔찌를 들고 콧김을 내뿜으며 바짝 다가서는데, 그렇게나 기합을 넣고 생각할 일인가?

"그…… '변신' 정도면 되지 않을까?"

"안 돼요, 안 돼."

"그럼 안 되고말고."

내 대답을 듣고 린제와 박사가 어이없다는 듯이 깊게 한숨을 내쉬었다. 왜들 그래?!

"알겠나요? 남자아이라면 그래도 충분할지 모르지만, 여자

아이가 변신할 때는 그래선 임팩트가 부족해요. 더 눈에 띄는 말을 해야죠."

임팩트라니……? 임팩트를 주다니 대체 누구한테? 우리?

"'반짝반짝 하트, 바빌론 웨이브'는 어떨까?"

"멋진데요? 하지만 '피무피무피피룽, 피루루루룽, 파무파무파파룽, 파루루루룽' 같은 의성음 계열도 괜찮지 않을까요?"

피무…… 뭐라고?!

어쩌지? 내 아내가 의미를 알 수 없는 소릴 하기 시작했어…….

"변신하는 사람은 너희 딸이니, 그 아이들한테 결정해 달라고 하면 어떨까?"

"그러네요! 몇 가지 후보부터 정해 두고 물어보죠!"

그 말을 하더니, 린제가 스마트폰에 몇 가지 주문(?) 같은 말을 입력하기 시작했다. 그렇게 후보가 많아……?

나는 제쳐 두고 신바람을 내는 두 사람을 보고, 나는 어쩌면 좋을까 싶어 머리를 감싸 쥐었다.

"【반짝반짝 하트 바빌론 웨이브】!"

스테프가 힘차게 변신 키워드를 외치며 팔찌를 찬 손을 하늘 높이 치켜들었다. 앗, 결국 그거로 결정됐어?

팔찌에서 튀어나온 빛의 구체가 스테프를 감쌌다.

목 근처에서 빛이 터지며 리본이 되었고, 발에는 신발, 허리에는 스커트 등, 파파파팡! 하고 빛의 알갱이가 터질 때마다 스테프의 모습이 변했다.

이윽고 투사이드업 머리 모양이 트윈테일로 스르륵 변화했다. 머리 모양까지 바뀐다고?

펑! 하고 조금 전보다 훨씬 큰 소리와 함께 빛이 터지자, 손에 작은 스틱을 든 노란색 마법 소녀 의상으로 변신한 스테프의 모습이 드러났다.

"오오! 참으로 귀엽구나, 스테프!"

"에헤헤."

덮어 놓고 칭찬하는 스우의 말에 스테프가 쑥스러운 듯이 수줍게 웃었다. 응, 정말 귀여워. 이건 틀림없는 사실이다.

나는 옆에서 만족스러운 표정으로 고개를 끄덕이는 박사에게 물었다.

"저 옷에는 뭐 특수한 효과라도 적용돼 있어?"

"마법과 물리, 양쪽 모두에 높은 내성을 지녔지. 웬만한 갑옷보다 훨씬 고성능이야. 추가로 인식 저해 기능이 부여되어 있으니, 아는 사람이 봐도 눈치채지 못해."

"우리는 그냥 스테프처럼 보이는데……."

"토야나 아내들의 마법 내성을 일반인과 비교하면 안 되지. 다른 나라의 궁정마술사마저도 속일 수 있는 인식 저해지만, 너희한테는 거의 효과가 없을 뿐이야."

그랬구나. 우리한테는 인식 저해 효과가 잘 걸리지 않는다. 아니, 그냥 걸리지 않는다고 해야 하나. 나나 쿤의 【미라주】 정도의 수준이 아니면 효과가 없다.

힐끔. 아이스블루 의상을 입은 아리스와 역시나 민트블루 의상을 입은 리이르를 바라보았다.

두 사람을 칭찬하는 프레이즈 지배종 세 사람과, 리이르가 있어 멀찍이 떨어진 채 분하다는 듯 스마트폰의 카메라로 사진을 찍는 엔데도 인식 저해가 통하지 않는 듯했다.

내가 그런 생각을 하는 사이에도 아이들은 잇달아 변신했다.

"바, 【반짝반짝 하트 바빌론 웨이브】……?"

쑥스러움이 묻어나는 듯한 목소리로 키워드를 말하며 야쿠모가 변신했다. 스테프와 비슷한 코스튬이지만, 색은 연보라로 스테프와는 달랐다. 머리 모양도 변해서, 스트레이트였던 야쿠모의 머리카락이 둥실둥실하고 찰랑찰랑한 웨이브로 변했다.

응. 다른 머리 모양도 신선한걸?

"무척 잘 어울립니다, 야쿠모."

감탄스럽다는 듯이 고개를 끄덕이는 야에의 시선을 받자, 야쿠모는 얼굴을 붉히며 스커트의 옷자락을 잡아당겼다.

"역시 이건 스커트가 짧아 보이는데요…….."

"괜찮아. 인식 저해가 걸려 있어서, 설령 팬티가 보여도 기억에는 남지 않거든."

"그런 문제가 아니라요!"

야쿠모의 말에 박사가 상쾌한 미소를 짓더니 엄지를 척 들어 올리며 그렇게 대답했다.

야쿠모는 평소에 하카마라는 전통 바지를 입고 다니니, 스커트는 좀 어색할지도 모른다.

"도저히 안 되겠다면 추가 장비로 스패츠가 있어. 팔찌 옆에 있는 파란 수정을 건드려 봐."

"참. 그런 말은 빨리 좀 해주지!!"

야쿠모가 팔찌를 조작하자, 순식간에 허리 부근에서 빛이 터졌다. 그러자 스커트 안쪽으로 보일락 말락 할 정도의 짧은 스패츠가 장비되었다.

마음이 놓였는지 야쿠모가 작게 숨을 내쉬었다.

부모로서는 이게 더 안심된다고 할 수 있으려나? 인식 저해 기능이 있다지만 마법 내성이 높은 사람에게는 보인다는 말이잖아.

아내들이나 메르네 지배종 세 사람이라면 괜찮지만, 엔데 그 자식한테 보인다고 생각하면 정말……! 지금 먼저 앞을 못 보게 해둘까……?

엔데도 같은 생각을 했는지, 아리스에게 스패츠를 장비하도록 메시지를 보낸 듯했다. 아리스는 뛰고 점프하고, 다른 아이들보다 활발하게 움직이니까…….

이윽고 우리 딸 여덟 명과 아리스, 리이르까지 총 열 명의 마법 소녀가 탄생했다. 변신할 필요도 없이 원래 마법 소녀긴 했지만.

모두 같은 계통의 옷을 입은 것처럼 보이지만, 작은 부분에서는 각각 개성이 드러났다.

"완벽히 똑같은 옷인데 색만 달라선, 교복이나 다름없으니까요. 그런 세부적인 면은 신경을 많이 썼어요."

"신경을 쓰셨군요……."

으쓱한 얼굴로 말하는 린제한테서 뜨거운 열정을 느낀 나는 뭐라고 말하기 힘든 기분이 들었다. 물론 좋은 일이지. 다들 귀엽기도 하고.

"기왕 변신했으니 성능도 한번 시험해 보고 싶군."

박사가 쓸데없는 소릴 꺼냈다. 봐! 린네랑 아리스랑 스테프가 벌써 시험해 보고 싶어서 안달이잖아…….

"성능이라니? 기사단 사람들을 상대로 시합이라도 시켜 볼까?"

내가 무난한 제안을 하자, 린제가 불만스러운지 으~음, 하고 작게 목소리를 흘렸다.

"토야 씨. 나쁜 괴인을 만들어 내놓을 순 없나요?"

"터무니없는 소릴."

나쁜 괴인이라니 그게 뭔데? 심지어 그 패턴이어선 내가 괴인의 두목이 되는 셈이잖아?

린제의 터무니없는 소리에 질색을 하는데(린제도 농담으로 한 말이겠지만), 박사가 태연하게 말했다.

"내놓을 수 있어. 괴인."

네가 두목이었냐. 왠지 이미지가 딱 들어맞아. 나쁜 과학자 같아서.

"예전에 다 같이 사용했던 모형 정원 시리즈 중에 그런 물건이 있거든. 원래는 경비원의 훈련을 위해 만들었지만, 설정을 조그만 고치면 습격하는 범인을 괴인처럼 바꿀 수 있을 거야."

"모형 정원 시리즈라면 그거야? 예전에 다 같이 들어갔던 놀이공원 같은 유사 체험이 가능한…… 안전하겠지?"

"놀이공원 때도 그랬지만, 안전은 잘 확보되어 있고, 정말로 위험하면 강제 대피가 되니 문제없어. 훈련 스테이지나 시나리오도 우리가 설정 가능하고."

박사의 말에 린제가 호응하며 적극적으로 관심을 보였다.

"얼마간 무대 설정도 가능하다는 말인가요? 성에 침입한 괴인을 해치운다든가, 마을 안에서 날뛰는 괴인을 해치우는 일도 가능할까요?"

"가능하지. 안전하면서도 스릴 있는 연출도 가능해. 원래 훈련용이니까."

"그렇군요. 그렇다면……."

박사와 린제가 뭔가 회의를 하기 시작했다. 이렇게 되면 시간이 좀 걸릴 텐데…….

두 사람은 내버려 두고, 마법 소녀 의상을 입은 아이들을 찰칵찰칵 촬영하는 부모님들 사이로 나도 같이 들어갔다. 음, 멋진 미소야.

"오오……? 이건 좀 대단한데……!"

나는 '연구소'에서 박사가 만든 모형 정원을 보고 감탄을 내뱉었다.

브륀힐드의 성 아랫마을이 똑같이 재현되어 있었기 때문이다. 다른 점이 있다면 주민이 전혀 없다는 것인가. 아니, 있긴 있지만 색이 없다는 점일까.

입체 영상인지 뭔지는 모르겠지만, 마치 흑백 영화의 배우 같은 색이었다.

"너무 현실감이 넘쳐도 문제가 되니까. 솔직히 말하자면 거기까지는 신경 쓸 겨를이 없었어. 아무래도 주민 한 명 한 명의 데이터를 모두 입력하기는 힘이 들거든."

박사가 쓴웃음을 지으며 대답했다. 나도 아이들이 놀고 훈련하는 공간에 그렇게까지 하라고는 하고 싶지 않았다.

그런데도 주민들은 진짜처럼 거리를 걸었고, 서로 웃었고, 각자의 생활을 영위해 나갔다.

진짜는 아니라도 정말로 살아가는 사람들이라는 착각이 들 정도였다.

"그런데 이 모형 정원을 사용해 어떤 훈련을 하려고?"

"여러 가지를 생각해 봤는데, 아이들이 힘 조절을 배울 기회를 마련해 줄까 해."

"힘 조절?"

힘 조절이라니? 내가 잘 이해되지 않는다는 표정을 짓자, 린제와 유미나가 쓴웃음을 지으며 설명해 주었다.

"저 아이들의 힘은 평범하지 않잖아요. 그러니까 힘 조절이 필요하다고 생각해요."

"마수라면 지나치다 해도 소재가 손상되는 정도지만……상대가 인간이면, 돌이킬 수 없는 일이 벌어질 수 있잖아요."

"음……."

두 사람이 무슨 말을 하려는지는 이해됐다.

분명히 저 아이들은 강하다. 하지만 그 힘을 자칫 잘못 사용하면 중대한 사태가 벌어질 수도 있다.

설령 인간이라도 강도살인을 반복하는 도적이나 산적이라면 인정 사정 봐줄 이유가 없겠지만, 좀도둑이나 무전취식 등, 가벼운 범죄를 저지른 사람을 까딱하면 죽여 버리는 사태도 충분히 벌어질 수 있다.

 이 세계에는 회복 마법이 있으니 죽지만 않으면 간신히 살릴 수는 있다. (실제로는 값비싼 치료비가 필요하지만) 그렇다고 힘껏 때려눕혀도 되냐면 그건 아니다.

 "그렇군요. 포획술을 익히게 한다는 말씀이시죠?"

 "야쿠모라면 칼등으로 쳐서 상대를 무력화할 수 있으리라 봅니다만……. 아니군요. 뼈 하나는 부리질 듯합니다……."

 린제와 유미나의 이야기를 이해한 듯 고개를 끄덕이는 힐다 옆에서, 자신의 딸을 완벽히 옹호하지 못한 야에가 으음…… 하는 소리를 내면서 떨떠름한 표정을 지었다.

 "린네도 【그라비티】를 쓰면 상대를 제압할 수 있겠지만…… 너무 기분을 내다가 상대를 아작 으스러뜨려 버릴지도 몰라 요."

 "스테프도 마찬가지네. 【액셀】로 돌진하는 전법만 있진 않 겠지만……."

 린제와 스우도 야에 옆에서 비슷한 표정을 지었다. 듣고 보니 정말 그 아이들은 힘 조절이 어려울 듯했다.

 "포박술이라고 하니 말인데, 저 마법 소녀 장비에는 무슨 특수한 효과라도 있어?"

 "옷 자체는 인식 저해가 부여되어 있고, 또 참격, 타격, 내열, 내한, 내마(耐魔) 기능도 부여되어 있어. 몸이 가벼워지는 효과도 있고. 그리고 지팡이 말인데……."

박사는 손에 든 짧은 파스텔핑크 지팡이를 옆에 있던 '연구소'의 관리인 티카에게 쭉 밀어붙였다. 그러자 슈욱, 하는 작은 소리가 나며 빛의 고리가 티카를 구속했다.

"박사님?"

"이렇듯 포박할 수가 있지. 상대를 건드려야 하고, 대상이 움직이고 있으면 도망쳐 버리니, 상대를 제압해 움직이지 못하게 만들어야 하지만."

호오호오. 이거라면 우리 순찰 기사단도 쓸 만하겠는데? 수갑 대신 사용할 수 있겠어.

"덧붙여 이렇게 벽에 밀어붙여 사용하면 벽에도 고정할 수 있지."

빛의 고리에 구속된 티카가 또 하나의 고리에 의해 벽에 고정되었다. 그렇구나. 이런 활용법도 있나?

빛의 고리에 구속된 티카가 도망치려고 최선을 다했지만, 전혀 움직일 수 없는 듯했다.

"박사님. 왜 저를 구속하시는 건가요?"

"이제부터 아이들한테 갈 거니까. 위험인물(로리콘)은 당연히 구속해야 하지 않겠어?"

"날 속였구나?!"

티카가 목을 쭉쭉 움직여 탈출하려고 애를 썼다. 우와아, 필사적이잖아……. 정말 얘는 아이들이랑 만나게 하고 싶지 않아.

그런데 이 녀석의 성격은 박사의 성격 일부분을 바탕으로 만들어졌지? 박사도 크게 다를 게 없다고 보는데.

"이제부터 규칙을 설명할게요. 이 모형 정원 브륀힐드에 많은 괴인이 나타날 거예요. 괴인은 마을을 엉망으로 만들고 나쁜 짓을 하니 그자들을 제압하고 붙잡으세요. 죽이거나 소멸시켜서는 안 돼요."

성 안뜰에 모인 아이들에게 린제가 설명을 시작했다. 그러자 린제의 딸 린네가 곧장 번쩍 손을 들었다.

"붙잡기만 하라고? 기사단에 안 넘겨도 괜찮아?"

"그건 우리가 할 테니 붙잡아 방치하면 돼. 붙잡지 않으면 포인트가 들어오지 않으니 조심하렴."

"포인트라니, 그게 뭔가요?"

이번엔 쿤이 손을 들었다. 갑자기 포인트라는 말을 꺼내면 당연히 모를 수밖에. 다른 아이들도 어리둥절한 표정이다.

"이 훈련은 포인트제예요. 마을을 파괴하고, 주민에게 피해를 주고, 괴인을 소멸시키면 포인트가 줄어들고, 괴인을 붙잡으면 늘어나요."

"포인트를 많이 따내면 뭐가 좋은데요?"

"이 포인트는 포상 포인트예요. 제일 많은 포인트를 따낸 아이에게는 토야 씨가 뭐든 소원을 들어준답니다."

《뭐든?!》

아이들이 동시에 그렇게 외쳤다. 뭐든. 말이 그렇다는 거고 한계는 있다. 무슨 소원이든 들어주는 용은 아니지만, 그건 내 힘을 크게 초월해 들어줄 수 없다고 대답할 수밖에 없는 소원은 제발 빌지 말아 줘. 그리고 소원을 늘려 달라는 소원은 받아들이지 않겠어.

포상이라는 말에 다들 의욕을 불태우는 아이들에게 다시 규칙을 설명했다.

괴인을 붙잡으면 포인트가 플러스.

괴인을 소멸시키면 포인트가 마이너스. 그 외에 아이들의 공격으로 마을이 피해를 보아도 포인트는 마이너스.

또한 괴인이 마을에서 나쁜 짓을 하면, 전체적으로 포인트가 내려간다. 이게 일정 포인트 이하가 되면 포상은 없다.

즉, 아이들은 마을에서 괴인이 나쁜 짓을 못 하게끔 계속 붙잡아야만 한다.

"저어, 만약 괴인한테 마비탄을 쐈는데 그게 빗나가 마을의 벽을 손상시켜도 마이너스인가요?"

"큰 마이너스 점수는 아니지만, 약간 포인트가 차감돼. 만약 그렇게 해서 괴인을 붙잡게 된다면 플러스가 되겠지만."

쿤의 질문에 린이 대답했다. 당연하지만 아무리 피해를 최소한으로 줄이려 해도 피해가 생길 때는 또 생기는 법이니까.

덧붙여 마을 주민이 있는 곳에서 마법 공격을 사용해도 마이너스다. 쉽게 말해 주민에게 피해를 주지 마라, 라는 말이다.

오해를 무릅쓰고 말하자면, 마이너스 포인트를 마구 벌어들여 포상이 없어지는 패턴도 나로서는 감사한 일이다……. 그렇지만 아이들의 성장을 바라니, 꼭 적당히 힘을 조절하는 법을 배웠으면 한다. 으음, 딜레마야…….

"이제 시작할게."

《네~!!》

힘차게 대답하면서 아이들이 모형 상자 안으로 빨려 들어갔다. 동시에 모형 상자 주변에 빙글 홀로그램 윈도가 몇 개씩 열려, 모형 상자 마을의 모습이 화면에 비쳤다. 사람들이 흑백일 뿐, 나머지는 진짜랑 정말 똑같네.

그 마을 안에 아이들이 모습이 나타났다. 다들 주변을 두리번두리번 모형 정원 거리를 보며 놀라워했다.

"이제 괴인을 투입하마."

박사가 눈앞에 떠오른 조작 패널에 손가락을 미끄러뜨리자, 또 다른 윈도에 포박된 괴인의 모습이 떠올랐다.

이게 괴인이야? 온몸이 검은 타이츠 차림이고 가면을 쓴 모습이다. 괴인이라기보다는 '이이—!!' 라고 외칠 것 같은 모습인데, 대체 어디의 전투원인지.

"후후후, 즐거운 쇼가 시작된다."

"……역시 악당 두목으로는 네가 딱이야."

박사가 악해 보이는 미소를 지으며 삑, 하고 윈도를 건드리자 마을 여기저기에서 비명이 들렸다. 투입된 괴인들이 날뛰기 시작했기 때문이다.

날뛴다곤 해도 하는 짓은 판매점의 과일을 허락도 없이 먹거나, 가게 앞에서 싸우거나, 여자아이를 쫓아다니는 둥 스케일이 참 작다. 물론 이것 또한 그냥 둘 수 없는 범죄긴 범죄지만.

"그렇지만 마을 주민이 곤란해하는 범죄는 대부분이 이런 종류야."

"그러네요. 모험자였다가 타락한 사람들이 자주 하는 행동을 그대로 따르고 있어요."

린과 유미나의 말대로, 조금 쇠퇴한 마을에 가면 저런 사람들이 많다. 브륀힐드에도 전혀 없다곤 할 수 없고.

우리 마을의 주민이 저런 범죄를 저지르지는 않지만, 외부에서 온 난폭한 사람들이 저런 짓을 저지르기도 한다.

실제로 힘을 조절하며 제압해야 하는 사람들은 저런 범죄를 저지르는 자들이다. 강도나 지명 수배자라면 최악의 경우 포기해도 문제는 없으니까.

"조, 좋아. 이제부터 각자 흩어져서 괴인들을 제압하자."

"우후후, 지지 않겠어!"

야쿠모의 말을 듣고 프레이가 기합이 잔뜩 들어갔다는 듯 양손의 주먹을 꽉 쥐었다.

"간다!【반짝반짝 하트 바빌론 웨이브】!"

린네가 제일 먼저 팔찌를 하늘로 치켜들고 빛의 고치에 휩싸였다. 파파파파팡! 하고 기분 좋게 빛이 터지는 소리와 함께 린네가 파란색 마법 소녀 모습으로 변했다.

"먼저 갈게!"

투~웅! 토끼가 점프하듯이 크게 도약한 린네가 마을의 지붕 위로 뛰어오르더니 곧장 달리기 시작했다.

"앗, 린네. 치사해. 리이르, 우리도 변신하자!"

"으, 응. 아리스 언니."

린네를 뒤쫓듯이 아리스와 리이르도 각각 아이스블루와 민트블루 마법 소녀로 변신해 지붕 위로 올라가 내달리기 시작했다. 가능하면 평범한 길을 달려 줬으면 좋겠는데……

다른 윈도에서는 지붕 위를 달리는 린네의 모습이 비쳤다. 카메라는 자동으로 아이들 한 명 한 명을 뒤쫓는 듯했다.

"찾았다!"

《뉘?!》

린네가 지붕 위에서 채소 가게 처마 아래에서 날뛰며 채소를 마구 쏟아버리는 괴인을 발견했다. 그보다 괴인이 외치는 소리가 '뉘'구나……

"하앗!!"

《뉘?!》

지붕에서 뛰어내린 린네가 채소가 가득 담긴 나무상자를 들고 있는 괴인에게 발차기를 날렸다. 평소처럼 【그라비티】의 무게를 실은 발차기를 하지 않은 걸 보면, 린네 나름대로 힘 조절을 한 거겠지.

괴인이 야채를 쏟아버리며 지면에 쓰러졌다. 그와 동시에 괴인은 빛의 알갱이가 되어 사라졌다. 아하, 오버킬이 되면 저렇게 되는구나.

"어어?! 방금 그것도 안 돼?!"

"아, 깜빡 말을 안 했는데, 괴인들은 힘은 강하지만 맷집이 약하게 설정돼 있어. 힘 조절을 잘못하면 쉽게 소멸하니 조심해."

"그런 말은 못 들었어~!"

박사의 안내 방송을 듣고 린네가 하늘을 향해 소리쳤다. 그렇지만 그 발차기를 평범한 사람이 맞았으면 틀림없이 골절 정도는 당하게 될걸?

영업 방해를 했다고 골절상을 입히다니, 역시 너무 심하지 않을까…… 꼭 그렇지도 않나? 채소 가게 사장님에게는 사활이 걸린 문제니까.

"괴인을 소멸시켰으니 린네는 마이너스 포인트. 채소도 못 쓰게 만들었으니, 추가로 약간의 마이너스 포인트가 부여돼."

"아앗! 죄, 죄송합니다!"

린네가 떨어진 채소를 주워서 나무상자에 다시 넣었다. 안에는 상해서 더는 팔 수 없는 채소도 있네. 그럼, 마을 사람들한테 피해를 줘선 안 되지. 마이너스 포인트를 받아도 어쩔 수 없다. 깎인 포인트는 아주 약간에 불과하겠지만.

"린네……."

하아, 하고 린제가 작게 한숨을 내쉬었다. 꼼꼼하게 배려하지 못하는 성격이 린네의 단점인데, 그런 점도 성장하면 점차 개선되겠지. ……되리라 생각한다.

"아아! 날려버리면 안 된다! 스테프!"

스우의 목소리가 들려서 그쪽 화면을 바라보니, 노란색 마법 소녀가 된 스테프가 몸통 박치기로 마침 괴인을 날려버리는 순간이었다.

괴인은 반대편 벽으로 날아가 부딪친 충격으로 빛의 알갱이가 되어 사라졌다. 여기도 마찬가지인가……. 정말 우리 아이들은 힘 조절이 서투네.

"좋았어! 잘했어, 에르나!"

반대로 가장 처음으로 괴인을 제압한 사람은 에르제의 딸인 에르나였다.

【아이스바인드】로 다리를 고정해 움직이지 못할 때, 마법의 지팡이가 내뿜은 빛의 고리로 멋지게 구속하는 데 성공했다.

첫 번째 포인트 획득은 에르나인가.

그 옆 화면에서는 쿤이 지팡이가 아니라 묘하게 생긴 총으로 괴인을 겨냥하고 있었다.

"포박!"

《뉘?!》

탕! 하는 소리와 함께 총에서 괴인을 향해 투망 같은 물건이 발사되었다. 머리 위에서 떨어진 그물에 걸려 움직임이 봉쇄된 괴인에게 쿤이 반대편 손으로 들고 있던 지팡이로 빛의 고리를 내뿜어 구속했다.

"후후, 포인트 획득!"

"저래도 되는 걸까?"

"음……. '힘 조절을 배운다'라는 최초의 목적에서는 벗어나 보이긴 하지만, 멋지게 포획하기도 했으니……."

쿤의 행동을 보고 쿤의 부모인 린과 나는 같이 고개를 갸웃했다.

힘 조절의 문제가 아니라 저래선 장비에 의존하는 포박인데……. 저걸 사용하면 누구나 포박이야 할 수 있겠지만.

뭐가 됐든…… 저렇게 해도 충분하지 뭐. 교활한 방법을 쓴 것도 아니니까.

""아.""

다른 화면에서 야쿠모와 프레이의 목소리가 동시에 들려, 내가 그곳으로 시선을 돌렸다.

그 화면 앞에서는 야에가 하늘을 올려다보고 있었고, 힐다는 손으로 얼굴을 감싸고 있었다.

"힘이 너무 들어갔습니다."

"상대를 날려버릴 정도로 찌를 필요는 없는데……."

저기선 야쿠모와 프레이가 힘 조절에 실패해 괴인들을 멀찍이 날려 버린 모양이었다. 당연히 괴인들은 사라져 마이너스 포인트를 받게 됐다.

의외야. 야쿠모와 프레이는 기사단 사람들과 대결도 자주 하니까, 얼마간은 힘 조절이 가능할 줄 알았는데.

어? 기사단이랑 대결하거나 훈련을 할 때는 직접적인 타격 직전에 멈추는 식이었던가? 상대에게 타격을 주지 않고 승부를 가리는 방식.

그렇다면 힘 조절이 익숙하지 않은 것도 어쩔 수 없는 일이겠지? 그런가?

그 이후로도 야쿠모와 프레이는 몇 번인가 괴인들을 사라지게 하였지만, 곧 요령을 익혔는지 멋지게 기절시키는 수준의 공격이 가능해졌다.

"다른 아이들에 비하면 아시아는 어려움 없이 제압하고 있네."

"불 조절, 맛 조절…… 조절은 조리에 필수적인 능력이니까요. 힘 조절도 특기예요."

루가 마치 자기 일처럼 아시아를 칭찬했다. 그랬구나. …… 잠깐만. 불 조절이랑 힘 조절을 같은 선상에 놓고 볼 수 있나?

아슬아슬한 상한선을 판단하는 의미에서는 같다고 할 수 있을까? 잘 모르겠다.

"음. 임금님. 요시노가 이렇게 한 것도 마이너스 점수를 받아?"

"응? 아…… 그러네. 약간 마이너스 점수가 들어가겠어."

사쿠라고 보던 화면에서는 요시노가 연주 마법이 발동되는 키보드를 꺼내 자장가를 불렀다.

그 마법 효과로 괴인은 그 자리에 쓰러져 순식간에 잠의 세계로 빠져들었다.

움직이지 못하게 된 괴인을 요시노가 쉽게 포박했다. 음, 이것 자체는 아무 문제 없지만.

괴인을 잠들게 하는 동시에 마을 사람들도 전부 잠들게 했다는 게 문제야. 이건 안 될 일이지.

이렇게 보니 다른 사람에게 아무런 피해도 주지 않고 적을 제압하기란 꽤 어려운 일이었다. 마이너스 포인트라곤 해도 아주 작은 점수일 뿐이겠지만.

"리이르. 그쪽으로 갔어!"

"으, 응! 【프리즈마 월】!"

《뉘?!》

리이르 앞에서 달리던 괴인이 갑자기 무언가에 부딪힌 것처럼 쓰러졌다. 자세히 보니 투명한 벽이 있었다. 수정 벽인가. 저거에 정면으로 부딪친 거구나.

뒤쫓아온 아리스가 손에 든 지팡이로 쓰러진 괴인을 포박했다.

응. 특별히 마이너스 점수를 받을 일 없이 붙잡았어.

"해냈어!"

"다행이야…….""

기쁘게 하이파이브를 하는 아리스와 리이르. 진짜 친자매 같아.

"아리스도 리이르도 즐거워 보여 다행이야."

"두 사람 다 귀여워. 녹화해야겠어."

"그래. 영구 보존이다!"

메르와 리세 그리고 네이가 두 사람의 활약을 보고 기뻐했다. 엔데도 화면을 스마트폰으로 녹화하는 중인 듯했다. 나중에 편집한 영상을 제공하겠다고 말해뒀는데…….

"다들 제법 익숙해졌나 봐요. 처음보다 수월하게 포박하고 있어요."

화면을 보면서 유미나가 그렇게 평가했다. 힘 조절을 못 했던 야쿠모와 프레이도 두 번에 한 번은 안전히 기절시키고 빛의 고리로 포박했다. 린네도 겨우 힘 조절을 익힌 모양이었다.

쿤과 아시아, 에르나는 여전히 안전하게 제압하고 있었고, 요시노도 주민들까지 말려들게 하고는 있지만, 그래도 뭐…….

아리스와 리이르 콤비도 멋지게 해치우며 포인트를 벌어들였다. 문제는…….

"윽~! 또 사라졌어!"

"으음……. 스테프……."

스테프가 몇 번째인가 【프리즌】으로 몸통 박치기를 날렸고,

괴인은 또 소멸하고 말았다. 스우가 걱정스럽게 화면을 바라보았다.

흠. 몸통 박치기로 힘 조절을 하기는 어려울지도 모른다. 스테프는 가벼워서 【액셀】로 추진력을 붙이지 않아선 상대를 해치울 만한 위력이 나오지도 않을 테니까.

스우 옆에서 화면을 보던 쿠온이 스테프에게 말을 걸었다.

"스테프, 들리나요?"

"오라버니! 적이 있지, 금방 사라져 버려! 못 잡겠어!"

울먹이는 목소리로 스테프가 쿠온에게 호소했다. 이렇게 어린아이에게 힘 조절을 하라고 해도 그게 더 어려운 일이다. 조금 더 설정에 손을 댔어야 하나?

"스테프, 있잖아요. 【프리즌】은 원래 상대를 구속하는 마법이라, 몸통 박치기를 할 필요 없어요."

""아.""

"흐응?"

쿠온의 당연한 소리를 듣고 나와 스우는 맥이 풀린 목소리를 흘렸고, 스테프는 여전히 잘 모르겠다는 목소리로 되물었다.

그런데 마침 그곳에 여자아이를 쫓아다니던 괴인이 지나가고 있었다.

"어…… 【프리즌】?"

《뉘?!》

관처럼 생긴 직육면체 【프리즌】이 괴인 주변에 펼쳐지자 괴인이 지나가던 속도 그대로 벽에 부딪히며 털썩! 하고 쓰러졌다.

스테프가 가까이 달려가 지팡이로 찰싹 괴인을 때리자 빛의 고리가 출현해 곧장 괴인을 구속했다.

"됐다!"

"축하해요, 스테프."

"고마워, 오라버니!"

조금 전의 울먹거렸던 얼굴은 사라지고, 환하게 웃으며 열심히 다음 괴인을 찾으러 돌격을 시작하는 스테프. 그 모습을 보고 만족스럽게 미소 짓는 쿠온.

"스테프도 참……. 어? 왜 그렇게 쳐다보시나요……?"

쿠온이 나와 유미나 그리고 스우를 쳐다보더니, 불만스러운 듯 미간을 찌푸렸다. 이크, 흐뭇하게 바라보는 모습을 들켰나 보다.

"우리가 뭘? 그냥 오빠답다고 생각했을 뿐이야~."

"그러네요. 여동생을 깊이 생각하는 다정하고 자랑스러운 아들이에요."

"그렇네. 정확한 조언이었어! 쿠온은 참 좋은 오빠라네!"

우리가 한결같이 칭찬하자 쿠온은 얼굴을 새빨갛게 물들이며 휙, 고개를 돌렸다. 혹시 쑥스러워 저러나? 평소엔 쿨한 쿠온이 이런 모습을 보이다니 웬일일까.

여동생을 깊이 생각하는 오빠라 나도 기뻐. 나는 여동생한테 아무것도 해주지 못하니까.

다 끝나면 쿠온과 우리 아이들을 지구에 데리고 가려고 하는데, 그때 내 여동생인 후유카하고도 만날 수 있었으면 좋겠다. 나이 어린 고모지만.

아닌가? 쿠온이랑 우리 아이들은 미래에서 왔으니 사실은 연상인가……? 까다롭네.

스테프가 괴인을 포획하게 되어 이제는 모두가 순조롭게 포인트를 벌어들이기 시작한 듯했다.

공평을 기하기 위해, 획득 포인트는 박사 이외에는 공개하지 않고 있다. 우리는 괴인이 몇 포인트고, 괴인을 소멸시키면 마이너스 몇 포인트인지조차 몰랐다.

만약 소멸 포인트가 획득 포인트보다 크다면, 초반에 마이너스가 많았던 스테프는 그 이상의 포인트를 획득해야 했다.

그렇다고 스테프의 승리가 불가능은 아니다. 【프리즌】은 무엇보다도 포획에 적합한 마법이다. 이제부터라도 역전은 충분히 가능하다.

"그런데, 좀 그러네. 괴인이 하는 짓이 모두 경범죄인 건 이해가 되지만……."

"맞아요. 엿보기나 치한 행위까지 하다니 그건 역시 안 되지 않을지……."

"저건 힘껏 때려도 마이너스 포인트를 받진 않을 거야."

린과 린제, 사쿠라가 화면 안에서 공중목욕탕을 엿보고, 여

성의 엉덩이를 만지고 도망치는 괴인을 티베트모래여우 같은
눈으로 바라보았다.

　나하고는 아무런 관계도 없는데, 남자로서 왠지 지탄받는
듯한 이 느낌은 대체…….

　엿보기도 치한 행위도 한 적이 없는데……. 거짓말입니다.
엿보기는 몇 번인가 경험이 있었다. 일부러 엿본 건 아니지만!

　그런 초조한 마음을 들킬 수는 없어서, 나는 마음을 비우고
괴인을 붙잡는 아이들을 바라보는 데 집중했다.

　"그런데 이건 언제 어떻게 끝나나요?"

　"좋아. 이제 대괴인을 투입해 볼까."

　루의 의문을 듣고 박사가 그렇게 말했다. 대괴인이라니 그
건 또 뭔데? 특촬 방송처럼 거대화하는 건 아니겠지?

　마을의 메인 스트리트에 새로운 괴인이 출현했다. 어? 이번
엔 괴인의 외형이 다르네. 흰 코트를 입고 있어. 헉! 잠깐!

　"뭐야. 저건 내 코트랑 완전히 똑같잖아."

　"보스 캐릭터다움을 내고 싶어서. 토야의 외모를 그대로 차
용해선 나쁜 인상을 주니 코트만 빌려왔지."

　저것만으로도 최악의 인상이거든요?! 뭐야, 코트를 입으면
보스 캐릭터 같다는 거야?!

　"지금까지 봤던 괴인들과는 달리 대괴인은 반격도 하니 조
심하고. 대괴인을 붙잡으면 게임이 끝나니 다들 힘내."

　"반격한다고? 괜찮겠지? 안정성이라든가."

"그걸 확인하기 위한 실험이잖아? 걱정할 건 없어. 다치지 않게 공격할 테니까. 일단 보기나 해."

다치지 않게 공격한다니, 어떻게 공격하길래?! 쥘부채라도 사용하나?

"저기 있다!"

대괴인과 처음으로 마주한 사람은 린네였다. 맹렬히 달려 대괴인에게 달려간 린네는 지팡이를 높이 들어 올렸다.

그런 린네를 보고 가면을 쓴 흰 코트의 대괴인은 품에서 무언가를 꺼냈다.

저건⋯⋯ 회색 브륀힐드?!

대괴인이 방아쇠를 당기자 브륀힐드에서 빛나는 거미집 같은 물건이 발사되어 린네를 뒤덮었다.

"이거 뭐야!! 못 움직이겠어!!"

빛나는 거미집에 걸려들어 지면에 딱 붙은 채로 린네가 발버둥 쳤다.

뭐라고 하면 좋을까. 거미집에 붙잡힌 벌레 같아서 보기가 좀 그러네. 심지어 그 사람이 자신의 딸이라 그런지 너무 마음이 괴롭습니다만.

"저 빛나는 거미집은 일정 시간이 지나야만 사라지지. 린네는 잠깐 쉬어야겠어."

"아악~!!"

아하. 다치지 않게 공격한다고 했는데 이걸 말하는 거였구

나. 쿤의 투망총 진화 버전인가?

포획하는 사람이 포획당하는…… 얄궂은 이야기다.

버둥거리는 린네를 놔두고 대괴인이 도망쳤다.

헉! 도망치면서 마을 여성의 엉덩이를 만졌어.

"자연스럽게 치한 행위를 했어."

"뒷모습만 보면 토야 씨가 치한 행위를 한 듯한……."

"왜 나한테 불똥이?!"

에르제린제 자매가 하지도 않은 일로 나에게 이미지 타격을 입혔다. 대괴인이라도 하는 짓은 다른 괴인이랑 다를 바 없는 건가.

기왕에 하는 김에 더 엄청난 범죄를……. 아니지, 그런 짓을 하면 곤란하긴 하지만.

내 마음과는 달리 대괴인도 가게 앞에서 소란을 피우고, 싸우고, 목욕탕을 엿보는 등 마구 좀스러운 범죄를 저질렀다.

"이번엔 엿보기까지……."

"역시 뒷모습이 토야 씨랑……."

"야, 저 괴인의 설정에 왠지 모를 악감정이 느껴지는데?"

"그냥 기분 탓이겠지."

박사가 깔깔 웃었지만 흰 코트도 그렇고 브륀힐드도 그렇고, 누군가를 모델로 만든 게 분명하잖아!

내가 박사에게 불평을 토로하는데, 화면 안에서 이번에는 대괴인에게 스테프가 도전하고 있었다.

"【프리즌】!"

스테프가 필살 기술인 【프리즌】을 사용했다. 이걸 사용해선 도망치기 힘들겠지. 그렇게 생각했는데, 대괴인은 그 【프리즌】을 박치기로 파괴해 버렸다.

"이럴 수가?!"

"【프리즌】을 파괴하다니······."

"보스 캐릭터가 쉽게 잡혀선 재미없잖아?"

박사······ 이상한 설정을 해뒀구나?

저기서 싸우는 아이들은 지금 가상 공간에 머물고 있다. 말하자면 풍경도 인물도 모두 환영이니 【프리즌】을 깨는 일도 불가능하지 않다.

대괴인은 브륀힐드에서 빛나는 거미집을 발사해 린네에 이어 스테프까지 지면에 꽉 고정해 버렸다.

"아악~!"

린네와 똑같은 반응을 보이는 스테프. 역시 자매구나.

대괴인은 후다닥 그 자리에서 도망쳤지만, 도망치는 동안에 여성들의 스커트를 들추는 짓도 잊지 않았다. 제발 그건 그만둬. 왠지 내가 마음을 진정할 수가 없어!

"찾았어!"

"놓치지 않겠다!"

도주하는 대괴인 앞에 야쿠모와 프레이가 나타났다.

두 사람은 지팡이를 마치 외날검과 양날검처럼 들고, 대괴인과의 거리를 단숨에 좁혔다.

　대괴인은 뒤로 뛰어 물러서더니, 빛의 그물을 자신이 있던 지면에다 발사했다.

　거미집처럼 펼쳐진 빛의 그물에 두 사람이 발을 들인 순간, 그대로 쫘당! 하고 앞으로 고꾸라지고 말았다.

　"못 움직이겠어!!"

　"크으으……!"

　저 빛의 그물은 끈끈이 같은 건가? 그 이전에 누가 봐도 수상한 물건이 있는데 거기로 돌진하면 안 되지!

　""【프리즈마 로즈】!""

　《뉘?》

　야쿠모와 프레이의 움직임을 막고 도주하려고 하던 괴인의 머리 위를 아리스와 리이르 두 사람이 습격했다.

　두 사람이 날린 수정 가시가 대괴인을 빙글 감싸며 쫘악! 구속했다.

　그러나 다음 순간, 대괴인은 빛의 알갱이가 되어 사라지더니 다른 곳에서 다시 출현했다.

　"방금 그것도 안 된단 말이야?"

　"너무 강하게 묶어서 그럴 거예요."

　내 의문에 린제가 그렇게 대답했다.

　어렵네. 개인적으로는 저렇게 남의 이미지에 타격을 주는 자식이니 조금 따끔한 맛을 보여줘도 되지 않나? 싶은데.

자신이 쓰러진 곳 바로 옆에 출현한 대괴인은 기습에 실패한 (사실상 성공했다?) 아리스와 리이르를 브륀힐드로 겨냥하더니 빛의 그물을 발사했다.

아리스와 리이르가 둘이 사이좋게 벽에 들러붙자, 대괴인은 다시 도주하기 시작했는데, 갑자기 대괴인은 힘을 잃은 듯 털썩 지면에 쓰러지고 말았다. 무슨 일이지?!

"영차."

그때 그곳에 나타난 요시노가 손에 들고 있던 지팡이를 툭하고 대괴인의 등에 대며 빛의 고리로 구속했다.

요시노의 자장가 때문이었구나! 살펴보니 벽에 들러붙었던 아리스와 리이르까지 잠들어 있었다. 대괴인도 수마는 버틸 수 없었다는 말인가?

"요시노는 능력 있는 아이. 성공했어."

으쓱. 의기양양한 표정을 짓는 사쿠라와는 달리 분한 듯 크으윽 소리를 내며 분한 표정을 짓는 야에와 힐다. 경쟁하지 마, 경쟁 안 해도 되잖아.

"좋아, 여기까지군. 게임 종료. 다들 수고 많았어."

삐삐~! 하고 부저 같은 소리가 울리자 아이들이 안뜰로 되돌아왔다. 끝났나.

이런다고 아이들이 힘 조절을 배울 수 있게 됐을지는 살짝 의문이지만, 다들 즐겁게 놀았던 모양이니 상관없나.

문제는 우승자의 소원을 내가 들어줘야 한다는 건데······.

결국 우승자는 누구야? 역시 대괴인을 붙잡은 요시노인가?

"먼저 3위부터 발표하지. 3위는 요시노. 대괴인을 붙잡았지만, 그전까지 받은 마이너스 포인트의 영향이 컸다고 해야 하나?"

어? 요시노가 3위야? 의외네. 그런데 계속 주민들까지 잠재웠으니. 실전이었다면 상당히 위험하다. 가게 주인이 자는 틈에 도둑이 들어오는 일이 벌어지지 않으리란 법도 없으니까.

무차별적으로 재우지 말고, 범인만 잠재우는 상황으로 몰고 갈 수 있을지도 앞으로의 관건이겠어.

"참고로 4위는 쿤이었어. 초반엔 순조로웠지만, 중간부터 모형 정원 관찰로 이행했었지?"

"윽……. 일단 관심을 가지면 신경이 쓰여서 도저히 그냥 넘어갈 수 없다 보니……."

쿤은 괴인을 붙잡기보다도 모형 정원의 시스템에 더 관심이 갔는지, 후반에는 모형 정원 안을 세심하게 관찰했었다고 한다. 그래도 4위니 굉장하다는 생각이 들지만.

"그리고 2위는 에르나. 묵묵히 괴인을 붙잡아 확실하게 포인트를 벌어들였어. 마이너스 포인트도 없었고."

"역시 에르나야!"

"에헤헤."

쑥스러워하는 에르나를 에르제가 꼭 껴안았다.

에르나는 대괴인이 나타났는데도 굳이 찾으려 하지 않고,

묵묵히 눈앞의 괴인을 붙잡았다고 한다. 꾸준히 포인트를 벌어들여 2위라. 그렇다면 1위는?

"마지막으로 우승은…… 아시아! 정확하게, 그리고 신속하게 괴인을 붙잡아 효율적으로 포인트를 벌어들였어. 대괴인이 나왔는데도 무시하고 괴인 포인트를 계속 따냈지. 에르나와의 차이라면, 다음 괴인을 잡으러 이동하는 속도의 차이였나 봐."

"시간 단축은 요리의 핵심이니까요. 얼마나 효율적으로 요리할지를 항상 생각하며 움직여야 해요."

아시아가 요리에 비유했지만, 정말 관계있는 일이야? 그거……? 요리도 당연히 솜씨 좋게 움직이지 않아선 시간만 걸리고 맛없는 음식이 완성되니, 효율을 생각한다는 점에선 공통되는 요소가 있을지 모르지만.

이렇게 우승은 아시아로 결정됐구나. 대체 어떤 부탁을 할지 좀 무섭네…….

"와아아아아아아아! 반짝반짝해! 근사해요!"

"기뻐해 주니 다행이야."

아시아의 부탁은 '자신만의 주방을 가지고 싶다' 여서, 나는 스마트폰의 【스토리지】에 수납할 수 있는 작은 주방을 박사와 함께 만들어 주었다.

넓이는 13㎡ 정도. L자형 시스템 키친과 커다란 테이블이 달려 있었다.

세 가지 마도 레인지와 마도 오븐. 물때가 끼지 않는 미스릴제 싱크대. 【프로텍트】가 걸려 있어 때가 타지 않는 대리석 카운터.

물은 대형 물의 마석이 주변의 마소를 흡수해 만드니 고갈될 염려가 없고, 배수도 전이 마법으로 별도의 장소에 배출되도록 만들어 놓았다.

실내에서 조리해도 괜찮도록 연기를 완벽히 흡수해 청정한 공기로 바꾸어 주는 마도 환풍기도 완비되어 있다.

그뿐만이 아니라 정재와 미스릴로 만든 고급 조리구 세트도 갖춰져 있다. 정재 부엌칼에 상처가 나지 않도록 도마도 정재로 만들었다.

이것들을 모두 아시아의 【스토리지】에서 언제든 불러낼 수 있다. 내가 봐도 참 멋지게 잘 만들어줬다.

"큭…… 이건 저도 가지고 싶어요!"

내 옆에서 어째서인지 분한 표정을 짓는 루. 그럴 줄 알고 사실은 루한테 줄 주방도 준비해 뒀지만, 오늘은 건네주지 않으려고 한다. 왜냐고? 눈앞에 의기양양한 표정을 지은 딸이 있

으니까. 이건 어디까지나 아시아에게 주는 포상이다.

"바로 요리를 하나 만들어 볼래요! 아버지, 드시고 싶은 음식 있나요?"

"음……. 그라탱이나 교자…… 로스트비프도 좋겠어."

힐끔 루를 본 나는 일부러 혼자서 만들기에는 손이 많이 가는 요리를 몇 가지 요청했다.

"그라탱에 교자, 로스트비프 말인가요? 어머니, 도와주실 수 있을까요?"

"어, 어쩔 수 없네요! 전부 손이 많이 가는 음식이니, 나눠서 만들어야 더 효율적이잖아요!"

들썩거리는 발걸음으로 루가 주방으로 들어갔다. 새 주방을 사용해 볼 수 있어 무척이나 기쁜 모양이다. 일주일 정도 지나면 이것과 같은 주방을 선물해 주자.

"자, 먼저 그라탱부터 만들죠! 어머니는 화이트소스를 만들어 주세요!"

"맡겨두세요!"

새로운 주방에서 즐겁게 요리하는 모녀를 보고 훈훈한 감정을 느끼며, 나는 주방의 의자에 앉았다.

그라탱과 교자랑 로스트비프인가. 전부 다 먹을 수 있을까 모르겠네.

후기

『이세계는 스마트폰과 함께.』제29권이었습니다. 즐겁게 읽으셨나요?

이러한 평소와 다름없는 인사에 이어, 사과드려야 할 일이 하나 있습니다.

28권 제3장을 보면 "'검은색' 왕관인 느와르와 '흰색' 왕관인 아르부스. 이 두 대는 크롬 란셰스의 폭주로 인해 시간을 넘어 1000년 전의 벨파스트로 흘러왔다."라고 되어 있는데, 이 문장은 틀렸습니다. 잘라내야 하는 문장을 그대로 두고 말았습니다…….

1000년 전의 아서 에르네스 벨파스트가 일으킨 폭주로 인해 느와르는 시간을 넘었고, 아르부스는 호수에 떨어졌다는 설정이 올바른데, '소설가가 되자'에서 착각하고 적었던 내용을 깜빡 수정하지 못했습니다.

'소설가가 되자'에서는 언제든 수정할 수 있지만, 책은 일단 간행해 버린 이상 쉽게 수정할 수 없습니다. 증쇄라도 되지 않는 한요.

전자 서적은 곧 수정될지도 모르지만, 이미 간행된 종이책은 그대로입니다. 죄송합니다.

예전에도 변이종이 아직 등장하지 않았는데 변이종이란 명칭을 사용하는 실수를 저지른 적이 있습니다……. 그런 실수는 계속 마음에 남으니 정말 철저하게 확인해야 하는데 말이죠……. 하아…….

그리고 애니메이션 2기.

1기 방송 때도 생각한 일인데, 시작하기 전까지가 길고 일단 시작하면 순식간에 3개월이 지나갑니다.

2기가 제작되기까지는 기나긴 시간이 걸렸지만, 시청자 여러분의 응원이 있어 2기가 존재할 수 있었다고 생각합니다.

제작해 주신 애니메이션 제작진 여러분, 영업 담당자, 성우 여러분께도 감사의 말씀을 드립니다. 많은 분의 도움으로 만들어진 2기였습니다.

1기가 끝난 뒤로도 계속 애니메이션을 응원해 주셔서 감사합니다.

응원해 주신 여러분들이 즐겁게 시청해 주셨다면 기쁘겠습니다.

소설가가 되자에서 길게 이어졌던 이야기도 드디어 마지막을 향해 나아가기 시작했습니다. 권수로 따지면 대략 32권에서 대단원을 맞이하지 않을까 합니다.

이미 그곳까지의 줄거리는 생각해 두었지만, 마지막 권만 두꺼운 사태가 벌어지지 않도록, 종이책 1권 안에서 적절히 끝낼 수 있도록 조정을 시작하고 있습니다.

인터넷에 연재한 분량이 거의 다 떨어져서, 간행 속도는 늦어질지도 모르지만 마지막까지 함께해 주신다면 기쁘겠습니다.

그러면 이번에도 감사의 말씀을.

일러스트를 담당해 주신 우사츠카 에이지 님. 모든 아이들의 마법 소녀 모습을 디자인해 주셔서 감사합니다. 다음 권도 잘 부탁드립니다.

담당자이신 K 님, 하비재팬 편집부 여러분, 이 책의 출판에 도움을 주신 여러분, 항상 감사합니다.

그리고 '소설가가 되자'와 이 책을 읽어 주시는 모든 독자 여러분에게도 감사의 말씀 올립니다.

후유하라 파토라

이제부터 반격을 위한

강습 작전이 시작된다──!!

이세계는 스마트

후유하라 파토라　illustration■우사츠카 에이지

사신의 사도들의 움직임에 뒤처진 토야와 그 일행이지만

드디어 방주의 위치를 포착하는 데 성공한다.

폰과 함께. 30.

이세계는 스마트폰과 함께. 29

2025년 01월 15일 제1판 인쇄
2025년 01월 20일 제1판 발행

지음 후유하라 파토라 | **일러스트** 우사츠카 에이지

옮김 문기업

제작 · 편집 노블엔진 편집부

발행 데이즈엔터(주)
등록번호 제 2023-000035호
주소 07551 서울특별시 강서구 양천로 570 NH서울타워 19층
대표전화 02-2013-5665

ISBN 979-11-380-5614-4
ISBN 979-11-319-3897-3 (세트)

異世界はスマートフォンとともに。29
ⓒ Patora Fuyuhara
Originally published in Japan by HOBBY JAPAN Co., Ltd.